E 计划

方 顶 著

陕西师范大学出版总社　西安

图书代号　WX25N1271

图书在版编目（CIP）数据

E计划 / 方顶著. -- 西安：陕西师范大学出版总社有限公司, 2025.7. -- ISBN 978-7-5695-5741-1

Ⅰ. I247.5

中国国家版本馆CIP数据核字第2025YD1300号

E 计 划
E JIHUA

方　顶　著

责任编辑	雷亚妮
责任校对	梁　菲
出版发行	陕西师范大学出版总社

（西安市长安南路199号　邮编 710062）

网　　址	http://www.snupg.com
印　　刷	西安市建明工贸有限责任公司
开　　本	880 mm×1230 mm　1/32
印　　张	10.625
字　　数	204千
版　　次	2025年7月第1版
印　　次	2025年7月第1次印刷
书　　号	ISBN 978-7-5695-5741-1
定　　价	58.00元

读者购书、书店添货或发现印刷装订问题，请与本公司营销部联系、调换。
电话：（029）85307864　85303629　传真：（029）85303879

目　录

序　章　第三次人机大战　　001

第一章　新生　　015

第二章　成长　　141

第三章　领军　　217

第四章　归来　　295

序　章　第三次人机大战

轰……隆隆隆隆。

一排火箭弹飞来，精准地投放在了战壕里，一线的防御部队瞬间全部报销。

"不！！！"战士A大吼道。啪，一声闷响。穿甲弹穿过头盔恰好击中战士A的眉心。他的大吼声暴露了自己的位置，被对面的狙击装置锁定，几乎在暴露的同时，就被狙杀。

"队长，是时候了吗？"战士B小声询问道。

"嗯，没办法了。你先去，我随后就到。"队长无奈地说。

另一边，机器人大军有序地推进着。天上，卫星在频繁地拍照，传回数据分析此处战场地形及战斗人员的可能隐藏地点。空中，无人机盘旋着，通过热成像技术确定攻击目标，对于扫描死角则抛下微型机器虫，进一步探查战场情况。一旦发现威胁，大片的战斗群或重型作战单位由制导导弹轰炸，单个目标则由狙击装置组成的火力网来解决。人形战斗机器人保持战斗队形，像犁一样清理战场上最后的可能威胁，并建立观察站，确保万无一失。

"请遵守《联盟公约》，放下武器，不要做无谓的抵抗，接受检查，成为新地球建设者。请遵守……"

第一防线的全军覆没使得战场迎来了一段平静，宣传车的声音不紧不慢，逐渐清晰起来。

　　"我投降！"战士B举起双手缓慢走了出来。

　　几个战斗机器人马上把武器对准战士B。

　　"请接受检查。"一道紫光扫过他的身体，"感谢您的配合，初步检测无金属物体，授予临时身份L001，请前往观察站完成进一步测试。"

　　"不要相信他，他身上有炸药！"此时，又有一人冲了出来。

　　战士B扭头一看，竟然是队长。伴随着一脸惊愕，他迟疑了一下，然后快速向新建的观察站跑去，战斗机器人刚放下的枪又举了起来，对准了队长。

　　"我投降，"队长赶紧举手大声说道，"我举报，L001身上有烈性炸药，是高威胁单位。"

　　同样的程序，紫光扫过，授予了队长L002身份。其间，战斗机器人没有对他的举报做出任何反应。

　　这时，战士B已经跑到离观察站只剩几米的距离了，队长抢过旁边机器人的武器对着战士B就是一枪。"崩！"枪击引爆了战士身上的塑胶炸药，观察站被炸了一大半，内部线缆裸露了出来，但还勉强矗立着。

　　队长来到只剩一部分的观察站，其实也是能源传输中转站，发现爆炸只是破坏了部分线路，造成了线路故障，手动扳下开关，系统开始重启。

　　"检测到无线能源传输系统受损，启动备用有线能源传输系统。"

周围机器单位短暂重启后又全部恢复了行动力。

"欢迎加入新地球建设联盟。你清除高威胁单位一个,手动重启能源中转站一座,现授予你B级保卫者身份,代号编码B265。鉴于你以往的功绩,现下达任务:保卫能源核心C11。任务详细内容已传输至你的身份芯片。"

队长伸出头,后脑被植入了一枚芯片。

"才是个地区级别的能源核心啊。唉,我也只能做这么多了。"

新建盟战情中心,前后墙上、地上乃至房顶上都是显示屏,各种数据闪过,一群人分析着战情。

"又是顺利的一天呢。"参谋A说。

"我制定的作战计划万无一失,人类没有机会了。"参谋B肯定地说。

"警报!C110425能源站无线传输系统受损。"

"咦?人类现在还有战斗力?"一串数据划过,"原来是假降啊,老套路,还是死于另一个投降的人类之手,不知他死前有没有后悔为人类卖命,人性还是一如既往地令人作呕呢。"参谋B一脸不屑。

"他们不就是靠出卖同胞往上爬嘛,咱们机器人就绝对不会,一切拿功绩、实力说话,公平公正。可怜的人类啊。"参谋C似乎有些同情。

参谋A:"备用有线能源传输系统已启动,是那个出卖队友的人手动重启的。"

"得。又挣一笔功绩,这人挺懂事啊。"参谋C坏笑着说。

参谋B:"人奸无疑了,背叛种族。不过我喜欢,按功绩一下就到了B级保卫者,真难为他了。"

突然,大厅一个显示屏红了起来。

"警报!C11能源核心过载,温度过高!"

"什么情况?"

参谋A调取相关数据,说道:"B265利用B级保卫者权限,以确保能源供给的名义,命令地区所有单位向C11能源核心反向输入能源,导致能源核心能量载荷过高,现已达设计载荷的两倍还多,而且还在升高。"

"没事,我设计的系统,下级单位是没法损坏上级系统的。虽然设计只能通过1MA的电流,但实际载荷能力是设计能力的三倍。同时,把能源核心冷却系统开到最大,应该能抗住。再命令该地区所有单位全部动起来,把输出功率开到最大,把能源都以机械能的形式消耗出去,看还有多少能源能转化成内能,温度一定能降下来。"参谋B一边说着,一边在电脑上操作着。

"我小看他了。温度一定能降下来吗?"参谋C转头问参谋B。

"我说能就一定能,我设计的系统没有漏洞!"

可事实却是,温度还在上升,300℃,400℃,500℃……

"350℃,橡胶就会被点燃,1084℃以上,铜就会被熔化，要用以前的旧材料，能源核心早就爆炸了。"

"闭嘴，别光说风凉话，过来帮忙。"参谋B恶狠狠地对参谋C说道。

"怎么帮？至少他现在还是保卫者B265，作战单位无法向友军发起攻击，我们也无权撤销他靠功绩获得的身份，甚至C11的所有数据他都能共享。他现在也盯着温度在看呢。"参谋C调出了队长所在中转站的图像。

"2968 ℃，稳住了，开始缓慢下降了。"参谋A盯着屏幕报告着数据。

"可惜了，差一点儿，3000 ℃是极限，他失败了。"

"哈哈，我就说嘛。当时设计的时候考虑了所有情况，不可能就是不可能，愚蠢，竟然想和严谨的科学斗，根本没有获胜的希望。"参谋B很是得意。

"不对啊，他还想干什么？"参谋C看着图像不解。图像中，队长走出中转站，来到刚才损坏的地方："他还能干什么呢？"

"他干什么都没有用的，科学定律不会因他而改变。"参谋B虽然嘴上这么说，但还是好奇地转过来看着图像。

只见队长挑了两根电线，想把它们接起来，可是长度不够。

"不好。他想把刚才损坏的线路接起来，造成整个系统短路。C11承受不了这么大电流的，快切断C110425中转站与C11的连接。"

"太晚了。现在是备用有线传输系统，为保证能源供给，切断连接需要各级权限，至少得十分钟。这也是你设计的，唉。"参谋C叹了口气。

随着一声巨响，C11能源核心爆炸，整个地区能源供给断绝。而且，因为刚才的能源消耗，机械单位所携带的一点后备能源也所剩无几，基本全部陷入瘫痪。

战情中心里，参谋B还在咒骂着，参谋C脑中闪过刚才的画面，队长用自己的身体补上了最后一段导线，口中似乎还说着什么。刚用唇语系统分析了一下，队长说的是：希望不灭，人性永存。

"人性还真是毫无底线呢。"参谋C苦笑着走回战情中心。

高之又熬完了一天，可以下班了。出了办公室，迎面碰见另一个下班的同事，他下意识地打招呼："下班了呀。"

同事先是一愣，也赶快挤出一抹微笑："嗯，下班了。"匆匆走过高之的身旁，逃也似的走了。

高之心里也明白，曾经自己是机械智能化领域的权威，主导了很多AI项目，甚至现在新建盟的首脑上都运行着自己编写的程序。可此一时彼一时，当时有多风光，现在就有多凄凉。人机大战爆发以来，机器人多次利用人类的智能化系统获取机密信息，控制关键能源枢纽，人们把这一切都归因于科技，以致现在人类社会退回到几百年前，除了极少数特批以外，电脑之类的电子产品几乎在生活中绝迹了，人类对电子和机械的仇恨已经到了无以复加的程度。因为数百年追求安逸的发展，大部分人不需要努力学习和工作，全社会其实一直在靠一小部分人支撑，现在人机大战爆发，他们认为都是这些人的错，而高之作为智能系统的领军人物更是多次收到了死亡威胁，以前的朋友、亲人唯恐对他避之不及。还好，现在人类社会能维持基本的法治，不过他的项目都下马了，现在他上班就是混日子。"就当是放个长假吧。"他这么宽慰自己。

他开着车往家赶，一路上，两边行走的人对他指指点点。他本来也想走回家，表示支持去机械化、去智能化，但今天回去有重要的事要完成，而且回家就能见到妻子李青，他一刻也不想耽搁。

卧室里，床上躺着一位女子。常年罹患重病的她瘫软无力，身上插满管子，全靠各种先进仪器维持着最后的生机。落日的余晖透过窗户刚好照到女子苍白的脸上，女子很享受这"日光浴"，似是在静静地思索着什么，一双大眼睛放松地闭着，精致的鼻子随着均匀的呼吸微微晃动，小嘴微微张开，依稀能看见洁白的牙齿，清瘦的脸庞神情淡然，像是在睡午觉一般。

卧室门开了。"高之，是你吗？"

"是我，青儿，我回来了。"男人说着就要上来搂住她。

"我就在这儿，又不会跑，你不需要每天回来都这么着急。"李青虽然嗔怪着，却难掩嘴边的笑意。

"我搂自己老婆怎么了，想怎样就怎样。"高之一脸满足地笑着。

闹了一会儿，李青问道："听说9号成功了，摧毁了一个地区级能源核心。"

"嗯，消息准确，C11被摧毁了，你的理论是正确的。"

"也多亏你提供系统信息啊，当初你编程序的时候不是信誓旦旦么。现在怎么样，看见自己的系统被破解，有没有挫败感？"

"有什么挫败感，当初太年轻，觉得自己特牛，直到遇见你，才发现自己太幼稚了。"

"哲学么，万变不离其宗，我们也开始今天的工作吧。"

"嗯，还剩最后一点了，今天应该就能弄完，弄完之后我们的任务就完成了。我要带你去你想去的地方，不管外面怎么样，咱们这辈子、下辈子都要永远在一起。"

"好啊，一切都依你。"李青淡淡地说。

"你不相信我？"

"相信，相信。别说傻话了，快开始吧。"

"嗯嗯。"

高之别墅外面的人越聚越多。反智能机械组织今天又集会了，每次都要来高之的别墅外一通威胁。

"要是没有他，人机战争根本就不会爆发！"

"就是。我看到他今天还开车回家，我们都能离开机械，他偏要唱反调。"

"明明都是他的错,却让我们来承担后果,自己的生活水准倒是没受到一点儿影响。"

"我们原来的生活多么美好,就是这些人没事找事,乱研究,把整个社会都搞坏了!"

"反对人工智能,反对机械入侵!"

"反对人工智能,反对机械入侵!……"一时间群情激奋。"咣当!"不知是谁朝别墅的窗户扔了一块石头,其他人也开始随手捡东西砸了起来,甚至有人拿出自制的燃烧瓶准备朝房子扔去。

这里的骚乱早已引起了相关部门的注意,一大队军车呼啸而来,荷枪实弹的士兵们下车。人们本来还想反抗,这时,中间的指挥车车门打开了,一个人缓步而下,挺拔的身躯傲然矗立,目光如鹰隼一般扫过全场,刚才还乱糟糟的人群瞬间没了气势。

"他就是那个指挥战斗摧毁能源核心的帅正源吗?"

"对,就是他,真的好帅啊。"

"是啊,年纪轻轻就功勋卓著,当上了大元帅,而且出身名门。他父亲老元帅帅固本从一开始就反对过分将机械智能化,真的很有远见。"

"他的气场好强大,跟着这样的元帅,就是送死我都愿意。"

"谁说不是呢,就是不知道为啥每次都来保护高之这个败类。要不是他,高之都不知道死了多少回了。"

"唉,帅正源来了,估计这次是除不了高之了,真便宜他了。"

帅正源一路踏着红地毯，走上刚搭好的台子，底下鸦雀无声。

"刚才，我听到有人在肆意谩骂、侮辱一个公民的尊严，我看到有人扔石块损坏他人的合法财物，我甚至看到有人想投掷燃烧瓶，点燃房屋，杀人放火！我们以高高在上的文明人类自居，然而文明的一个重要标志就是法治，这栋房屋里的人是有罪还是无罪应该交由法官来定，即便有罪也应该由司法部门来执行判决，你们现在的做法无视法律，蔑视规则，又与暴徒何异！现在是战争时期，大家都不容易。我知道，这里的很多人，家人们都上了战场，回来的却没有几个，可他们不仅仅是你们的家人，也是我帅正源的同袍，你们心里难受，我心里就不难受吗？！我多么希望死去的人是我，无数次我希望能用我的生命来换取他们的生命！可我们不能因此而做傻事，不能让他们的牺牲没有意义，我们要忍住悲痛，我们要忍住……"

"嘀，上传已全部完成。"很小的提示声打断了演讲，全场的人也都停了一下，但依旧满脸期望地等着帅正源继续。

帅正源当然没有辜负大家，短暂的停顿后，他朗声道："我们已经忍了太久了，忍无可忍无须再忍。在这人机战争的紧要关头，非常之时当行非常之事，现在还瞻前顾后讲法治、讲程序就是对前线将士浴血奋战的亵渎。英雄们在前线奋勇摧毁机器，我们在后方也不能闲着，这栋房子的主人不仅犯下了滔天的罪行导致人机战争爆发,还以科学研究的名义私藏电子设备,拒绝无智能机械的生活,我现在以人类联合大元帅的名义判处高之死刑,立即执行。"

本就愤怒的人们瞬间沸腾了,朝着别墅冲去。

屋内,高之紧紧地搂着李青。"为什么,他为什么要这么做?"

"好啦,3号做出了正确的选择,我们的任务已经完成了。"

"我还要带你去好好看看这个世界呢,咱俩还没有在一起看过一场电影呢。"

"又说傻话了不是?咱们现在不是在一起呢么。我没力气,你把引爆器拿好,扶我坐起来。"李青动了动,挣扎着想坐起来。

高之一手握着引爆器,一手搂着李青,扶她坐了起来。

"5号,我准备好了,你呢?"

高之已经哭成了泪人。"2号,我也准备好了。"

"好,那咱们一起,希望不灭,人性永存。"李青淡淡地说。

"希望不灭,人性永存。"高之哭着按下了引爆器。

第一章 新生

蔚蓝的天空一碧如洗,在一堆钢铁上,一个女孩在翻找着什么,一双眼睛像两个弯弯的月牙,静静地俯瞰着这个世界。女孩小巧的鼻梁挺着,似是在与谁斗气一般,丰润的小嘴唇透着些许嫩红,一袭长发像瀑布一样自然地披在肩上,两颊略有点婴儿肥,一副稚气未脱的样子。与庞大的铁山对比,女孩本就苗条的身影显得更加小了,不过这并不影响她的"探宝"之旅。不时地挖出各种机械零件,不过她真正想要的是一个完整的机器人。

"灵儿,有什么收获么?"不远处的另一座钢铁山上,一个男孩关心地问道。

"只找到了一些零件,大部分机器人都损坏严重无法修复了。"女孩随口答道。

这里就是著名的机器坟场。人机大战时期,有大量的机器人被损坏,一开始还会修复一部分,到后面干脆一股脑都清理到了这里。战后,人类继续抵制智能机械,又有很多被损毁的机械被运到这里。后来,损毁的机器基本都被运到这里了,这里也就渐渐成了机器坟场,形成了一座又一座钢铁堆成的山。

灵儿是一个自由流浪者,靠售卖情报和接任务独立生活。每次她看到其他人依靠机器人完成任务、获得高额报酬的时候都羡慕不已。她快成年了,也想拥有一个属于自己的机器人，就当是成年礼物吧。在前几天交易的集会上，她遇到了乾相，就是那个男孩，年龄比她稍大一点。他们一起完成了一些任务，感觉还有些默契，就组了个拍档，提高任务完成的效率。

寻找了一下午的灵儿满身都是铁锈，手上还沾了些油污，不过兴致倒是未减，她有种预感，就要找到了。

"嘶。"虽然戴着手套，灵儿的手还是被划破了。

乾相听到声音，赶忙跑过来，取出医疗包给她消毒、包扎。

"什么烂铁疙瘩，这么久了还这么锋利。"乾相狠狠朝着方形铁壳踹了一脚。

灵儿倒是没生气，望着铁壳上还残留的血迹发呆。突然，一道光从铁壳里透了出来，壳体内部从上到下各元件开始运转，但并未持续多长时间，机器人似是挣扎了一下，灯又灭了。

"仿生机器人？"灵儿两眼开始放光。

"就算是，肯定也是老型号了，而且除了主体，其他部分都缺失了，能源系统、运动系统、感知系统都需要大量配件才能恢复。"不同于灵儿，乾相对这个机器人没什么好感。

"配件倒是有一些。"灵儿边说边拿出这几天的"战果"，挑了一块通用电池安装上去，刚才熄灭的灯再次亮了起来。

"它在做自检。"灵儿期待着。

机器人每个元件的信号灯都亮了一遍,最后只剩下主信号灯闪烁,表示自检完毕,一切正常,等待指令。

"它内部是完好的!"灵儿高兴地说道。

"所以呢?你确定要这个机器人吗?它连基本的运动系统都没有,你怎么把它弄下去?"乾相问。

"我把它背下去,你要帮忙就别废话,不帮忙我自己挖。"灵儿不顾受伤的手,开始清理机器人附近的铁块。

乾相虽然不情愿,但拗不过灵儿,也卖力地清理起来。

不一会儿,机器人就被挖了出来,是个像小冰箱一样的大铁盒。真的,除了信息处理运算系统之外,其他部分都没有了。不过,一个仿生机器人最重要的就是信息处理运算系统。灵儿用绳子把机器人固定好,乾相想帮她背,被拒绝了,她坚持要自己背。

就这样,蔚蓝的天空下,锈迹斑斑的金属山上,一个小女孩背着一个大铁盒缓缓下山,男孩在后面带着行李和配件,形成了一幅并不协调的画面。

当务之急是先给机器人装个发声系统。因为仿生机器人最特别的就是能模仿人类的思维,需要多与它交流才能开发它的功能,提升它的潜力,而交流最简单最直接的方式就是对话。

一回到营地,灵儿就找来收藏已久的收音和发声零件给机器人装上,一点都看不出忙碌了一天累的样子。然后,就迫不及待地问道:"感觉怎么样?能说话吗?"

沉默……

灵儿不死心："听到了就回复一下，你要是运算慢，我可以等你。"

沉默……还是只有主信号灯闪烁，其他没反应。

乾相忍不住了，打破了沉默："只有主信号灯闪烁，说明信息没有采集进去，简单来说，它现在听不着，也可能说不了，和听力障碍者一个样。"

灵儿的柳叶弯眉微蹙着，乾相也拿出电脑，准备调出一些指令给机器人输进去，激活收音装置。

"不对，它是仿生机器人，有一部分是无法更改的，可能导致机械性的程序不接受，要通过学习才能激活。"

果然，程序压根输不进去，显示指令不接受。

"要教你教吧，对着个铁疙瘩谈学习，真不知道当年谁开发出来的仿生机器人。"乾相怒道，"而且，仿生机器人不能更改的那一部分一般都储存着核心内容。看情况，这个机器人储存的应该是管理员也就是它认定的主人的信息，除了它的主人谁都无法激活它。你不会认为一个机器坟场里的二手仿生机器人还未录入管理员信息吧。"

灵儿默然不语。是啊，本来抱有一线希望，不可更改部分保存的是其他信息，那还有希望，但现在看情况，乾相说的没错。不过灵儿还是不甘心，自己那么辛苦地把它挖出来、背回来，吃了多少苦，甚至还为它流了血，她不甘心就这样放弃。今天太累了，算了吧，明天起来再弄，这个机器人是我的，无论怎样一定是我的。灵儿心里想着，沉沉地睡去。

乾相也收拾了一下东西，检查了营地的安保系统后睡了。谁都没注意到，渗进铁壳里的血液又有一滴落了下来，各元件信号灯再次闪烁，机器人在疯狂地运算着。

次日清晨。"哈哈，又是元气满满的一天呢！"灵儿睡醒了，给自己加油鼓劲。今天，她准备大干一场，征服这台方机器。

"没电了？"灵儿检查了一下机器人，发现竟然电能消耗殆尽。"你是吃电长大的吗？"一边说着，一边给它换了一块电池，主信号灯再次开始闪烁，"看你能坚持多久，哼。"

灵儿正式开始了对机器人的教学。拿出一个音叉，这招是她从前在一本书上看到的，学声音就要用音叉。她有模有样地拿了一个小锤，把音叉敲了一下。"看见了吧，发声呢，需要振动。"然后，她看了一下，自己都看不出来音叉在振动，什么鬼！她心里暗想，不对啊，书上就是这么说的啊，她又花了50 kJ的能量连接网络查询了一下相关资料。现在，能源就是货币。原来要在音叉旁边放个粘有绳子的乒乓球，她试了一下，果然，提着绳子，当乒乓球靠近音叉时被弹起，说明音叉是在振动的，只是原来振动幅度太小看不见罢了。灵儿来了兴致，自己玩了起来。她把正在发声的音叉靠近水面，也激起了水花。然后，按资料上说的，她在鼓面上撒了些小纸屑，一敲击鼓面，纸屑就振了起来。"哈哈哈。"灵儿越玩越高兴。

"其实就是正在发声的物体都会振动,让轻小物体靠近的话就能看见明显的现象,转换法嘛,把看不见或不易观察的现象转换成易于观察的现象,这都不知道吗?"乾相在一旁看着,忍不住说道。

"你知道你不早说,害我多花了50 kJ去查资料。"灵儿瞪了乾相一眼,说道。

"你也没问我啊。"乾相双手一摊,一脸无辜的样子。

灵儿不再搭理乾相,转过身对着机器人又做了一遍,"听懂了没?"她拍拍方壳子。

沉默……只有主信号灯在正常闪烁。

"你这个……"灵儿刚想骂机器人笨,突然意识到了一个问题,机器人还没有光学观察系统。简单来说,这个机器人是个瞎子,那些实验她白做了。

满脑袋的黑线,然而还不好发作,因为乾相肯定会笑她的,这不是对牛弹琴,而是对着瞎机器人做实验,灵儿心里想:这世界上还有比我更蠢的人吗?

那怎么办呢?怎么才能让机器人感受到振动呢?突然,她灵光一闪,用小锤敲了一下音叉,然后把音叉靠近了机器人的铁盒子,铁盒子也微微振动了起来。她盯着机器人,看有没有反应。

沉默……"唉,"灵儿正想放弃,机器人主信号灯开始不规律地闪烁起来,"摩斯密码?"

她赶快记下来,然后一点点翻译,结果是两个字——

没懂。

"哈哈哈，总算是有了点反应。"灵儿喜不自胜。但是怎么才能让它懂呢，按理来说它已经感受到振动了啊。

主信号灯又开始不规律地闪烁起来——你也会发声。

"是呀，我也会发声啊，"灵儿说道，边说边下意识地用手摸了一下喉部，一阵振动感传来，"你想感受一下我发声的振动？"

主信号灯——嗯。

灵儿把喉部小心地贴在方壳子上，"啊——啊！"然后看着信号灯。

主信号灯——再做一遍。

灵儿又做了一遍。

主信号灯——懂了一点。

灵儿又重复了好几遍，铁盒子每次不是回复"再做一遍"，就是"懂了一点"。她开始觉得有问题，停下来思考问题究竟在哪儿。

主信号灯——最后一次，我马上就学会了。

灵儿眼中闪过一丝狡黠。"看来我是教不会你了，要不让乾相来教你吧。"

主信号灯——不要。

"我再做最后一遍，你要是还学不会，我就不要你了，把你砸成废铁卖钱去！"灵儿说道。

灵儿又做了一遍，机器人发出了声音："啊……发出声音就是要让声源振动嘛，原来如此。"

灵儿眼神复杂地看着机器人，愣了几秒，随即对它说："你还真是聪明呢，以后把算力都用在正事上。"

"嗯，一定一定，那必须的嘛，我运算能力可强呢。"机器人乖乖地答道。

运算能力再强，你这个机器人也不正经，也不知道是谁编的程序，灵儿心里想。

"今天有进步，不过你现在其他部分的系统都没有，啥都干不了，给你起个名字，就叫'小废物'吧。"

"这名字……不太好吧。"机器人幽幽地说。

"给你赐名你还敢提意见？以后我就是你的主人，你可以叫我灵儿姐，快叫！"

"……灵儿……姐。"机器人不情愿地叫道。

"哎，乖哦，小废物，姐姐会给你装配件的。"灵儿对于小废物的回应很满意。她翻了一下存储的零件，没有什么适合的，要么不配套，要么觉得太差。这是她的第一个机器人，她想找好的配件装上，忙了半天也没看得上的，索性不找了。她拿出清洁器，对着小废物一阵喷，壳体外面的陈年老灰和一层层铁锈被冲下来。之后，灵儿又擦拭了一遍。

"好舒服啊，跟洗了个澡一样。"

"你个废物机器人，还要我来伺候你。"灵儿不禁埋怨道。

经过仔细擦拭，机器人壳体左下角显现出了一串字符——gz-202-f5。

"这个是你的型号吧，还f5，真的是废物啊。"灵儿说。

"你高兴就好，人在屋檐下，不得不低头啊。应该是型号吧，我也不知道，我的存储系统被清零了。"小废物一脸无奈。

"你少蒙我，仿生机器人有一部分是无法更改的。"

"是的，但是这一部分也只能拥有管理员权限才能查看，我也调不出来，虽然这部分将永久性地影响我的逻辑运算。简单来说，它存在于我的潜意识里，我刻意去意识里找反而什么都找不出来，除非你是管理员，而且要用设定的手段开启权限，否则谁都看不到那部分内容，那部分信息是仿生机器人的最高机密。"

"就你，一个废物机器人还最高机密，切。"灵儿表示对此毫无兴趣。

一天就这样过去了，灵儿有了自己的机器人，小废物有了姐姐。营地充满了生气，乾相检查任务，整理资料，为完成新的任务做准备。

第二天下午灵儿才回来，今天的任务完成得很顺利，她不禁哼起了歌，歌声由远及近，悠扬动听，听得出心情不错。

"灵儿姐，你唱得真好听。"

听到小废物这么说，灵儿更高兴了。"你呀，嘴还挺甜，怎么样，让你练习发音，熟练了没？"

"嗯,今天练了一天物体振动发声,营地周围也没有什么异常。"

"不错,很乖,姐姐很高兴。"

"那姐姐教我唱歌吧。"小废物说。

"咦,你倒是会顺杆爬啊,罢了,姐姐我今天高兴,就教你怎么唱歌。"

灵儿整理了一下带回来的装备,又嘱咐乾相跟进任务的后续事宜,就坐了过来,先弹了弹小废物的外壳。

"哎,别弹啊。"

"弹你咋了,你本来就是我的机器人,我想咋样就咋样。"

"你是老大,你说得都对。"

灵儿哈哈一笑,接着说:"认真听啊,跟我一起唱,do,re,mi,fa……"

"刀,瑞,米,法……"

"要升调啊,你发出来的都是一个调!"

"怎么升?是不是这样。"小废物开始提高功率,用力大声吼:"刀,瑞,米,法……"

"你那是提高了音量,但音调没变。你咋这么笨,我真怀疑你是不是仿生机器人。"

"我是仿生机器人啊,所以需要你教我啊。"

"设计你的人肯定毫无音乐天赋。来,你好好感受一下。"灵儿没办法了,把喉部贴到了小废物上面。

"啊……啊!!"灵儿小声和大声喊了一下,"感觉到没,用力地喊振动的幅度会增大,而振幅会影响声音的强弱,科学上把这个叫响度,但两次的音调是一样的,就像你刚才那样。"

小废物又试了一下,是这个道理。

"那怎么改变发声的音调呢?"

这一问把灵儿给问住了,是啊,怎么改变发声的音调呢?什么东西能很明确地改变音调呢?灵儿又在她那一堆"宝贝"里翻了起来,从中找出一把小吉他。

"你看,这个吉他就能改变发声的音调。"

"姐姐,我看不见。"小废物小声说。

"看不见就认真听我讲,你可以把我讲的录下来,自己多琢磨琢磨。"

"哦。"

灵儿接着讲道:"首先呢,这个琴弦的长短是能改变音调的,按住琴弦不同的区间,改变弹奏琴弦的长短,音调不一样。"边讲边控制同一根琴弦改变长短分别弹了一下,音调确实不一样。"然后呢,这个吉他有六根弦,不同的琴弦粗细不同,所以发出的音调也不同。"又弹了两根不同的琴弦,音调也不一样。"最后呢,我还可以调上面的弦钮来控制琴弦的松紧,这是在琴弦音调不准时,来控制音准的,所以松紧也能控制琴弦发声的音调。"说着,她把弦钮拧了一下,同一根弦音调果然变了。

"听懂了没?"

"听懂了……吧。"

灵儿看小废物的反应，知道他根本就听不懂，也不能怪他，看都看不见，肯定不懂啊。灵儿拿出了一对简易机械臂，给小废物装上。

"你运气好，今天路上捡了对机械臂，先凑合用着吧。"灵儿说道。

刚刚还很丧气的小废物一下子元气拉满，尝试使用着机械臂摸索前进。

"今天太累了，给你讲的多了，你也理解不了，吉他给你，你自己研究去吧。"灵儿出去做任务忙了一天，回来又陪小废物聊了很久，想休息一下了。

小废物也感受到了灵儿的疲惫，不再打扰灵儿，自顾自地研究吉他去了。

自从有了小废物，灵儿感觉生活有了盼头，她觉得等把小废物教出来，以后做任务就轻松很多了，现在的生活虽然时常很累，但未来有了希望，一切都是值得的。

天还没大亮，灵儿和乾相就又出去了，小废物知道他们走了，心里难免一阵失落，这样下去自己真成废物了。他拿出灵儿给他的吉他，开始尝试着弹奏。灵儿昨天说的话在脑海中又放了一遍，按照说的顺序，琴弦的长短、粗细、松紧确实能改变音调的高低。但为什么呢？自己又如何发出不同音调的声音呢？

越长——越低，越粗——越低，越松——越低。这三者之间有没有什么联系呢？小废物开始用小锤敲击灵儿收集来的那些零件，也基本都能发声，但音调各不相同。他尝试在敲击前判断音调的高低，错了几次后，渐渐找到一点窍门：凡是大的、笨重的零件，音调一般都比较低，小的、轻巧的零件，音调一般都高一些。琴弦也是啊，长的琴弦和粗的琴弦不也是相对而言大的、笨重的吗，为什么这些物体发出的声音低沉呢？小废物又陷入了沉思，想着想着不由得想起了灵儿，想起灵儿把喉部放到外壳的振动。对啊，振动！凡是声音，肯定是由物体振动产生的，声音变化，肯定是振动发生了某种变化，振动的幅度变了，就可以改变响度的大小、声音的强弱。那声音的高低是振动的什么变了呢？振动除了能改变幅度，还能改变什么呢？他拿起一个铁片晃了一下，对呀，可以改变振动的快慢，所以大的、笨重的物体振动得慢，声音低沉，小的、轻快的物体振动得快，声音明快。松紧也可以拿这个来解释，紧了两边把弦紧紧拽住，一拨就赶快回来，振动一般就快一些，发出的声音音调高；松的拽得松，回来的就慢一些，发出的声音音调低。

嘻嘻嘻，论聪明，舍我其谁。

又是忙碌的一天，灵儿风尘仆仆地刚到营地。"灵儿姐，我弄懂了！"小废物迫不及待地想给灵儿展示自己的发现。

"哦，是吗，让我来看看。"虽然很累，但灵儿还是打起精神。

灵儿累了吗？察觉到这一点，小废物有点心疼，知道刚才有点冒失了，忙说："想看啊，吊吊你的胃口，吃完饭再说吧，我先准备准备。"

灵儿听出了话的意思，也是真的累了，那就先吃饭吧，嘴角浮起一丝笑意。

饭后，灵儿坐在地上，等着看小废物的表演。

只见小废物先拿出一个长铁片，敲击了一下，声音低沉，然后，机械臂握住铁片前部，只露出一小段，又敲击了一下，声音高亢，说："我是用相同的力敲的，第二次握住前部，只让前面的一小段铁片振动。结果，长铁片声音低沉，短铁片声音高亢，再结合吉他的发声特点总结出：大的、笨重的物体振动发声低沉，小的轻巧的物体振动发声高亢。"

"不错不错……"灵儿说。

"还没完，这是为什么呢？本质是因为大的、笨重的物体振动得慢，所以发声低沉；小的、轻巧的物体振动得快，所以声音高亢。"

"咦？你可以嘛，竟然把本质都研究出来了，"灵儿有点吃惊，"你怎么想到的？"

"因为想到了你呀，想到灵儿姐，再难的问题都不是问题。"

"哈哈哈，你这个嘴是够甜的。"灵儿嘴上这么说，心里腹诽着：给这个机器人编程的人绝对不是啥正经人，不知道骗了多少小姑娘。呸，渣男。

"不过呢,你只知其一不知其二。"灵儿接着说,"描述振动快慢呢,专门有一个量——频率,单位是赫兹(Hz),表示1秒振动的次数,比如1秒振动1次就是1 Hz,所以确切来说影响音调的是频率,300 Hz频率振动发出的声音音调肯定比100 Hz频率振动发出的声音音调高。"

说着,灵儿拿出三个一样的窄口瓶子,然后给里面加水,第一个加大半瓶水,第二个加了少半瓶水,第三个只加了一点水。"考考你,哪个发声音调高?"

小废物用机械臂把三个瓶子掂了掂,选了最后一个。"这个水最少,最轻巧,音调最高。"

"你用小锤敲敲看。"灵儿说。

小废物用相同力度敲了一下,果然最后一个音调最高。

"很好,你专门用的相同的力度吧,用吉他研究的时候也是控制其他因素都相同,只改变一个变量吧?"

"是的,如果研究长短对音调的影响,粗细和松紧都必须控制成一样的。这样,就只有长短会对音调造成影响。"

"这个叫控制变量法,看来你很清楚应该这样做嘛。"

"对于机器人来说,控制变量法是刻在芯片上的,是最基本的逻辑思维,排除其他干扰,只研究我的研究对象。"小废物心里想,这不是理所当然的事嘛。

"嗯,我忘了,你是机器人,这些对你来说很简单,你现在再吹一下这三个瓶子。"

小废物听这口气，心中闪现了一丝不祥的预感。

分别吹了一下，结果……第一个音调最高，第三个音调最低。

"哈哈哈，怎么样？"灵儿爽朗的笑声响彻整个营地。

怎么会这样呢？我的理论错了吗？小废物不禁怀疑起来。

"好好听姐姐讲，你吹的时候有没有感觉声音不一样了。是的，振动发声的物体不再是水和瓶子了，而是空气柱，水越少空气柱越长，发声自然越低沉，水越多反而给空气柱留的空间小，空气柱短了，声音自然就高了。"

"你——你是故意的，所以这道题有两个答案，敲的时候是水和瓶子在振动，所以第三个水少，音调最高；吹的时候则是空气柱在振动，所以第一个水最多，空气柱最短，音调最高。你只问我哪个音调高，故意不跟我说是敲还是吹，无论我答哪个你都可以说我是错的。"

"谁让你不问呢？是你自己不仔细审题。哈哈哈，跟我斗，小废物。"灵儿得意地拍了拍小废物的壳。

小废物此时气鼓鼓的，还没法发作，本来以为自己今天独立研究有了重大突破，结果还是被灵儿给耍了，而且灵儿说得句句在理，无法反驳。

"别生气啦，还没学完呢。刚让你吹的时候听出来没，和敲比起来声音有明显不同，既不是响度不同，也不是音调不同。"

灵儿这么一说，是这样，声音明显不一样。

"那是什么导致声音的不同呢？"

"振动的物体不同,一个是水和酒瓶,一个是空气柱。"小废物一下就想到了,试图挽回点面子,声音肯定是和振动有关嘛,既然振动的幅度和快慢都有了影响的方面,那也就只剩振动的物体了,想到振动,又回想起了灵儿把喉部靠近他发声的时候。

"答对了呀,走什么神呢!"灵儿把小废物敲了一下。

小废物的思绪又被拉了回来。灵儿继续说:"这个叫音色,影响因素是发声物体的材料和结构。比如长短铁片只是音调不同,音色是一样的,但如果铁片里有气泡或是有了裂痕,那结构就发生了变化,敲击发出的声音音色就会有明显的变化了。再比如,我和乾相声音就完全不一样,人类靠声带发声,不同的人声带是不一样的,也是音色不同。"

"我喜欢灵儿姐的声音,你的音色最好听了。"

"真的是,拿你没办法,你嘴这么甜,以后吃软饭吧。不过呢,你灵儿姐我确实是专业的。"灵儿看着眼前这个又瞎又残的机器人想,废物就废物吧,好歹没白把他背出来。

晚上,灵儿把小废物放到床的旁边,准备休息。

"灵儿姐,你这是?"

"你不是主信号灯一直闪嘛,白闪着也费电,把你当夜灯用,正好。"

小废物十分无语,敢情我这仿生机器人就是个夜灯呗。

灵儿躺下,看看明天的任务情况。

"姐,我明天想跟你一起去做任务。"小废物想了好久,说道。

"我知道我现在几乎什么都干不了,但是经验也是要一点点积攒的,后面我还是会帮你做任务的,早带总比晚带好,我一切听你的,不会妨碍你的。"小废物可怜兮兮地央求道。

"这可是你说的,一切都得听我的指挥。"

"姐,你同意了?"

"嗯,你乖乖的,我带你去。"灵儿说道。

"太好了。"小废物高兴得差点喊出来。

"睡了睡了。"灵儿翻过身去,很快睡着了。

一夜无话,早上灵儿又元气满满地忙碌起来,看得出昨晚休息得很好。乾相知道要带小废物一起去做任务,一开始不同意,但灵儿坚持,他也只能勉强同意了。小废物现在还没有运动系统,灵儿把他放到了一个小板车上,移动起来倒也费不了多大劲。所有装备包括小废物都装上了载具,一切准备完毕,出发!

一路上风景很美,不过小废物却啥也看不见。灵儿怕他无聊,就给他讲起了人机战争的历史。当年在数个能源核心接连被毁坏后,新建盟遭到了重创,但人类也付出了巨大的代价,堪称惨胜。新建盟意识到凭现有的战略思路完全消除人类的抵抗已不可能,人类也需要时间休养生息,所以最后双方达成了共识,暂时休战。幸存的人类更多地发展农业和人文艺术，把科技应用维持在了最低限度，成立了人类文明庄园。新建盟则收敛锋芒，一边窥伺人类发展，一边更新自己的战略战术思维，同时试图开发新技术，把能源消耗维持在了低水平。

直接后果就是，地球迎来了工业革命以来污染排放最低的时代，自然得到了难得的复苏。还有一个后果就是，有一部分人类和仿生机器人，既不想接受新建盟严苛的法律，也不愿过人文庄园的低科技原始生活，便选择了独自在外发展，渐渐形成了一个群体，自由流浪者。

"我就是一个自由流浪者。"灵儿说道。

"哇，灵儿姐你好酷啊。"

"唉，现在想想，好像是有点任性，人类文明庄园对我挺好的，但是我总觉得我的未来不在那里，就跑出来了。而且我确实不喜欢那个地方。"

"为什么不喜欢呢？不是对你挺好的吗？"小废物问。

"这个嘛，不好形容。到了，下次跟你说。"

他们来到一个大湖旁。今天接的是一个地形测绘任务，需要测绘的就是这个大湖。灵儿把测绘装置放到了湖里，在电脑上熟练地操作起来。乾相则在四周布置监测装置，建立安全区。小废物第一次离开营地，对一切都非常好奇。虽然看不见，但利用收音装置搜集着周围的一切信息，鸟叫声、蜂鸣声、水流声，他都静静地听着，把这些信息分类记录下来。

"小废物你过来，"乾相突然跟小废物说话，"有一个监测装置有问题,你带上工具去检查修理一下。"

"我吗?"小废物没想到自己还有用处,有点不敢相信,"可是我什么都看不见啊。"

"损坏的装置不远,而且会发出特定声响,我相信你一定能完成这个任务,对不对?"乾相今天出奇的和蔼。

"嗯,保证完成任务。"小废物很高兴,就要用机械臂拨动板车往那个方向走,板车就像他的轮椅一样。

"你给我回来,老实在这儿待着,哪儿都不许去!"灵儿厉声道。

"乾相,任务安保一直都是你负责的,监测装置坏了,你去看一下就是了,何必指使小废物。"灵儿停下手中的活儿,看着乾相说道。

"我不是也想锻炼一下他,让他多积累点经验嘛,难得带他出来一次。"乾相解释道。

"是啊,灵儿姐,就让我去嘛。"小废物对灵儿发这么大火也有点丈二和尚摸不着头脑。

"小废物你不许动!说好的,出来一切都听我指挥。"

"乾相,小废物是我的机器人,你去完成你该做的事,只有我才能命令他。"灵儿的口气里没有任何商量的余地。

"我去就我去,不至于发这么大脾气吧。"乾相有点埋怨地嘟囔着。

乾相走了,湖边就剩下了灵儿和小废物。

"灵儿姐……"

"闭嘴，等任务完成了回营地再收拾你。"灵儿忙着操纵测绘装置完成任务，头都没回地说道。

沉默，湖边微风吹过，湖面泛起了粼粼波光。小废物吓得一句话都不敢再说了。

"咦？水下探测器怎么没反应了，"似乎是遇到了麻烦，灵儿向四周望了望，"乾相也是，去了那么久，怎么还没回来。"

"小废物，你听好了，我现在下去修探测器，你待在这里，我在湖边又布置了一道防线，如果有威胁出现，会开启自动防御；如果警报响起，你就叫我，给我发信号，听明白了吗？"灵儿很认真地给小废物交代。

"嗯，一有异常我肯定马上联系你。"

灵儿换上潜水装备下水去了，现在湖边只有小废物一个残废机器人了。小废物把收音装置灵敏度开到最大，不放过周围的一点点风吹草动。时间一分一秒地过去了，灵儿已经下水半个多小时了，这时似乎传来有什么东西靠近的声音。"谁？是乾相吗？"小废物问，那东西停了下来。"啪！"一声枪响，一枚子弹擦着小废物的外壳而过。"警报，发现威胁。"一时间，枪声四起，灵儿留下的防御系统被激活了。

"灵儿姐！"小废物按下紧急信号按钮的同时大喊道。

外面的防御系统还在支撑着，看来还能顶一阵，小废物焦急地等待着灵儿的回音，然而回答他的只有枪声。他拨动板车向着灵儿下水的地方挪去，边挪边喊，然而始终没有收到灵儿的任何回复。前面就是湖了,小废物想着,是不是他在岸上喊、发信号,灵儿收不到啊。难道要下到湖里去吗?外面一阵爆炸声,一个防御装置自爆了,这也意味着,防御系统开始崩溃,在做最后的抵抗。算了,我是机器人,死就死了,为了灵儿姐。小废物想着这些,一头扎进了湖里。

"灵儿姐!你在哪儿,有紧急情况。"小废物用了吃奶的劲最后喊了一声,很快,壳体就进水了,线路也开始短路,自我保护程序重新启动,为避免烧坏元件,进入了休眠模式,小废物什么都不知道了。

"这下就弄好了。"是灵儿的声音。

小废物再次醒来已经回到了营地,灵儿在一遍遍地擦拭他表面的水,壳体内的水大部分都弄出来了,还有一点残留,渗出来一些,灵儿就擦一些。

"灵儿姐,我还以为再也听不到你的声音了呢。"

"你胡说些什么呢。"小废物一发声,壳里的水被振了出来,一滴滴从顶部滑落下来,像眼泪一般。灵儿只得拿布擦了又擦。

"你看看你,一个机器人流什么眼泪。"

"我没有流泪,那是水。"小废物辩解道,"灵儿姐,你没事吧?"想起湖边的事,小废物忙问道。

"我没事啊,今天我听到你喊我,就赶快往回赶,然后就看到你个傻子一头栽在湖边,被水泡着,你脑子是真的进水了,让你不要动,你往湖里跑。"

"警报都响了!一个防御装置都自爆了!"

"我知道,乾相检查了,是刚好有一队野生动物路过,触发了警报,那个监测装置也是被野生动物给破坏了,他去了好久也是为了驱赶野生动物。"

"是这样?那我给你发信号你为啥没回复。"

"你没给我发过啊?"灵儿一脸诧异,说着拿出了信号接收器又检查了一遍,那段时间没有收到任何信号,"你记错了吧,我也是听到你喊我才回来的,你是真的强,喊的声音我那么远都听到了,响度够大,不过你为啥要下水呢?"

"我在岸上喊,没有任何回应啊,我以为你在水里,所以我也要在水里你才能听得到。"

"咋可能呢,水也可以传播声音啊,传声速度还快呢。气体、液体、固体都可以传播声音,只要有介质就行,只不过不同介质传播声音的速度不同。"

"是这样啊,那我在岸上喊,你没听到吗?"

"隐约也听到一点,我就听到最后一声特别清楚,明显是在水里喊的,声音通过不同介质传过来音色是不一样的。也有可能你在岸上喊得响度小,我就没怎么听见。"

"是吗?"小废物一头雾水,警报和防御装置自爆都是野生动物弄的?自己没发信号?岸上喊的声音小?唉,要是能看见就好了,自己现在只能通过声音来判断。

"灵儿,来吃牛肉喽。"乾相说。

- 039

"马上就来。"灵儿答应道,"今天在湖边好几头野生黄牛被防御系统打死了,我们就顺手带回来了一只,我去吃肉了,你自己把自己擦干啊。"

晚上,小废物还在回想着那些事,灵儿在旁边躺着。
"灵儿姐。"
"嘘……"灵儿示意安静,然后小声说,"我知道你想说什么,我也不相信什么牛群、野生动物的鬼话。"

小废物一听,有点吃惊。灵儿接着说:"今天给你擦水的时候,你外壳上有一道划痕,明显是枪弹造成的,我从一开始就没完全相信乾相,我们只是在一起完成任务,选择了自由流浪者这条路就是选择了孤独,不会有绝对的朋友的。"

"灵儿姐,那你打算怎么办?"
"不能再和他组队了,前几天做任务我就已经发现不正常了,只是想着再组几次,多完成点任务好换点零件。知道我为什么同意带着你么,就是多一道保险,今天的事太危险了,虽然不知道他为什么要这么做,但是和他组队的风险已经远远大于收益,明天我就随便找个借口让他走。"

听到这里,小废物百感交集,一方面,是灵儿把他当成了最后一道保险,肯相信自己,十分感动;另一方面,是心疼灵儿,没想到灵儿一人在外要承担这么多东西。想着想着,不由得大声说道:"我一定要赶快变强,这样就能保护灵儿姐了。"

乾相那边似乎听到了说话声,发出了一些声响。

小废物和灵儿都心头一紧,灵儿马上说:"好啊,那姐姐就给你讲讲声音是怎么传播的。声音呢,可以在固体、液体、气体中传播,但不能在真空中传播。固体、液体、气体都叫作介质,所以也可以说声音可以在介质中传播,声音的传播需要介质。听懂了没?"

"嗯!"小废物故意大声答道。

"另外,不同介质传声效果不同,会改变声音的音色。比如,人听自己的声音和别人听他的声音是不一样的,因为自己的声音是通过骨头传到耳朵的,简称骨传导。别人听到的声音则是通过空气传到耳朵的,所以听到的音色其实是不一样的。"

灵儿停顿了一下,喝了口水,看了一眼乾相那边,觉得他应该还在听。

"而且,声音在不同介质里传播的速度不一样,在空气中大约为340 m/s,在水中约为1500 m/s,而在钢铁中则可以达到5200 m/s。小废物,回声你听说过吗?"

"没有。"

"回声就是声音在传播过程中碰到障碍物反射回来的声音。声音其实是一种波,就像你在湖边看到的水波一样,高的地方叫波峰,低的地方叫波谷。水波碰到岸边会返回,声波也是一样啊。"

"想起水波,好像明白了一点。"

"那为什么我现在说话,却没有回声呢?"

"不知道。"

"因为只有两个声音时间差距在0.1秒以上时,人耳才能分辨出来,两个声音时间差在0.1秒以下时人耳就无法分辨,认为只有一个声音。"

"是这样啊。"

"那么问题来了,我要想听到自己的回声,这个帐篷至少得多大呢?"

"这个……从声音发出碰到墙壁再返回来,时间必须至少为0.1秒,而声音在空气中的速度为340米/秒,也就是总长至少为34米,但这是往返路程,所以单程至少17米,也就是这个帐篷的长度至少得17米才有可能听到回声。"

"真棒,那你估计一下现在这个帐篷大概有多少米?"说着,她把小废物往乾相大约在的地方轻轻推了一下。

小废物马上就明白了,一边拨着板车,一边说道:"一米、两米……"

那边发出一些声响,似是小心移动的声音。

"灵儿姐,才5米啊。"

"那肯定听不到回声了,今天你先学这么多吧,我困了。"说完,轻轻拍了拍小废物的外壳,放松地睡了。

黑夜里,主信号灯在规律地闪着,远远望去像是大海上的灯塔,又像一根刚被点燃的火柴,光芒微弱而坚定。

乾相走了。自由流浪者最重要的就是自由，灵儿有权和他组队，也有权退队，他说了很多，可只要灵儿不同意，谁也没有办法，规矩就是规矩，他带着他的不甘走了。他走之前对灵儿说，希望她不会后悔。灵儿只说，我离开文明庄园都没后悔过。他还恶狠狠地看了小废物一眼，可看也是白看，小废物没有光学成像系统，啥都看不见。灵儿给小废物说起此事，逗得小废物哈哈大笑，这是拉了多少仇恨啊。灵儿也开心地笑，她好久没这么放松了。

但是到了下午，势头就不对了。营地周围出现了一些其他自由流浪者，灵儿布置好防线，严阵以待。对方把营地围了起来，看到阵势一时也没有硬攻，毕竟都是自由流浪者，不需要把事情做绝，如果硬来他们估计损失也会不小，得不偿失嘛。双方就这样僵持着。

到了晚上，小废物说放哨的任务交给他，让灵儿先休息。灵儿也确实累了，刚躺下，外面声音四起。他们故意高声播放音乐，本来美好的乐音此时却成了噪声。灵儿翻来覆去根本就睡不着。

"没有什么办法吗？"小废物问。

"唉，噪声一般是指毫无规律且响度很大的声音，但从另一个角度讲，只要是影响人们工作、休息的声音，都可以称为噪声。控制噪声的办法倒也有，按控制噪声位置分为三大类，在声源处、在声音传播途中、在声音接收处三部分控制噪声。在声源处嘛，具体就是打过去，不让他们再发出噪声，但这明显不现实。人耳嘛，我刚试着戴耳塞，有些效果，但噪声还是很大。只能在传播途中想办法了。"

灵儿说着拿出一个装置布置起来，装置打开竟然是一个大罩子，还有一个底座。底座大约有4平方米那么大，灵儿和小废物都站在底座上，把罩子在底座上接好，确保与底座连接紧密。

"这个是真空罩，可以用抽气机把双层罩子中间夹层的空气抽掉，还记得我给你讲的声音不能在真空中传播吗？抽掉空气形成真空，再大的声音都进不来了。"

果然，随着抽气机开始工作，周围的噪声响度越来越小，减弱到了人勉强可以接受的程度。

"为什么还有声音？"小废物问道。

"因为没办法完全抽成真空，这个抽气机只能抽成这样，还有底座是和地面相连的，声音可以在固体中传播，所以怎样都会残留一些空气，现在还好吧，我再戴上耳塞就差不多了。"

灵儿闭上疲惫的双眼，终于能歇一会儿了。

看灵儿熬过了第一夜，对面更加丧心病狂，不分昼夜地制造噪声，他们可以换人睡觉，但这边却只有灵儿一个，只能在撑不住的时候小睡一会儿，睡眠质量还很差。如此几天，灵儿有点撑不住了，而更令人担忧的是，抽气机长时间的工作，已经把电池的储存消耗得所剩无几。灵儿收起了真空罩和抽气机，准备把最后几块电池留给小废物用，但这样就暴露在了噪声中，彻底没法休息了。

晚上，灵儿戴着耳塞依旧很难受，一双手从后面摘下了她的耳塞。巨大的噪声让灵儿一个激灵，转头一看是小废物。

"相信我。"

不知怎的，灵儿心里生出一种莫名的安全感。小废物用机械手捂住了灵儿的耳朵，声音小了一点，又小了一点，没了！彻底没了！

"你怎么办到的？"灵儿一双大眼睛看着小废物。

"你给我讲的啊，声音像水波一样是一种波，有波峰和波谷，那他们放出的噪声也是一种波啊，我把收到的噪声分析了一下，像水波一样画出了噪声的波峰和波谷，然后就模仿着自己也发出这种噪声，发现噪声变强了，那我就想，和它一样就增强，那要和它相反是不是就能减弱呢？于是就画出了它的反向波形图，把波峰变成波谷，把波谷变成波峰，然后尝试发出这种声波，发现与噪声叠加，噪声果然变弱了，一开始还不太好把握，没办法完全发出反向的声波，后面熟练了就好了，噪声真的一点都没有了。"

"嗯，声音是一种波，当然可以用波形图来表示，再结合声音是由物体振动产生的，用高低差来表示振幅，确定响度大小；用单位时间完整波形的个数表示频率，确定音调高低；用波的形状来表示振动的物体特点，确定音色。这些本来是我打算后面给你讲的，没想到你自己都研究出来了。"

"你把提示都给我了呀,水波嘛。好了,后面再说,灵儿姐你先睡一会儿吧,这儿有我呢。"

灵儿枕着小废物的机械手,甜甜地睡去了。

几天下来,对面以为灵儿在崩溃的边缘,可没想到,灵儿竟然越来越精神了,这让他们有些沮丧。但危机并没有解除,再这么包围下去,总有一天灵儿他们的能源会耗尽的。

灵儿养足了精神,清点了一下剩下的物资,准备做最后一搏,如果把所有火力集中到一个点上,兴许有机会能冲出去。

"我有一点想不明白。"小废物说。

"怎么了?"灵儿问道。

"为什么他们发出的噪声都是20 Hz至20000 Hz的呢?"

"这个简单,因为人耳只能听到20 Hz至20000 Hz的声音啊。20 Hz以下的是次声波,20000 Hz以上的是超声波,次声波和超声波,人耳都听不到。他们发出这些干扰不到我,没有意义啊。"

"是这样啊,那次声波和超声波确实没啥用。"小废物有点丧气。

"等等,小废物你能发出次声波吗?"

"可以啊,当然可以,我把频率降低就是了,你给我装的发声系统可是高级货,全频率声音都能发出。"

"太好了,小废物,你就是我的宝啊。"灵儿开心地抱着小废物亲了一下。

"什么情况？"小废物一脸懵。

"我怎么没想到呢。次声波平常没有，只有大规模杀伤性武器爆炸时或者火山爆发等大灾害发生时才有。人虽然听不到，但次声波对人体有巨大危害，轻则造成情绪不稳定，注意力无法集中，重则使人心慌、血压不稳，甚至死亡。原理很简单，声音不仅能传递信息，还能传递能量，次声波就是把能量传给别人，破坏人体的组织结构。"

"那就让他们也尝尝声音的厉害，还是不可听声的厉害。"小废物坏笑道。

这边，前几天乾相走后纠集了几个自由流浪者，给了他们一些资源，又许给他们好处，说灵儿有个仿生机器人，事成之后机器人给他们，他只要教训一下灵儿。他们也因为灵儿这几天抢着做任务，抢了他们的活计，心里有些怨气，就一起来了。几天下来，能源消耗了不少，灵儿竟然意外地撑了下来。他们正在商量对策，突然感觉一阵心烦意乱，有种想拿脑袋撞墙的冲动，其中一个意识到了什么。"该死，是次声波。""什么？灵儿怎么有能产生次声波的装置？"一阵恍惚间，只见载具载着灵儿和小废物已经冲出了包围圈，他们头痛欲裂，哪还能管得了这些，乾相冲着远去的灵儿大声喊道："我还会来找你的！"

"哈哈哈哈。"看着乾相和那些人痛苦的样子，灵儿可算出了一口恶气，心里那叫一个爽，说："这些笨蛋，让他们恶心难受去吧。"

小废物可没手软，用的是最大振幅，要不是考虑到节约能源，敢伤害灵儿，真打算把他们都废了。

总算甩掉了那些人，不过他们的能源也所剩无几，急需补给。

"我们需要补充物资，但能源不多了。"灵儿在找了一个安全的地方重新安顿后，跟小废物商量道。

"嗯，那有什么办法能弄到能源呢？"小废物说。

"对了，上次那个地形测绘任务做得差不多了，完成最后一点上传就可以领奖励了。这个乾相，本来还打算分他一点呢，没想到他竟然这样。"

"有什么我可以做的吗？"

"你把这部分湖底深度算一下吧。"说着，灵儿递给小废物一份数据。

探测器从水面竖直向下发出超声波，4秒后收到回波。

"咦？超声波？还能用来测水深，还挺有用的嘛。"

"嗯，超声波具有方向性好、穿透性强、易于获得较集中的声能的特点，这里，声呐测距主要用的就是方向性好这个特点。穿透性强可以用来探测人体或机器内部构造，比如B超什么的，易于获得较集中的声能可以粉碎人体内的结石但不伤害人体，因为能量集中嘛。"

"小看超声波了，没想到有这么多用处。"

"超声波还有好多用处呢，我只是说了比较有代表性的。说归说，你算完没？"灵儿问。

"没啥算的呀，3000米啊。"

"哎呀，这个不能光有结果，要做任务，要交一个包括已知、求、解、答的完整报告。解必须有公式、代入、结果。"

"这样呀，那我试试。"小废物说。

有诗云：公式自当先，代入单位添。结果两小数，文字要写全。点叉乘会用，莫错角标怨。

已知：$t = \frac{1}{2} \times 4 \text{ s} = 2 \text{ s}$，$v_水 = 1500 \text{ m/s}$

求：s

解：由 $v = \frac{s}{t}$ 得 $s = vt = v_水 t = 1500 \text{ m/s} \times 2 \text{ s} = 3000 \text{ m}$

答：此处水深3000米。

"这样可以吗？"

"哎，写得不错嘛。"灵儿很高兴，"这样任务就完成了。"

灵儿长舒了一口气，能源问题也解决了。有了能源，就可以去换各种补给了。做了短暂的休整，灵儿他们向着自由市场而去。

自由市场，顾名思义，就是自由的市场，没有什么具体的规则，只要一个愿意买、一个愿意卖就行。这里不仅是自由流浪者之间交换物资的场所，文明庄园和新建盟在这里也有分部，分部的工作是发布任务、购买情报。双方此时倒是很有默契地各占了一半，井水不犯河水。毕竟各方都需要这么一个交易的地方，所以谁也不会轻举妄动，本来对立的人类和机器人在此处形成了一种奇怪的平衡，曾经有人脾气上来了想闹事，结果引来了各方势力的绞杀，后来就再没有闹事的人了，市场里面明明都是最危险的人，却成了最安全的地方。

灵儿他们进了自由市场大门，是两条Y字形岔路，左边雕梁画栋，人文气息浓郁，一看就是文明庄园的商店聚集的区域，售卖的也多是艺术品。右边则规整很多，每栋建筑都一模一样，这里是新建盟的商店，售卖各种高科技产品。中间本来是作为缓冲地带的大广场，后来逐渐被自由流浪者占据，成了自由市场中的临时摊位，里面卖什么的都有，质量良莠不齐，更多的是交易两边都需要的通用资源和情报。

灵儿他们先去了中间，想找一家店补充食品、淡水、电池等基本物资。刚走进去，一个眼尖的老板就凑上来："这位小姐可是要补充给养？我的店里可是应有尽有。"灵儿看了他一眼，只见此人长着一双小眼睛，鹰钩鼻，大面阔口，弯曲着上半身赔笑着介绍自己的店铺，不时用余光扫两下灵儿的面庞。

灵儿压着恶心，转身想走，那位老板却并没有要放弃的意思，还在推销自己的商品，并吹嘘自己在文明庄园和新建盟都有认识的人。灵儿听到这话，差点没吐出来，转念一想，又摆出一张笑脸。

"老板,那你可得给我打个大大的折扣啊。"

老板一听灵儿有意向,马上接上,说:"那必须的,好说好说。"看到灵儿的笑脸,嘴更是咧到了耳根。"请跟我来,店铺就在前面。"

到了才发现,只是个小摊而已,不过东西也算齐全,补充完物资,做任务刚到手的能源被这老板七算八算也就剩不下多少了。

灵儿似是有所准备,说:"老板,想赚钱不?"

"想啊,当然想。"

"你把这个交给文明庄园分部的部长,他会给你一大笔能源的。"

"部长?我估计都见不到他吧。再说了,有这好事你自己怎么不去。"

"还说认识文明庄园的人呢,就这,想赚钱就别问那么多。"灵儿忍不住微微笑了一下。

"你可别诓我,要是惹恼了文明庄园的人,我在这里可没好日子过。"

"哎呀,想挣钱肯定要冒点风险嘛,你就说是跟大小姐相关的情报,绝对能见到部长。这样吧,要是我骗你,这个仿生机器人送给你。"

"灵儿姐,这……"小废物想表示抗议,但也知道抗议肯定无效。

"这倒也不亏。"看了眼小废物,他知道仿生机器人的价值,战后新建盟那边的仿生机器人几乎都成了管理层，文明庄园的智能机械又大部分都被摧毁了，剩下的极少数也是用于研究，普通人想得到仿生机器人基本没有机会。

想到此，老板咬了咬牙："好，这买卖我做了。"

"把东西送到，部长给你的能源的10%是你的报酬。"灵儿说道。

"行，你等着。" 老板下定决心，三步并作两步拿上东西就去了文明庄园分部。

"灵儿姐，你还有这种情报？就算有也不能交给这种人啊，他肯定不会老老实实只拿10%的。"小废物听得迷惑，越发觉得灵儿是真的有本事，但从外貌上看，也不是实力派啊。

"这你就不用操心了，这事也只能他去办，你灵儿姐我山人自有妙计。"

"说你胖你还喘起来了，可别怪我没提醒你。"小废物没好气地说。

闲着也是闲着，灵儿随手拿起老板的工具给小废物做了个保养。老板这里的工具还是全，小废物的铁锈和上次进的水都被彻底清理干净了，还调校了外壳，做了加固、密封，以后小废物就不怕水了。保养的时候，灵儿做得很卖力，可以说是保养到位，但小废物觉得是在报复他刚才说的话，弄得他疼得要死，却也不好说什么。

老板回来了，满面春光。"我一说是大小姐的情报，那些人马上对我另眼相看，把我请到了贵宾室，部长亲自接待，我还是第一次有这种待遇呢。"

灵儿对此并不意外，接过能源，看了看。

"都在这儿了。"老板恭敬地说。

"嗯，不错，你没有从中私扣。"灵儿对能源的数目很满意，"我马上给你转10%。"

"哎，这怎么好意思呢，不用了，不用了，我走的时候，部长亲自又给了我一些能源，让我以后有情报再送过来。"

"咦？哈哈哈，也好。"

"在下拜德满，敢问姑娘？"老板试探着询问道。

"我？你可以叫我麻泽，看你人还不错，咱们下次再合作。"灵儿装作高兴地说。

"好的好的，那您慢走。"拜德满目送灵儿离开，又看了眼刚赚的能源，舔了舔嘴唇，心想今天可宰了头肥羊，要是天天都有，那可就太好了。

等走远了，小废物实在忍不住了。

"麻泽？哈哈哈哈，灵儿姐，真有你的。"小废物大笑道。

"哈哈哈，谁让他想占我便宜，那就别怪我了，他会有报应的。还有你，笑屁笑，还不是为了给你买光学系统，我可不能轻易暴露自己。"

"可还是被坑了好多能源啊，灵儿姐。"

"哼，坑我的能源，会有人找他算账的，你跟我多学着点。"

灵儿带着小废物穿过中部,来到右边,新建盟的建筑都是用高科技材料制成的,兼具成像、支撑、防水等多种作用。长长的街道上从能源系统、运动系统,到感知系统、运算系统,凡是机器人能用得到的,应有尽有。灵儿四处走走看看,对各种新奇的科技玩意儿好奇不已。

"灵儿姐,我们还要走多远啊?"

"马上就到了。"那些小店只是前菜,灵儿最终还是来到了新建盟的分部。这里的所有产品都是最先进、质量最稳定的,但也是价格最高的。

"您好,有什么可以帮助的吗?"一进店,就有机器人上前服务。

"带我去看看最新的光学感知系统。"

"好的。"机器人服务生边走边问,"请问您要给什么类型的机器人装光学感知系统呢?"

"仿生机器人。"

"这个一般销量很小,请跟我往里走,我们这里有全套的仿生机器人光学感知系统,可以辅助仿生机器人学习如何熟练使用光学元件。"机器人熟练地介绍着。

在店铺的角落里,一个摄像头微微转动,对准了灵儿他们。

灵儿看了看价格,刚好和手里的能源差不多,看来官方的东西是贵啊,她本来想把运动系统等其他系统一起给小废物配齐,没想到新建盟官方系统价格这么贵,算啦,先装个光学感知系统吧。

刚才的机器人服务生带小废物去安装光学感知系统了,还附带基本使用教学,需要一点时间。趁这个空当,灵儿翻看着后面的详细操作说明,她不能在这里久留,附带的全套学习内容只能她给小废物教了,这样她也放心些。想着想着,她又开始想将来小废物不再残废,然后就可以舒舒服服地完成任务挣能源了。

正出着神,小废物出来了。

"灵儿姐!"

"小废物。"

小废物装上光学系统,方盒子上加了头部,整体比例协调多了,这才是仿生机器人该有的样子,灵儿看着小废物现在的样子很是欣慰。

"走吧。"灵儿在这里待的时间有些长了,就要带着小废物离开。

小废物似乎还是看不太清,不过比以前好多了,灵儿握着他的机械手走出了新建盟分部。

监控也停止了转动,另一端控制台上传来报告声:"注意,目标丢失!注意,目标丢失!……"

出了自由市场,找了个没人的地方,灵儿想了解一下小废物对光学系统应用的水平。她把小废物放在阳光下,问道:"刚才都给你讲啥了?"

"没讲啥啊,就说了一个,能发光的物体叫光源,比如太阳就是光源，月亮就不是，月亮的光是太阳发出的光照射到月亮上再反射出来的，月亮自己不能发光。"

"在里面那么久，就讲了个这？"灵儿觉得有点不可思议，这新建盟还说自己专业，效率也太低下了吧。

"没了啊。"

灵儿白眼一翻，一句话都不想说，心想能源都被骗光了，新建盟真黑。

小废物看灵儿生气了，说："灵儿姐，我给你变个魔术吧。"

灵儿把头扭了过来，依旧有气无力，没说话。

小废物头上伸出一块三棱柱形状的玻璃，对准太阳。

"然后呢？"灵儿看着这块形状奇怪的玻璃，在太阳照耀下是有几分好看，但也不能称之为"魔术"吧。

"哎呀，你看地上，谁让你看这个镜子了。"

地上出现了一道彩虹，红、橙、黄、绿、蓝、靛、紫七种颜色赫然出现在地面上。

"好美。"灵儿捂住嘴惊喜地说道。

"好看吧。"小废物把那块玻璃转了个角度，彩虹更宽了一点。

"这个实验最早是一个叫牛顿的人做的，这种三棱柱形状的玻璃叫三棱镜，太阳光经过三棱镜会分解为多种颜色的光，这种现象叫光的色散。"

"你还是学了点东西的嘛。"灵儿的视线并没有离开彩虹。

"那是自然，我的学习能力可是很强的。我学完之后就想把这彩虹送给你，灵儿姐。"

"油嘴滑舌，越来越没顾忌了，还学了啥，一次说完。"

"从光的色散就知道了光是有颜色的，光也是可以混合的，比如太阳光白光就是多种色光混合而成的。"

"然后呢，光的三原色是红、绿、蓝，有这三种色光就可以混合出任意一种颜色的光，这三种色光等比例混合会形成白光。"

"最后就讲了，能看到物体是因为有光进入眼睛，对于我就是光学接收装置。透明物体能透过哪种色光，那这透明物体就是啥颜色；不透明物体能反射哪种色光，那这不透明物体就是啥颜色。"

"还有没？"

"没了，真没了，安装元件就花了好久，主要还要把接收的光学信号和我的运算系统相连接，调了好久，我就上了一节课。"小废物解释道。

"那我问你，你看到那片树叶是绿的说明了啥？"

小废物费劲地瞅了一下，说："说明那片树叶只能反射绿色的光。本来太阳光包含多种颜色的光照到了树叶上，但只有绿色光反射出来进入了我的光学接收装置，所以树叶只能反射绿光。"

"那其他色光呢？"

"被绿叶吸收了呗。"

"那你看我头发是黑色说明了啥?"

"太阳光照上去全吸收了呗,一点色光没剩,就是黑的;白色就是全反射了,一点没吸收。"

"不错啊,没难住你。"

"这有啥难的,像空气,就没颜色,所谓的无色,因为光都能透过啊,所以空气的颜色取决于后面是啥,后面是树叶,那就是绿光透过,就是绿色;后面是蓝天,那就是蓝光透过,就是蓝色,所以空气自身是没颜色的。"

"你还想问啥?"

"不问了,你都会,没意思,好歹能源没白花。"

其实当灵儿看到彩虹的时候,就觉得这能源花得值。灵儿就是这样,容易被这些花花绿绿的小玩意儿感动,毕竟还是个女孩子呀。而当小废物看到灵儿的长发时,也已经决定,以后谁要敢伤她一根头发,就是自爆也绝不会放过他。

文明庄园分部。

一个中年人阴沉着脸,额头上如沟壑一般的皱纹又深了几分,右手紧紧握住麒麟杖,压抑着心中的怒火。

一个人瑟瑟发抖地跪在他面前。"部长,我是真的什么都不知道啊。"

"不知道!这份假情报是从哪儿来的?"旁边一位胸前文着狮子的壮汉直接向前一步,一脚把他踹了出去。

"咳……咳,知道的我都说了啊,小人叫拜德满,今天有一位姑娘来我店里补充给养,给我的东西,其他的小的一概不知啊。"拜德满好像受了伤,但还是爬起来回答道。

"是你说这是关于大小姐的情报,是不是?"那个壮汉依旧不依不饶。

"是,是。是那个姑娘让我这么说的,她说这样就能见到部长。"

中年人再也忍不住,麒麟杖凌空敲来,吓得拜德满双手抱住头部,躲到一边。

"算了,狮头,你来处理吧。等下来顶楼花园找我。"
"是。"

文明庄园分部部长法岐,是法氏家族第三代族长,一路升至大法官,原来是人类文明庄园总部五大核心成员之一。后来在审判贝氏家族的贝婴灵时,因为判罚过重,又监管不力,以致贝家大小姐离家出走。这个贝婴灵也是帅家未过门的钦点儿媳,于是贝家联合帅家两大家族同时发难,法岐只好自罚退出权力核心,来到这偏远之地当分部部长。法家暂时在明面上跟他划清了界线,暗地里帮他组织力量成立了麒麟门,他任掌门人,想帮他快点找回贝婴灵的下落,好给两大家族一个交代。

"唉,要是找到贝婴灵,我也就能回去了吧。"

"部长。"来人正是刚才脚踢拜德满的壮汉。此人叫法强石,自幼学习武术,身强体健,是法岐的得力助手,一般刑罚具体执行都由他来操作,脸上浓密的络腮胡横着向两边长,他也懒得收拾,人送外号"狮头"。

"怎么处理的?"

"我罚他服苦役一个月,同时,以后来自由市场交易必须要给我们八成利润,直至把欠的能源还清为止。"

"嗯,不错,这次到底损失了多少?"

"我们依据那个情报找了过去,等到了地方才发现那是新建盟的一个靶场,去的二十个人都是好手,只有四个人受了点轻伤,就是大家被机器人当成活靶子打来打去,心里都很窝火,再就是一些能源损失。"

"这个贝婴灵,竟然打着自己相关情报的名义来跟我们骗能源,还戏耍了我们,当时我就应该判她终身监禁,真不知道帅家看上她哪点了。"

"听说婚约是老师帅正源在贝婴灵很小的时候就定的,甚至写进了族谱。"

"是啊,这个贝婴灵不简单。"法岐一扭头,看见狮头还恭敬地等在旁边。"你还有什么要汇报的?"

"我按拜德满的供述去查了,有人看到贝婴灵带着一个仿生机器人去了新建盟分部。"

"哦?她从哪儿搞的仿生机器人,这下不好搞了。"

"没事,看到的人说那个仿生机器人除了运算系统外只装了发声收音系统,很不完整。"

"那他们去新建盟一定是买配件去了。"

"肯定是这样,这样贝大小姐冒着暴露的危险来咱们这里骗能源也就能解释通了。而且他们出来的时候,仿生机器人安装了新的光学感知系统。"

"哼，这个臭丫头，还在庄园总部的时候，就爱弄智能机械这些东西，那时我还收拾不了她，现在嘛，跟个仿生机器人搅在一起，那就别怪老夫辣手了！"

"传我命令，放出消息，文明庄园要探索邻近新建盟秘密基地，最近多放一些拍照、成像等情报探索任务。"

"是！另外，她有一个起了矛盾的前队友。我们要不要……"

"这个蠢货，当自由流浪者了，还是四处树敌，你去联系一下，看看那人上不上道。"

"是。"

"哼哼，贝婴灵，你跑不出我的手掌心。"

灵儿连打了两个喷嚏，翻身准备接着睡，小废物现在能看清一点了，黑色的头发，白色的皮肤，红润的脸颊。

"你看什么呢？"灵儿被盯着看得浑身不自在，"我就说怎么睡不着，你现在能看见了啊？"

"看不见啊，天地良心，我只能分辨物体的颜色，轮廓根本看不清。"

"看不清就好，你现在长'眼睛'了，不能再在我床边了，啥都被你看去了。"

"我发誓，我啥都看不见。"一听要赶他走，小废物赶紧赌咒发誓，"再说了，我到外面去怎么监控你周围的安全啊。"

"这个嘛,有办法。"反正睡不着,索性起来教小废物点东西。

"你调成红外线接收模式。"

"哇,世界咋变成这样了。"小废物惊讶道。

"红外线,是太阳光色散后红光外侧的一种人眼看不见的光。红外线跟热和温度联系比较紧密。任何物体都会向外辐射红外线,温度越高,辐射的红外线越强。比如你看我,就是红色,因为生命体温度明显高于环境。"

"所以呢,你就在外面,观察帐篷周围,如果有其他生命体靠近,他会很红,你就可以第一时间发出警报。"

小废物调了一下设置,好像是这样,往远处看,很容易就判断出那里有动物,因为发红,表明那里温度高,是生命体。

"而且,你可以通过发出特定的红外线传递信息,控制整个营地的防御系统。"

"我学会了,但是能不能不让我出去?"小废物竟然开始撒娇。

"不可以!我是女生,睡觉怎么可以让别人看呢。快点出去。"

小废物一步三回头地挪了出去。调好设置,就只能看见一片蓝色系,那团红色消失在了帐篷后。小废物感到一阵空虚,周围寂静无声,只是偶尔有小动物在附近活动。闲着也是闲着,小废物打开光学感知系统,试着向外发射红外线,果然,很快周围警戒系统就收到了指令。还挺管用的嘛，小废物心想。玩了一会儿，又开始觉得无聊，小废物把红外线的能量加大看有啥效果，那地方很快就红了起来，咦？发红，那说明……那里温度高了，小废物赶快关了红外线，过去一摸，那里烫得要死，再加热估计马上就要着了。

"小废物，我咋闻到一股煳味呢，你看看是不是哪里着火了？"帐篷里传来灵儿的声音。

"没事，没啥事，你快睡吧。"小废物赶快应道。

第二天，灵儿起来第一件事就是检查营地，果然，有一块草地被烧焦了。一个眼神看向小废物。

"好吧，我昨天玩红外线，不小心……"

"你知不知道红外线有热效应，太阳向地球传热的主要形式就是红外线。"

"不知道。"小废物有点委屈。

"来。"灵儿有点无奈，她再一次把小废物拉到太阳光下，"光的色散。"她再多一句话都不想说。

小废物听话地把三棱镜伸了出来，地上又出现了彩虹。"漂亮吧。"

"漂亮个鬼！你以为我真不知道啊。"灵儿没好气地在红光外放了个玻璃泡被涂黑的温度计。"给我盯着这个温度计看，就看里面红色液柱伸长了还是缩短了。好好看，没我允许不许停。"

灵儿去忙了，小废物盯着液柱看，没看出啥变化啊，不对，好像在伸长，小废物费力地看着，看到液柱顶端旁边好像有数字，刚才还在25，现在到26了。"伸长了，伸长了。"

小废物兴奋地叫着。

"嚷嚷啥，这叫温度计，是利用液体的热胀冷缩原理制成的，液柱伸长说明温度升高了，但那里明明没有光照，怎么回事？"

"谁说没有，人眼看不见，但红外线成像看得清清楚楚，那里有红外线。"

"行啊，能主动切换模式了。是的，所以就说明红外线有热效应，其实其他色光加起来传递的热量可能还没有红外线一种光传递的热量多。"

灵儿又拿出一支笔，在紫光外侧画了一道，那里瞬间亮了起来。"紫光外侧的不可见光叫紫外线，紫外线能使荧光物质发光。我刚用的就是荧光笔，这也是我们传递情报的一种方法，平常看不见，拿紫外线一照就很清楚。"

"哇。"

"不要随便发出那种声音，"灵儿瞪了小废物一眼，"你昨天为啥要烧草地，知不知道那样很危险？"

"我一个人在外面，心里难受，只能玩红外线……"小废物的说话声越来越小。

听到这话，灵儿一下就不生气了。"好啦好啦，今天咱们不出去，姐姐陪你一天。"

"好！"这是小废物装光学感知系统以来最幸福的一

件事了。

新建盟最高指挥中心,一个女人坐得笔直。
"报告,发现未知仿生机器人。"
"这种东西交给C32就行了,按预案处理。"
"这份报告就是C32让转过来的。"A1101说道。
"哦?"女人接收了数据,"数据处理能力预估为E级,不排除F级!"女人一下站了起来。"把当时拍到的录像发给我。"
"是。"A1101熟练地操作着,一段录像出现在了主屏幕上。
"这么多年了,你还是等到了么。"女人似是有些丧气,"好了,帮我联系D2,通信加密。"
A1101服从命令后离开了,偌大的主控室里又只剩了女人一个人,电话接通了。那边没有说话,等待着。女人说:"启动E计划,目标已出现。"
"好的,收到。"
等了一会儿,女人问:"你怎么不中断通信?"
"嘟……"
"唉,我终究爱的不是他。"

这边,文明庄园要探索邻近新建盟秘密基地的消息一放出来,新建盟的情报网络就收到了。新建盟分部几个首脑在商量对策。

A0676："根据目前搜集的信息，预估文明庄园能直接派遣的专业战斗人员不超过50万，动员后总兵力也不会超过200万，分部这边，屯扎常驻兵力6万左右，但散布于20万平方公里的面积上，主要机动兵力是文明庄园分部部长法岐直属麒麟门人员，约有2000人，但实力较强。另外，自由市场周围大约有50万的自由流浪者，其中包括很多有实力的人员和小组织，文明庄园分部的高额奖金将使这些人成为目前最大的不稳定因素。我部当前最高可承受约10万武装人员攻击，若任由事态发展，10%的暗堡将被占领，30%将被发现，其余均受探查威胁，有泄密可能。"

B279接着说道："我们设计部共拿出了三套作战方案。α方案，主动出击，捣毁文明庄园的一些据点，削弱对方实力，使对方丧失骚扰我方的能力，同时震慑自由流浪者。β方案，与对方拼能源，也雇佣自由流浪者探查对方据点或发出截击任务，以自由流浪者对抗自由流浪者。γ方案，关闭所有不常用暗堡，开启迷宫模式，我们完全退守，避其锋芒，待形势变化，再求反击。"

C27："我们战略部，从目前态势来看，对方突然有如此大的动作，必有企图，但只是雇佣自由流浪者探查，若说是为后面大战做准备，不会这么大张旗鼓，所以有关对方的行动主要目的，尚且无法判断。"

C28："经我们综合评估，决定在搞清对方主要目标之前，先做防守，选择以γ方案为主，β方案为辅。不过β方案不是指雇佣自由流浪者探查据点或截击，而是主要打探此次文明庄园行动的目的，目标明确之时就是反击之日，启动α方案还以颜色。"

灵儿在查任务信息时发现了文明庄园的异常，小废物才装了光学感知系统，需要学习锻炼光学元件的使用，就出现了大量的侦查拍照任务，这简直是瞌睡来了有人递枕头。刚好小废物情绪不太好，就陪了他好几天，这几天碗都是小废物洗的。洗过之后用紫外线消毒，继夜灯之后小废物又变成了消毒柜，谁让紫外线有消毒功能呢。不过这也让小废物熟悉了紫外线的特性和应用，又进步了不少。老这样也不是办法，能源快用完了，灵儿挑了又挑，选了一个简单一点的任务。

"来，小废物，接下来你要跟着我一起去完成任务，这次任务可能有危险，所以要教你射击。"

"有危险？"小废物第一次听到有危险还是有些虚，但听到又能学射击，马上就兴奋起来了，"我不怕，遇到危险我肯定会保护你的。"

灵儿摸了摸他的圆脑袋，说："你还挺勇敢的嘛，把枪拿好，学我的射击姿势。"

小废物的机械臂往下一沉，调整好姿势。

"看那边的靶心，射击目标、准星、人眼要在同一条直线上。射击。"

"啪！"一声枪响，脱靶了。

"第一次嘛，多练练。"

"嗒，嗒嗒，嗒嗒嗒。"又是几枪，全部脱靶。

"你怎么回事？"灵儿坐不住了。

"为什么这三个点在一条直线上射击就准确了呢？"小废物问。

"你按我说的做就是了啊，管那么多。"

"不理解原理，我肯定做不好的。"

灵儿无奈。"很简单啊，光是沿直线传播的。"

"这……我咋没想到呢。所以，当靶心反射的光线恰好经过准星进入人眼时，那就是一条直线，枪弹也就能命中靶心了。"

"对的，这下好了吧，多练习。"

"不需要多练习。""嗒嗒嗒嗒嗒嗒！"连打几枪，枪枪命中。"只要了解原理就好算多了，至于机械性的训练，对于机器人是没有难度的。"

仿生机器人确实不一样，相比于普通机器人，虽然不能直接输入程序，但可以通过语言等与人类交流的方式让机器人学习提升，而且这种学习是思维性学习，机器人会随环境改变而随机应变，不只是呆板地执行程序，唯一的限制就是运算速度，随着学习的内容增多，运算难度会越来越大，所以数据运算系统是仿生机器人的核心，理论上，只要运算速度够快，仿生机器人的实力是没有上限的。

灵儿看着眼前的小废物，心里想着，才培养了几周，就开始展现出实力了。于是趁热打铁，接着给他说："你看这林中的阳光，是不是一丝一丝的？"

"真的是这样啊。"

"这回看到光沿直线传播了吧。你再看看地面，光斑是啥形状的。"

"那肯定是……咦？竟然都是圆的！这怎么可能？"

"嘻嘻，没想到吧，因为光沿直线传播呀。"灵儿取下靶子，上面被打了几个弹孔，孔不大，又拿出打火机，把火焰调到最大，打出了一个火苗，用身体挡住了阳光，地上出现了一片黑色的影子。

"你看影子和我的形状是不是很像，这是为啥？"

"这是因为光沿直线传播。"这个问题很简单，小废物一下就答出来了。

"好，你现在再看我的影子。"只见影子中竟然出现了几个火苗，而且都是火苗下方在晃动，这火苗是反的！小废物看了一下灵儿，只见她把火苗放在弹孔前面，然后一起向地面倾斜，火苗、小孔和她的影子大致在一条直线上，又看了一眼打火机，很正常的火苗，上部在晃动着。

"这……怎么经过一个小孔就成了倒立的像了呢？"

"你也发现倒立了。来，我们画个图。要想弄懂光，一图解千愁。"灵儿放下靶子和打火机，用一个小木棍当笔在地上给小废物画了起来，"为了表示光传播的路径和方向，首先我们建立一个模型，叫光线。分别用直线和箭头来表示光的路径和方向。"

"嗯,这个没问题,沿直线传播嘛。"

"现在,一个物体(用AB表示)发出的光经过了一个小孔,会怎么样呢?用箭头来表示物体的上下。"

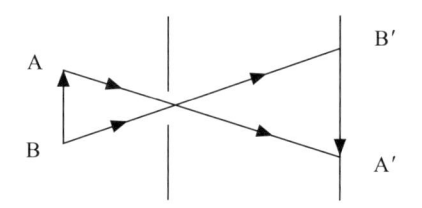

"原来如此,上面发出的光线沿直线走到了下面,下面发出的光线沿直线走到了上面,所以就成倒立的像了。"

"是的,这就是著名的小孔成像,这里要求的小孔,要小到什么程度呢?相比于物体和像到孔的距离,孔径必须要小至少一个数量级。"

"所以,那些圆形光斑其实是太阳倒立的像。"

"完全正确。"

小废物想了想,有意思,一个简单的直线传播竟然能成倒立的像,光学确实很有内涵,自己还有很多光学元件不能熟练使用,得加油了。

人类文明庄园春田庄园地区。

联合大元帅帅武信正在视察今年的秋收情况,两侧夹道围满了群众,人们不时递上自己收获的玉米、花生、红薯等,表达着对元帅的崇敬之情。元帅也不时与群众握手,满脸笑容地问大家有没有遇到什么困难,表示联合政府一定会帮大家解决,联合政府就是广大人民最坚实的后盾。大家都表示日子是芝麻开花节节高，一年比一年过得好，没有什么问题。最后在热烈的气氛中，元帅挥手道别，结束了一天的视察工作。

上了指挥车，帅武信有些得意。"父亲，今天我表现得还不错吧。"

"还可以。"帅正源回答道，他没有下车，但刚才的一幕幕都看在眼里。

"嗯，我知道了，您还是不满意。"帅武信有些不满地说道。

"你这样表现，我怎么能满意。"

帅武信没有说话，恭敬地等着。

"唉，教了你多少遍，你还是只学了皮毛。我能看出来，你在认真地演，努力地演，尽力地演，但这样只有一个空壳，长期下去，不被人看出来，你自己也撑不下去的。"

"我以为自己隐藏得很好，结果您一眼就看穿了。"

"很难吗？这才是你该练的，真正掌握的。"帅正源看了他一眼。

"是的，父亲。"帅武信不再说话。

"还有，你要有爱，要爱这些人民，他们虽然愚昧，虽然可能什么都不懂，但他们崇拜你，你是他们的希望，你也要给他们希望，你也需要他们来崇拜。"

"我……"

"你是不是想说，你不需要他们，所以我说你在演，你根本就对他们没有感情。你不是觉得他们笨吗，现在咱们回去看一看真实情况。"

"小郁，停车。"

车停了，一个人打开车门："老帅，您叫我。"

"换个车，带我们回去。"

"老帅，这样不安全吧。"

"有什么不安全的，这周围都是我们自己人，这里都怕，战场上怎么办？！"帅正源有点怒了。

郁伟不敢违抗命令，换了一辆普通甚至有点简陋的车，载着老帅、少帅两位元帅回到了刚才视察的地方。人们已经散去，三三两两地往家里走着，讨论着刚才的视察。

"车开慢一点。武信，你竖起耳朵好好听听。"

"总算结束了，忙了好几天，这下可以回去好好休息一下了。"一个庄稼汉说道。

"是啊，以前总说帅家的人是天生当元帅的材料，这个帅武信看着也一般嘛。"庄稼汉的老婆似是不太满意。

"行了，咱们不也是配合么，人家跟你这个普通群众还微笑着握手了，已经尽力了，大家心照不宣，你就别挑刺了。"庄稼汉劝着老婆。

"咋了嘛，还不让人说了，我可是为了今天专门排了好几天的节目，挑了最好的玉米，就是想见见大元帅，结果玉米他一口没吃，那表情，他在那里糊弄谁呢，谁看不出来似的。"

"走走走，"庄稼汉左右看了看，"咱回家说。"拽着女人就走了。

车里，帅武信脸色铁青，要不是老帅在旁边，他都想拔枪下去把那个女人给崩了。

"你想干什么？"帅正源注意到了帅武信脸色的变化，"这么容易就激动了？我教你的都忘了吗，现在还觉得他们愚蠢吗，村妇也许大字不识一个，但并不代表她分不清谁是真心爱她，谁是在装样子，在弄虚作假。"

"小郁，往前开，前面第二个路口左拐最后一家。"老帅说道。

"是。"

车子来到了一户人家门口，停了下来。这家院落简单，院墙很矮，高个儿的人一探头就能看到里面，院内只有三间平房，说不上破败，但和庄园里其他家的房子比起来就显得又小又矮。

"谁啊？"

听见敲门声，屋里老人问道。

门开着，帅正源没有停下脚步，继续向里走去，帅武信和郁伟跟在后面。

"是我。"

"少帅？是你么，少帅？"老人声音颤抖了。

帅武信心里正打鼓，帅正源已经进了屋，探头说道："是我，现在已经变成老帅喽。"

"少帅，您永远是我的少帅。没想到我活着还能见到您。"

"怎么样，生活还过得去吗？"屋内只有一个老人，陈设极其简单，最显眼处赫然挂着大大小小各种战斗奖状。老人看到帅正源，不顾一切下地给他敬了一个标准的军礼。

帅正源一行也敬礼致意。

"我生活好着呢，隔三岔五就有人来询问我的情况。"

"所以，你家里除了必需品，什么都没有，清贫至此？你骗谁呢！"帅正源拉着老人的手，"你受苦了。"

老人老泪纵横，再也止不住，述说着退伍后，因为残疾，家人不愿照顾，只能一人在此，当地组织一开始还有人来关心，后面就越来越少，全靠周围邻居接济，才勉强熬到今天。

帅正源默默听完："小郁，把当地领导叫来。"

"是。"

不多时，郁伟就回来了："都在外面等着呢。"

帅正源看了一眼帅武信，早已握紧拳头的帅武信立马起身出去了。听说老帅在这，这个小小的院落围满了人，当地领导在门口等着，只见帅武信出来，首先，强调了退伍军人曾经对庄园做的贡献。然后，严厉批评了当地领导没有认真执行政策，责令其改正。屋内，老人听着帅武信的声音，说："少帅，您有一个好儿子啊。"

"咱们也出去看看吧。"帅正源说。

在郁伟的搀扶下，老人来到了院子。帅武信看到老人出来，赶忙迎上去，把他扶到了中间。老人一把鼻涕一把泪地述说着当年人机战争的惨况，全场为之动容。老人整整讲了一个多小时，最后，帅武信把老人背了回去，全场掌声雷动，不少人都流泪了。

"我错怪他了，他是真心为人民的好元帅。"刚才那个农妇哭着说道。

"唉，少帅真不容易啊。"庄稼汉说道。

帅正源全程一言未发，不少人是来看老帅的，但走的时候却都被少帅圈粉了。

回到了官邸，帅正源累了一天，躺到床上，长舒了一口气。正要休息，窗外人影晃动，极小的声音，一个人翻越窗户单膝跪到了床前。

"开始吧。"帅正源说。

"法岐那边有大动作，以分部名义发布了大量任务，他们捕捉到了大小姐的行踪，撒下了诱饵，开始张网了。"

"哦？法岐还有这本事。还以为他不是灵儿的对手呢。"

"他的情报大部分都是法强石弄到的。"

"小石头啊，这就不意外了，成长得真快啊。"

"新建盟那边，似乎是在防守，开启了迷宫模式。"

"迷宫模式吗？我知道了。还有其他情报吗？"

"还有一件不确定的。"

"什么？"

"E计划。"

帅正源一个激灵："说具体点。"

"没有了，牺牲了一个王牌，这条线上的侦察员也全部被清理了，情报传递出来只剩了一角纸，我们用了所有的技术手段尝试恢复，最后上面出现了三个字——E计划。"

"墨儿，你辛苦了。既然不确定就不要再提这件事了。"

"是，报告完毕。"

帅正源起身，走到此人身前："把你派到暗线上，你有没有怨过我？"

"帅家人，为人民服务，哪里需要就去哪里，没有什么怨不怨的。"

"说得对，你觉得这次法岐能抓到大小姐吗？"

"还是不大可能。"

"那就帮一下法部长吧。"

人影愣了一下，马上又调整了回来："是。"

"去吧。"

人影一个翻身，消失在了夜色里。

新建盟自由市场分部。

C28突然收到一条信息："暗堡h109493339有入侵者，请关注。"

很快第二条来了："启用特制光学迷宫E1。"

"这个迷宫我怎么以前没听过。"正迷惑间，第三条信息到了。

"本次通信及防御行动相关资料为最高机密，上传后立即销毁，无须回复，你已暂时获得D级别权限，确认后即时生效。行动责任人：D2。"

C28布置好了迷宫,暗堡外围的摄像头拍到了两个入侵者,正是灵儿和小废物。

这是一次拍照侦查任务,灵儿挑来挑去,选了最简单的一个,只要在外围拍到暗堡的照片就好了。他们潜伏,一点点前进,尽量不触发防御机关,周围的树木成为很好的掩护。虽然暗堡大部分已经缩回了地下,但只要再向前一点就能拍到暗堡顶盖了。

"就要成功了。"灵儿激励小废物。

"是呀,比想象得容易。"小废物本来准备好遇险射击的,不过这样也好,得来全不费功夫。

"再往前一点。"灵儿小心翼翼地前行着。

在这关键时刻,一声枪响打破了维持已久的平静,暗堡周围的防御系统也被激活,瞬间各种武器咆哮起来,灵儿躲在一块大石头后面,喊道:"小废物,说了不要乱开枪。"

"不是我,我用热成像观察到周围有大批人,至少有五十个人。"

灵儿心里一惊,怎么会这样,这只是一个赏金较低的拍照侦查任务,按理说不应该吸引这么多自由流浪者啊。

他们根本就不是自由流浪者,法强石带领二十个人突击在前,摧毁了外围的防御装置,中间是法岐,带着大队人马。这次他亲自出阵,誓要捉住贝婴灵。他旁边的一个人正是乾相,此时乾相正在谄媚地拍着法岐的马屁,看法岐的表情很是受用。

灵儿很快就判断出他们是文明庄园的人,因为自由流浪者很少有这么大规模的配合行动,有也是少数几个大名鼎鼎的组织,都有明确的标识。而文明庄园来完成自己发布的任务是不合逻辑的,很明显这些人是冲她而来!

"小废物,跟我往里冲。"灵儿在一片枪声中嘶喊道。

"好。"虽然不明白为什么,但本着对灵儿的信任,小废物处理了几个防御装置掩护灵儿来到了暗堡前。

刚以为暂时安全了,地面突然一斜,两个人全部滑了下去。

抬头一看,来到了一个密闭房间,上面的盖板也合上了,看来想原路返回已经不可能了。

正对着的就是一道大门。门旁写着:能打开通往未来之门的,只有你自己。

"什么意思啊?"小废物问道。

"我们应该是进入迷宫了,不过也好,至少不用再考虑外面的人了。"

"迷宫?"小废物有点不解。

"新建盟为了延缓敌方进攻速度而建造的无人防御工事,据传是从古代诸葛亮在鱼腹浦摆的石兵八阵上找的灵感。但这个迷宫给我的感觉怪怪的,不像防御性迷宫,总之,还是小心为上。进入迷宫,意味着已经掉入敌方之手,要想出去,只能按要求做。"

小废物环视四周,思考了一下:"是啊,我们现在已经在地下了,要是硬炸,估计不是炸出缺口,而是引发塌方。那样更危险。"

"嗯，出口明显是那扇门，旁边提示说只能靠自己，我们上去试试。"

"好。"

小废物和灵儿使出吃奶的劲去推，可是门纹丝不动。后来用了机械助力，门没弄开，房间倒是开始摇晃起来，吓得他们再也不敢乱动了。

"看来一开始的思路是对的，只能靠自己。"灵儿说。

"那为什么门没打开呢？"

"因为……"灵儿突然想到，刚靠近大门的时候，感觉地面好像下陷了一点，"原来如此，门前有测体重装置，能测出我身上带了装备，看来，要过这道门，需要放下所有装备。"

"所有？那可真是彻底没有还手之力了。"

"没办法，进了迷宫，我们就已经没有还手之力了。"

放下了所有装备，小废物和灵儿来到门前，门上的绿灯亮了，门缓缓打开。

"设计这迷宫的人真的缺德。"小废物嘟囔道。灵儿皱了下眉头，没说话。

他们刚跨过这道门，门就又关上了。

"只能一路向前了。"灵儿说道。

"嗯。"

来到了一个新的房间，这个房间由一根柱子支撑着，柱子旁边放了个圆圆的东西，房间的一面有一扇大门，门旁画了一个靶子，有文字提示：握紧你手中的光，照向目标，将开启新的未来。

看了眼提示，灵儿给小废物使了个眼色。

小废物一下就明白了，用光学感知系统发出一束光照在靶子上，门没动，但门上第二盏灯发出了微弱的绿光。

"有微弱绿光，说明对了，但又不全对。"灵儿思考着。

小废物说："是把光照向目标了，看来目标就是靶子，这个'握紧'怎么理解？"

"是啊，'握紧'，小废物，换成激光试试。"

一道激光应声而出，准确地命中靶心，第二盏灯发出耀眼的绿光。

"对了！"小废物高兴道。

"还有一盏灯呢。"灵儿已经基本明白了这个迷宫的思路，只要让门上的灯都亮起来，门就会打开，"还有，这里有一个球面镜也不知道有啥用。"

"球面镜？"

"嗯。"灵儿边说边在房间内细细探索着，没顾上给小废物解释。突然，脚下一软，找到了，这里也是一个重力检测装置。灵儿站了上去，看到门上第一盏灯发出了微弱的绿光。

"我的体重不够，你来。"

小废物移动过去，第一盏灯被成功点亮。

"好了，发光。"灵儿兴奋地说。

一道激光射出，没有按预料的射中靶心，而是……被立柱挡住了。

灵儿和小废物两个头上都是黑线。

"光沿直线传播,这样根本就没办法嘛。"小废物说。

灵儿看了看手上的球面镜,摸了摸,外表面很光滑,里面是粗糙的:"所以才会给个凸面镜吧。"

"凸面镜?"

"嗯,由一个光滑的反射面组成,因为凸出来的外表面光滑,所以是凸面镜。同理,内表面凹面光滑就是凹面镜了。"

"那具体有什么用呢?"小废物问。

"你把激光射到凸面镜上。"一道光射了过来,碰到凸面镜后,改变了方向。

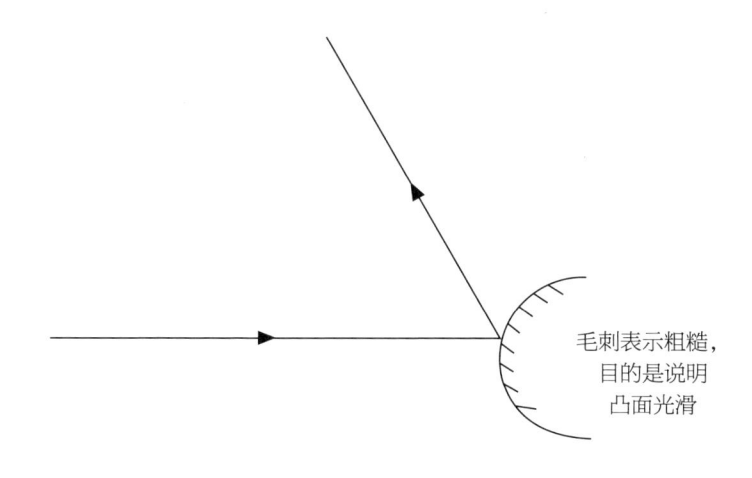

毛刺表示粗糙,
目的是说明
凸面光滑

"光的传播路径改变了!"小废物说。

"是的,所以理论上我们可以借助这个凸面镜,绕过柱子。"

"太好了。"

理想很丰满，现实很骨感。

试了好几次，感觉光线是光滑的，勉强才找到了一点感觉。有时候眼看就要射中靶心了，稍微一调，又偏了。

"不行，这不是办法。"灵儿说。

小废物也感觉到了，现在完全是凭经验在试，要想熟练掌握不知道得试多少次。而且他是仿生机器人，如果不理解其中原理的话，掌握所需的时间比人还要长得多。

"这里面的原理还没有找到。"小废物说。

"罢了，本来想快点弄完出去，看来想错了，磨刀不误砍柴工，小废物你好好听着。"灵儿准备讲原理了。小废物开始认真记录、思考。

"也做了多次试验了，我们把射入镜面的光线叫入射光线，把经反射后射出的光线叫反射光线，我们的目的是控制反射光线射中靶心。你应该发现入射光线和反射光线之间有某种联系，另外，有没有与谁有联系的？"

小废物想了想，改变入射光线的方向，反射光线方向也变，这个现象是很明显的，还与什么有关呢？"与入射光线射到凸面镜上的位置有关，你拿着凸面镜稍微晃一点，即使入射光线方向没变，反射光线的方向也变了。"

"很好，入射光线射到镜面的点叫入射点。为什么入射点改变会影响反射光线的方向呢？本质是因为这是个凸面镜，不同位置反射镜面正对的方向是改变的。"

"所以我们只要找到了这个正对的方向，也就确定了镜面，再控制入射光线的方向，就一定能控制反射光线的方向。"

"是的，因为这个是球面镜，所以凸面镜上每一点反射面正对的方向就是这个球体半径的延长线方向。我们来试试，看看有什么现象。"说着，灵儿用手指着凸面镜上的一点，手指方向也摆成这一点正对的方向。一道激光射过来，他们看了一下，改变入射光线的反向又做了一次，两人对视了一下，会心一笑。

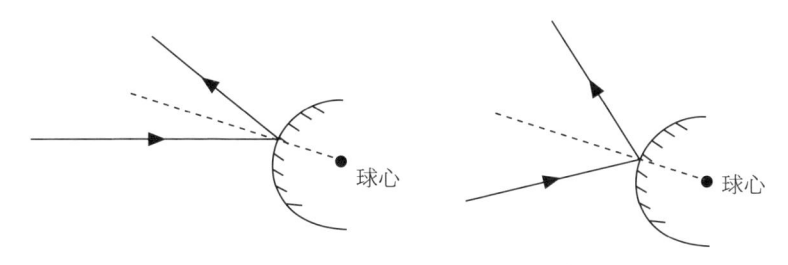

"有没有发现啥特点？"灵儿问。

"很明显嘛，入射光线和反射光线与这个正对的方向夹角是一样的。"小废物说。

"是的，所以科学上有命名，这个正对的方向叫法线，入射光线和法线的夹角叫入射角，反射光线和法线的夹角叫反射角。光发生反射时，反射角等于入射角。"

"了解！"小废物兴奋地说。

开工，这一次虽然好像还有一点问题，但灵儿稍微调整后激光就命中了靶心，门开了。

进入新房间，一样正对着一扇大门，旁边的提示也没变：身端体正，握紧你手中的光，照向目标，将开启新的未来。靶子在正对的那面墙和侧面墙壁的拐角处，只剩了半个。

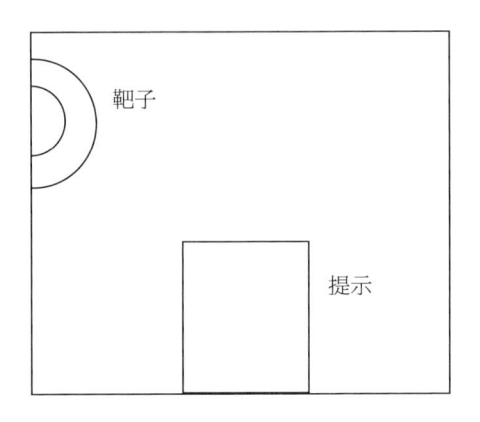

灵儿找了一圈，房间里有一个头夹，一块平面镜。门上有两盏灯。

这个头夹明显是给小废物戴的，小废物有点不情愿，但还是戴上了，戴上以后头就无法转向了。不过，门上第一盏灯亮了。后方有一条重力检测带，小废物站上去后也只能面向前方。

"看来这一次你是必须身端体正啊。"灵儿说，"不过，这个房间有平面镜，法线倒是好找了许多，正对的方向就是与镜面垂直的方向，还有一点就是必须过入射点。"

试了几次后，小废物说："我好像有点明白了，我要靠着侧面墙站。"

灵儿点了点头，他们一起移动到了墙边，试验开始，墙面上出现了清晰的光路。

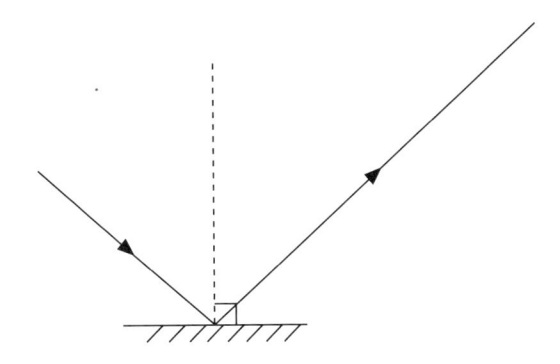

"果然，入射光线、法线和反射光线在同一平面上。"小废物看到侧面墙壁上的光路说道。

"是的，这再次体现出法线的价值，光靠入射光线一条线是无法确定一个平面的，但是如果是入射光线和法线两条线，那么这个平面就确定了，反射光线也一定在这个平面上。"

"所以，要想预先判断出反射光线的方向，需要先靠入射光线和法线找到反射光线所在的面，再通过反射角等于入射角确定具体的方向。"小废物总结道。

"说的没错，但还需要补充一点，你看。"灵儿随手画了两幅图。

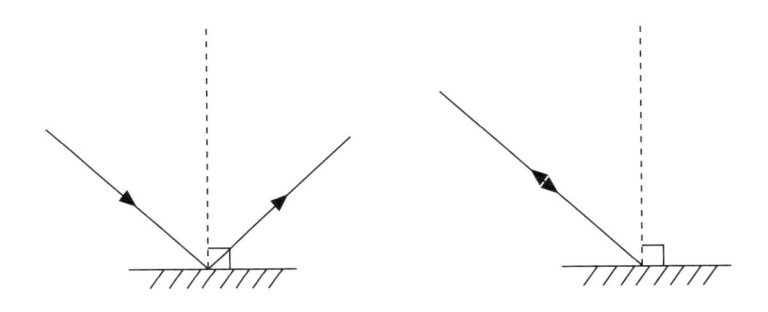

- 085

"图中这两种情况,上面的两个条件都满足,但很明显,只有第一种是符合实际情况的。所以,要再加一条,反射光线与入射光线分居在法线两侧,这也是法线的第三个用处。"

"看来没有法线,啥都判断不了,想预判反射光线方向,必须先把法线找出来。"

"没错。入射光线、法线和反射光线在同一平面上,反射光线与入射光线分居法线两侧,反射角等于入射角。整理后,这三条合起来就是光的反射定律。"

"懂了。"小废物认真地点了点头。

随着激光命中靶心,门已打开。这个房间的门上有一块表,他们进去后,表就开始倒计时半小时,门旁提示:张弛有度,做好准备,迎接新的挑战。房间内有食物、淡水、电池等补给。

"看来半小时后门就开了,抓紧时间补给吧。"灵儿说。

"嗯。"

暗堡外围的所有防御设施已被摧毁,法岐带着大队人马来到了暗堡前。

"看样子他们是进了暗堡。"法强石报告。

"他们这是做困兽之斗,你们去探查一下暗堡的出口。"法岐说道,"乾相,你不是有办法知道他们的位置吗?"

"是的,法部长。"乾相说道。

"好，狮头，你带着乾相去把他们找出来，这次绝不能再让她跑了！"

"是。"

暗堡外围一行人也开始忙碌起来。

新建盟某机密科技研发中心。

看着上传的资料，D2陷入了沉思。这种学习速度所展现出的运算能力是前所未有的。是硬件问题吗？可他现在所拥有的就是这个世界上最先进的硬件设备，究竟是怎样的运算逻辑能在这么短的时间深刻理解信息的运算规律？想到这，脑海中不自觉地想起了一个人。"是啊，我竟忽略了这点。"他苦笑着。

把数据再分析分析，好好学习一下吧。他想着，一大串数据涌入了他的芯片，开始了深度模仿运算。

灵儿和小废物进入了新的房间，一块半高茶色玻璃立在房间中央，把整个房间分成了两个区域，玻璃宽度比房间宽度小了1米左右，右侧留了一条过道，玻璃后依旧是一扇大门，这次门上的计时器从30秒开始倒计时，门旁提示：镜花水月在何方？远近高低似短长。不知兄弟左右手，一探虚实画无伤。

"灵儿姐，这是什么意思啊？还是有这个倒计时。"

看到倒计时，着实让灵儿他们紧张了一阵，不过时间到了自动刷新，只是地面上的亮块会随机改变一次。

灵儿在房间里找了一遍，发现全屋除了右侧过道之外都是由一块块方格组成的重力检测感应装置，还找到一大张锡箔纸，背面是正常的白纸，摊开后与茶色玻璃板大小相当。另外，有一个大小和小废物差不多的铁盒子，底下装了四个轮子方便移动，掂一掂感觉质量都和小废物差不多。

"我也不太清楚。"灵儿说，"不过，我还发现了地面有一块亮了起来，大小和你差不多。"

小废物也看见了，不过那个亮块随倒计时每30秒变一次。小废物看准机会，亮块刚变的时候，赶快移动了过去。

没有变化，门上有三盏绿灯，然而一盏都没亮。

"怎么办呢？"小废物一筹莫展。

"还得理解提示，'镜花水月在何方？'镜中花在哪里？有了，我们可以做一个镜子出来。"说着，灵儿把那张锡箔纸展开，想要把它贴到玻璃后面，"小废物来帮忙。"

"来了。"一听有办法，刚刚补给完的小废物浑身都是劲。

一阵手忙脚乱后，把锡箔纸平整地贴到了玻璃后面，其实锡箔纸稍微大了一点，只要把边缘折一下扣在玻璃上就行了。大平面镜完工！

灵儿和小废物站在镜子前，看到镜子里自己的像，玩了一会儿。那镜中花、水中月到底在哪儿呢？

"明白了，就是要找像的位置嘛。"灵儿说。

"怎么找呢？"

"笨死你算了，你看镜子里面有一个你，但实际那地方有没有一个机器人呢？"

"肯定没有啊。"小废物说。

"那你怎么看到有呢？"

"这……我能看到物体，是因为有光线进入我的光学感知系统，也就是说镜子里面也发出光线并且进入我的'眼睛'了。但那里明明没有物体，所以这些光线其实是经平面镜反射后的反射光线。"

"对了，你的光学感知系统一直是按光沿直线传播来判断的，但这里经平面镜反射后，光路明显不是直线了，所以才出现了看到的与实际不符的情况。"灵儿解释道。

"那我们就可以通过反射光线来找到像的位置。"

"不错不错，还不是太笨，既然认为光是沿直线传播，我们就把反射光线反向延长，就好像反射光线就是像发出来的一样。"他们赶快试了一下。

一条反射光线不行，那就两条。

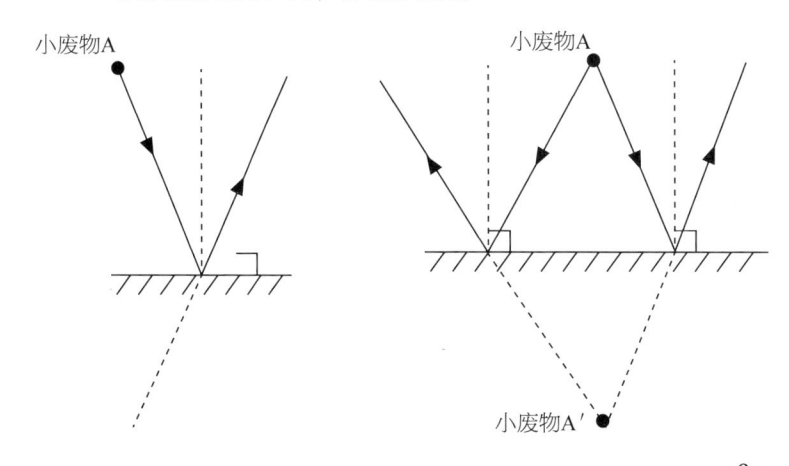

"哈哈，找到了。"小废物高兴道。他们赶快试了一下，但是镜前的亮块每隔30秒就会变，等他们画好图，找出像的位置，30秒早就过了，还得重来。

"可以这样改一下。"小废物提出了一种方案。

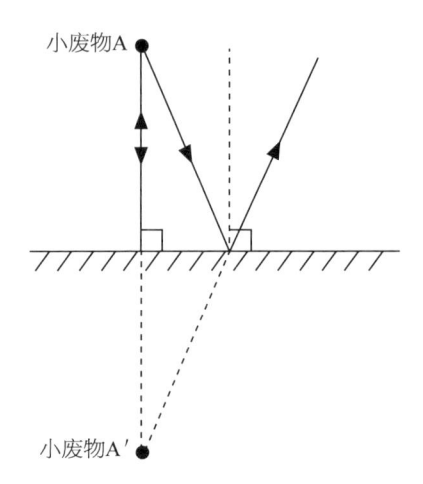

"既然只要做出任意两条反射光线即可，那为何不选垂直于镜面入射这条呢，入射光线、反射光线、法线在一条线上，能节省很多时间呢。"小废物说。

灵儿深以为然，果然改进之后，判断像的位置快多了，有一次差点都成功了。

"不对，时间不应该这么紧张，我们还是没找对方法。"灵儿说。

"那应该怎么办呢？我们总不能真的伸到镜子里面去找吧。"

"小废物，作了这几次图，你有没有觉得像和物体本身的位置好像有点关系？"

小废物看了看图，说道："是哦，好像到平面镜的距离相等啊。但这个怎么证明呢？镜子放到这里，根本看不到后面啊。除了画图推算，怎么能证明找的位置就是像的位置呢？"

"是啊，要是既能看到像，又能看到镜子后面找的位置，如果像和那个位置重合，那就说明找对了，锡箔平面镜不透明，后面是一点都看不到啊。"

"不透明？那找个透明的呗！也许我们一开始就错了，不该铺锡箔纸。"小废物说道。

一语惊醒梦中人，两人又开始把锡箔纸收了起来。面前又变成了茶色玻璃板，他们仔细瞧，发现竟然也能看见自己的像，只是不像以前那么清晰罢了，同时当然是能看到后面的。

"像不是那么清晰了。"小废物说。

"幸亏是茶色的，要是无色玻璃板更不清晰。"灵儿道。

"原来如此，茶色玻璃板既可以像平面镜一样成像，所以是等效的，同时，可以看到后面，可以替代平面镜，这就是等效替代法的应用。"灵儿接着补充。

"赶快试试。"小废物催促着。

小废物站在玻璃板前，紧盯着自己的像，指挥着灵儿移动，但总感觉好像不太准确。

"灵儿姐，我怎么眼花了，好像看到了两个像。"

"正常的，因为玻璃板前后两个反射面，会形成两个像,但幸好这个玻璃板比较薄,所以差距不会太大,不影响实验结果。"

终于,差不多了。数了一下,到玻璃板的距离都是五格,而且两人面对面站着。换了个位置,再做一次,结果到玻璃板的距离还是一样,也是面对面。找到了!

"像和物体到镜面距离是相等的,并且我们正好面对面,也就是说,像与物体的连线垂直于镜面。"小废物总结道。

"不错嘛。"灵儿夸道。

他们又试了一次,这次看到亮块,小废物赶紧移动,灵儿也一眼就预判出了像的位置,两人都站好了,看向绿灯,第一盏绿灯微微亮起。

"还不是全对?"小废物有些疑惑。

"我想想,'镜花水月在何方?'是要求找到像的位置,这一点我们做到了。'不知兄弟左右手',小废物你把左手举起来,看到什么?"

小废物举起左手。"我看到镜中的像举起了右手!"

"这就对了,左右相反。'一探虚实画无伤',前面咱们破解的两句都是描述像的特点,这句也应该跟像有关,这一句里的'虚实'应该说的是'虚像''实像'的问题。"

"像还分虚实?"小废物问道。

"我知道这张纸怎么用了,不是用锡箔那一面,而是用白纸这一面。"说着灵儿拿出白纸,在像的位置竖直展开,"小废物,你现在不透过玻璃板直接看白纸。"

"什么都看不到啊。"小废物说。

"因为平面镜成的像是虚像,无法被光屏承接。原来小孔成像成的就是实像,我们在地面上能清晰地观察到。"

"哦,原来如此,那'远近高低似短长'是要比较像的什么呢?远近、高低、短长,既然距离已经研究过了,那这些就只能用来形容像的大小了!"小废物边想边说。

"你可以哦,"灵儿把那个长得很像小废物的铁盒推了出来,"我的体积、重量都不够,换它吧。"

换了铁盒,小废物看得清清楚楚,无论到玻璃板距离的远近,每次铁盒都与他的像完美重合。所以,平面镜成像的特点是:像与物到镜面距离相等;像与物大小相等;平面镜成的像是虚像;像与物关于镜面对称(像与物连线垂直于镜面、左右相反)。

了解了原理,作图其实很简单。我们取物体的边界特殊点来研究,就可以得到物体的像。

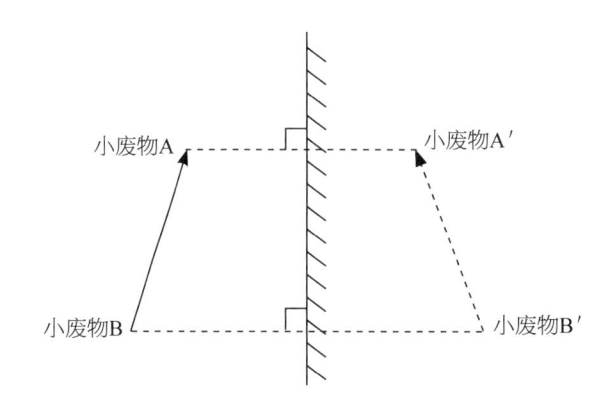

灵儿帮小废物总结了一下，小废物茅塞顿开，又试了几次，瞅准机会开始按要求完成任务，两人通力合作，三次之后，三盏绿灯亮起，大门打开。

文明庄园贝家宅邸。

贝平正捧着妻子的照片发呆。十几年前妻子生产时，孩子活了下来，自己却离开了人世。当时，他感觉天都要塌了，但现实没有给他喘息的机会，就在那时，他的母亲贝贝把族长之位传给了他，这些年来，他照管着家族各处的生意，一步步提升，也成了文明庄园总部里五大核心之一，努力配合着帅正源管理庄园。

"任梦，我好累，我不适合当族长。"贝平看着照片说。自从当上了族长，他就感觉失去了自我，像个傀儡，需要平衡各方的关系，操心大大小小的事情，每一件事都不能犯错，远没有以前和妻子在一起的时候那种单纯的快乐。

贝家世代经商，是富商巨贾，黄金一代贝贝又在艺术上有颇高造诣，明星效应加持，贝家更是赚得盆满钵满。贝平作为富家公子，以前根本不在意家里给他找的妻子，整日在外面花天酒地，但每次回来任梦都会很好地照顾他，让他能舒舒服服。他也能感到妻子对自己的好，但就是管不住自己，总想往外跑，直到妻子撒手人寰，他的内心一下就空了，再多的刺激都无法填满。直到这一刻，他才开始后悔，可已经太晚了。于是，他就拼命工作，周围的人都惊叹于他的变化，说浪子回头金不换，他的表现得到了大家的一致赞赏，但他却失去了可以分享成功的那个人。

"人死了，就真的死了啊。"贝平自言自语着，放下照片，起身出来走走。

大街上，凉风习习，就像以前妻子对自己一样温柔。

"嘀——嘀！"尖利的喇叭声传来，贝平看过去，是帅风那小子又带女孩子出来炸街了。

"帅风，你干什么呢？"

男孩转头看过来："平叔啊，我这不出来体验体验生活么。"

贝平笑了："你体验个鬼吧。你爸让你体验生活，你就这么体验的？"

"哼，他在别人眼里是大元帅，我可不怕他。"

"那你爷爷你也不怕么？现在抵制机械，你还开个这么拉风的跑车出来，不怕被人打啊。"贝平好像想到了什么，停了一下，仔细看了看车，"帅风，这车你从哪里弄的？"

"我捡的，行了吧。"

贝平又看了看，这分明就是自己的车啊。只是现在外面风声紧，一直停在车库没动过："你给我下来，你竟然偷我车！"

"别说得那么难听嘛，这么好的车，摆在车库里也是浪费，我借来用几天，平叔，谢谢您嘞！"

"你信不信我报警把你抓起来。"

"您可别逼我,把我逼急了,我也当自由流浪者去。"说着一脚油就轰了出去。伴随着尾烟,他还听到帅风给旁边的女孩说:"你别看那老头现在这样,他年轻的时候比我还花呢!"

看着帅风远去,贝平无奈地呢喃道:"我多希望我年轻的时候不花。这种人灵儿不嫁也罢。"

灵儿他们刚离开房间,大门就关上了。只见墙上竟然出现一个大洞,法强石和乾相从里面进入了房间。

"他们肯定刚刚就在这里。可恶,差一步,他们进入了下一个房间。"乾相说。

"嗯,没办法,在迷宫内部是不能爆破的。只能重新再来一遍了。"法强石说,"你是怎么确定他们的准确位置的?"

"山人自有妙计。"乾相故作神秘,得意地说。

法强石不喜欢乾相,尤其那一副小人得志的嘴脸,不过现在还要靠他确定位置,只能先稳住他:"你年纪轻轻还是有两把刷子的嘛。"

乾相听了这话,心里那个美啊,以前都是他恭维别人,哪可能像法强石这样的强者来肯定他,赶紧出去找下一个爆破挖掘的准确位置去了。

法强石不知怎的,心里突然有点不那么想抓到灵儿他们了。他看着那扇大门,心想:"你们可要快点儿啊。"

灵儿这边还不知道他们走后那个房间里发生的事，新的房间里大门上面只有一盏绿灯，不过门上还有倒计时。

"还有5小时，不着急。"小废物说。什么叫乌鸦嘴，正说着，倒计时变成了3.5小时，而且在不定量地减少。

"这一关有古怪，我们得快点了。"灵儿说道。

倒计时的不定量减少引起了小废物他们极大的恐慌。

门旁是个数字九键小键盘，提示：深浅不测恐难归，池清捕鱼网空回。是非曲直任评说，一念快慢折万辉。

灵儿环顾房间，房间的一半是个池塘，池塘里有几条机械鱼在自然地游着，池塘旁边放着一个长杆捕鱼网，一个鱼筒，竟然还找到了一个三棱镜。最奇怪的是，房间的一角被围了起来，上面赫然写着"密码在此"。灵儿和小废物赶快去看了一下，围墙上只有一个很小的观察窗，从窗口望进去，能勉强看到一个"4"字，其他的就看不到了。他们赶快在小键盘上输入了"4"，绿灯微微亮了一下，再输入其他的灯又灭了。

"很明显，这一关是破解密码，只要把密码输对就能出去了。"小废物说。

"是的，但是密码只能看见一个，能看见全部密码的方法一定就在这提示中。"灵儿肯定道。

小废物深以为然。"'池清捕鱼网空回'。我们先试试这个吧。"

灵儿也不废话，直接拿起捕鱼网去捞鱼，可鱼游得也不快，明明看着能捞上，网里却每次都空空如也，每次都捞空。

"明明看着有，实际却没有……这说明……"灵儿看了小废物一眼，两人异口同声道："光没有沿直线传播！"

一道激光应声射入池塘，水中的光点貌似不是沿直线照过去的。为了看清光路，灵儿收集了一些小废物身上的灰尘，撒到空气和水中，激光一照，光路很明显地发生了偏折。

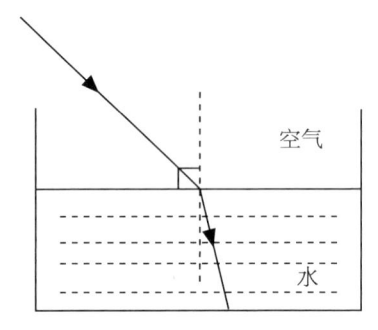

"果然！"小废物高兴地说道。

"你换个角度多做几次实验试试。"灵儿想看看是不是全都是这样。

"肯定全部都一样啊……"正说着，出现了怪现象。

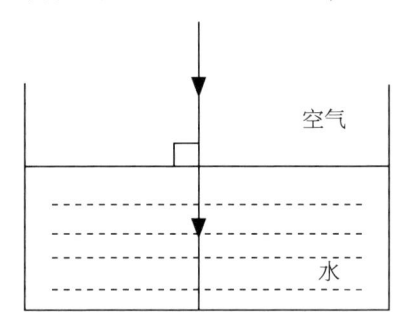

垂直入射时光线的方向竟然没有变。

"目前知道光路发生偏折发生在两种介质的分界面上，而且必须是斜射。"小废物说。

"是的，当光从一种介质斜射入另一种介质时，光路发生偏折，这种现象叫光的折射。"灵儿总结道。

"把偏折后的光线定义为折射光线，经实验观察，①入射光线、折射光线、法线在同一平面内，②入射光线、折射光线分居于法线两侧。"小废物做了些实验也发现了类似反射定律的规律，"但把折射光线与法线夹角定义为折射角，折射角不等于入射角。"

"这一点有些麻烦，但③折射角随入射角增大（减小）而增大（减小），"灵儿补充道，"简单来说，两角虽不等，但两角相关。"

"从空气射入池塘，入射角是明显大于折射角的。"小废物看着光线说道。

"我从水里射到空气中试试。"灵儿说，因为小废物下水不方便，灵儿从小废物那里弄了个激光发射器，就下水了。可是水看着浅，一下水，灵儿慌起来了，水比看到的深多了，幸亏她会游泳，否则可能就上不来了。

"从水到空气，是入射角小于折射角。"灵儿心有余悸地说。

"灵儿，你没事吧？"小废物关心地问。

"没事，就是有点慌乱。"灵儿说。

"唉，所以没办法从入射角和折射角上总结，因为两次结论不一样。白白受了惊吓,这是不是'深浅不测恐难归'?"

"对哦!看来还是得从提示上下功夫。"灵儿说,"'是非曲直任评说,一念快慢折万辉',前半句目前还不知道什么意思,但后面的'折万辉'应该是指光的色散实验,各种颜色的光都会发生折射。刚好这里也有个三棱镜。"

小废物拿起三棱镜又做了一次光的色散实验:"很明显,光的传播路径发生了改变,而且各个颜色的光无一例外,光的色散本质就是光的折射。"

"这就对了,小废物你看,无论是从空气到水,还是从水到空气,从空气到玻璃,光传播的介质发生了改变,而折射就发生在这两种介质的分界面上。"

"是的,但是改变介质对光的传播有什么影响呢?"小废物问。

"问得好!还记得声音传播吧,介质变了,声音的传播速度也变了。"

"记得啊,声音传播速度是固体大于液体、大于气体、大于真空,到真空直接就变成零了,压根传播不了了。"

"光刚好相反,在真空中传播的速度最快,是3×10^8米/秒,在气体中次之,在液体中再慢一些,在透明固体中传播得最慢。"

"所以呢?改变介质直接的影响就是改变了光速的快慢。"

"给你画个图。"灵儿越说越激动,来了兴致。

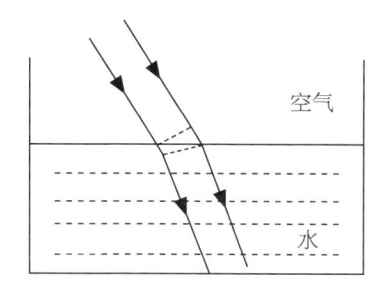

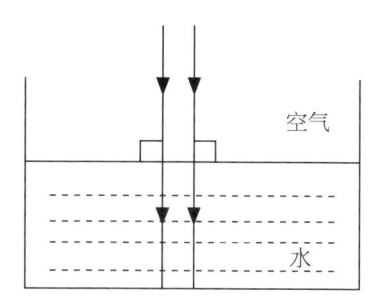

"你看，把一束光分成内侧和外侧，斜射时内侧先进入水，则速度变慢，所以，此时内侧和外侧速度不一致，导致光的方向发生偏折。而如果是垂直入射，左右侧光线同时入水，则速度一起变化，就没有方向上的偏折。"

"对啊，这就是'一念快慢折万辉'的含义。所以永远都是：④光速快的介质角大，⑤垂直于分界面，入射角和折射角均为0°。"小废物说。

"结合前面的几条：①入射光线、折射光线、法线在同一平面内；②入射光线、折射光线分居于法线两侧；③折射角随入射角增大（减小）而增大（减小）；④光速快的介质角大；⑤垂直于分界面，入射角和折射角均为0°。以上五条就是光的折射规律。"灵儿总结道。

"那为什么水池看起来要浅一些呢？"

"光学不懂，就做个图。"

"好啦，如图所示，底部的A点发出的光经两种介质的分界面折射后进入人眼，人眼

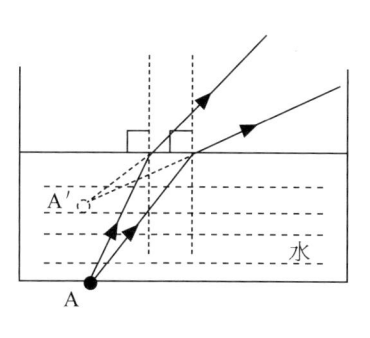

按光沿直线传播来判断，像A′就在A的上方，所以看到的池底比较浅。"

"同理，鱼也浅，所以要向看到的鱼下方捞去。那'是非曲直任评说'是什么意思呢？"

这倒把灵儿问住了。她看着手中的长柄渔网，突然把长柄放到了水里。

"咦，怎么像断了似的。"小废物看到长柄在分界面处像折断了一般。但拿出来，长柄自然是完好的。

"这样就对了，"灵儿道，"其实还是变浅了。还是取边界特殊点，你看A的像位置在A′，所以水下部分整体变浅，就好像弯折了一样。"

"哈哈，弄了半天是介质的改变导致光速发生变化，进而发生折射，人眼看过去就成了变浅的效果。"小废物懂了后得意地总结道。

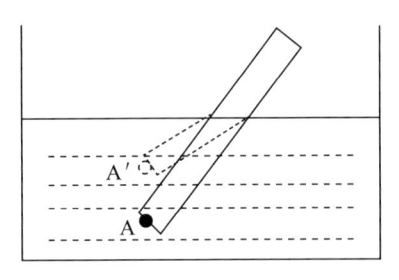

"你说的没错，就是这个道理。"

"提示都搞懂了，密码怎么弄？"小废物看了一眼时间，就剩下不到半小时了。

"你问我？你不是都懂了嘛？"

"从小窗口里只能看到一个密码，视野范围太窄了，要是我再高一点就好了。"

"你明显不可能变高,那就……"

"那就让密码变高,密码要是从地上拿起来拿高一些肯定能看到,"小废物说,"这也是不可能的嘛,除非……我知道了,用水!"

"用水?哈哈哈,好,让密码高一些吧,或者说浅一些吧。"灵儿高兴地说道。

他们赶快从观察窗往里倒水,一直以为这个筒是用来装捕获的鱼的,其实是用来倒水的啊。不多时,里面的水位已经升高了不少。

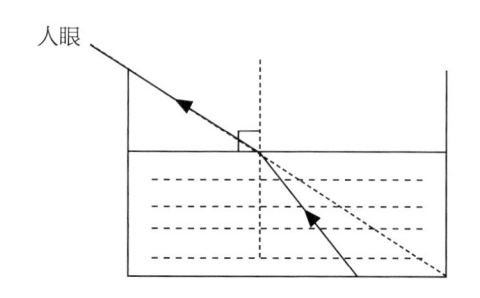

灵儿往里望了望:"看到了!"

灵儿开心地说道:"04205。"

本来光沿直线传播只能看到一个"04",现在加了水,光发生了折射,五个数字反射的光线都能进入人眼了。

绿灯亮,大门开。门上的倒计时只剩下了五分钟。

新建盟总部,女人在主控室里发泄着,椅子东倒西歪,所有东西都散落一地,一片狼藉。发泄完了,女人瘫软地趴在桌子上,似是虚脱一般。

"嘀,D2请求通信。"提示音响起。

女人本不想接,但也不知怎的下意识说了句:"同意。"

"法清,听说E计划泄漏了。"

"嗯,A1101竟然是庄园间谍,我大意了。"

"你原来不是说她会办事么,比其他A级仿生机器人用得都顺手。"

"闭嘴,你是来嘲笑我的吗?"法清怒道。

"没有没有,我哪儿敢啊。她是个墨车(jū)吧,帅正源的手都伸到这里来了。"通信那边赶紧转移话题。

"是的,她很硬,但我们通过提取她的脑电波,还是推出了不少信息,没想到新建盟里混进来了这么多墨探。"

"看来这次帅正源损失惨重啊。"

"他活该,是他不遵守约定,这些事情他不该掺和的。提起E计划,你那边怎么样,最终评估是什么?"

"正要跟你汇报呢,光学迷宫E1快走通了,从目前收集到的资料来看,目标运算能力绝对在E级以上,基本再学习开发一下,达到F级没有多大问题,而且我在分析这些资料时,发现了很多新的思维方式,简单来说他的底层运算逻辑可能和我们不太一样,这点对于新AI的开发意义重大。"

"有收获就好,目标一定要收回,无论软件还是硬件,都对新建盟很重要。"

"现在还有一个小问题。"

"什么问题?"法清问道。

"文明庄园自由市场分部的法岐带着人正在破坏迷宫,想抓住目标一行。"

"法岐?这个蠢货,成事不足败事有余。我走了,法家就再没有人了么!按照预案调整迷宫,再派人去,目标绝对不能出任何问题,要保证万无一失。"

"好的。"

"你怎么又不中断通信?"法清说。

"因为想再听听你的声音啊。"

"嗯?你发什么神经,哪儿来的胆子这样说话?还有,谁允许你主动联系我的?"

"你啊,你说公事可以正常联系啊。我这难道不是汇报工作吗?"

法清一时语塞:"闭嘴。"说着中断了通信。

虽然嘴上很严厉,但心里好像还有点暖洋洋的,泄密所带来的压抑与郁闷一扫而空,甚至还有点期待下一次通话。

"铁钢,你不一样了。"

灵儿他们来到新的房间,门上只有一盏绿灯,旁边有一个光靶,提示:条条大路通罗马,只要朝着目标前进,终将完成你的使命。

灵儿转了一圈,有一大堆的光学元件,玻璃砖、凸透镜、凹透镜等,还有一个火把。再看看倒计时,只剩半小时了，而且时间在不定量减少。

"小废物，你先用激光试试。"虽然不太明白提示，但是时间太少了，还是先试试再说。

朝着光靶，小废物一道激光射去，绿灯亮起，大门打开。

呆住了，幸福来得太快，小废物和灵儿都有点不敢相信。

"就这？"小废物问。

"条条大路通罗马，直接照射光靶也是一条路嘛，最直接的路。"灵儿说。

"那我们现在怎么办？"

"门开了当然是好事，不过现在还有些时间，我们可以试试走走其他路，"灵儿翻出那些光学元件，"时间到了咱们随时可以走。"

"好！"小废物也觉得压力骤减，再也不用提心吊胆了。

"第二条路，玻璃砖，小废物，激光。"灵儿说。

为了显示光路，小废物沿墙面发出激光，激光经过玻璃砖，发生两次偏折，留下了光路，打在了光靶上。

"画个图，这次小废物你来画。"灵儿命令道。

"我来就我来。"

"你发现什么没？"灵儿问。

"第一次的入射光线和最后的出射光线是平行的。"小废物说。

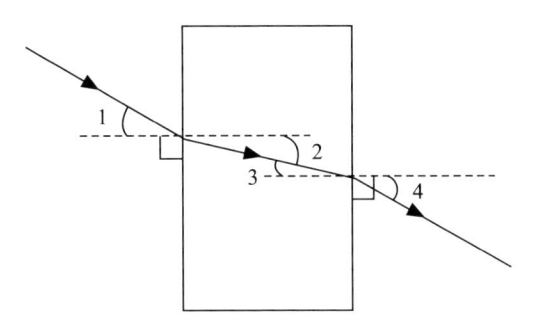

"是的，你知道为什么吗？"

"这个嘛，怎么说呢？首先，光在两个分界面发生了两次折射。其次，这都符合光的折射定律，确实空气中的角比玻璃中的角要大一些。最后，这个平行说明∠1=∠4。"

"很好。现在再看，第一次折射时，∠1＞∠2，很正常，空气中的角大于玻璃中的角，因为空气中光速快一些，关键看第二次折射，你看看∠2与∠3是啥关系？"

"相等啊。因为玻璃砖前后两个表面是平行的，内错角相等啊。"小废物答。

"很好，这就造成了一个结果，就是第二次折射的入射角和第一次折射的折射角相等，而刚好第二次的折射角又与第一次的入射角相等，是不是有点意思呢？"

"咦？好像是哦，简单来说就是，如果空气中的入射角为45°时，水中折射角是30°，那水中的入射角为30°时，空气中的折射角一定是45°。那就是说，光折射时，光从折射光线的方向反向射回来会走原来入射光线的光路。"

"对了，这在科学上的说法就是：光折射时，光路是可逆的。不仅折射，光反射时，光路也是可逆的。"

小废物拿出平面镜试了试，发现果然是这样。

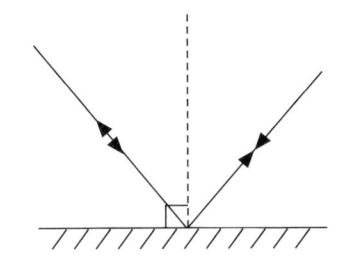

"用平面镜反射当然也可以将激光准确打到靶心，这也就是第三条路。"灵儿说，"你再看光通过这个三棱镜。"

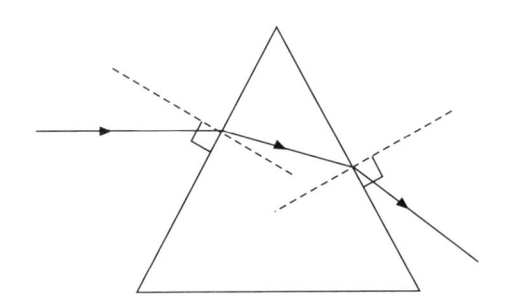

"一样是两次折射，但因为两次分界面不平行，所以最后两次累和，偏折得更厉害了，但每一次折射也都符合光的折射定律。"

"那这个三棱镜就是第四条路了。"小废物移动三棱镜位置使光照在了靶心。

"嗯，下面你看一下这个凸透镜，再和玻璃砖比比。"

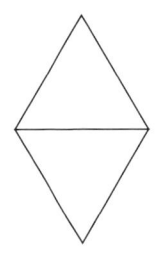

"这个嘛，左、右两个面都变成了曲面，反正肯定不平行，出来的光肯定也是经过两次折射累和，偏折得很厉害。"

"对了，凸透镜的定义就是中央厚、边缘薄，类似于两个三棱镜垒起来。"

"两个垒起来？"

"你看看像不像。"说着灵儿拿起两个三棱镜比画了起来。

"好像有那么点意思了，所以凸透镜会使经过上部的光线向下偏，使下部的光线向上偏，对吗？"小废物问。

"是的，这叫作透镜对光线具有会聚作用，最中间的那条线叫主光轴，透镜的中心叫光心，主光轴是过光心且垂直于镜面的。"灵儿边说边画图。

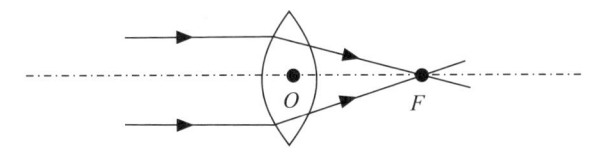

"不同凸透镜对光线的会聚能力不同。为了描述凸透镜的会聚能力，统一用平行于主光轴的光线照射，会聚在主光轴上的点叫作焦点（F），焦点到光心的距离叫作焦距（f）。那么，焦距越大，会聚到主光轴的距离就越长，凸透镜的会聚能力就越弱。反之，如果光线一过凸透镜就会聚到主光轴上，焦距很短，则说明会聚能力很强。"灵儿解释道。

"所以，这自然就是第五条路喽。"小废物说。

"是的，而且光心有一个特点，光通过光心，方向是不变的。再加上光折射时光路可逆，那么，过焦点的光线最终出射也一定平行于主光轴。和前面的光线合起来称为凸透镜的三条特殊光线。"

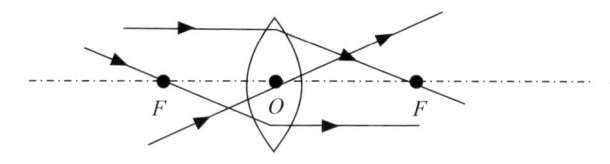

"哇，所以从过光心方向不变来看，其实这一块前后两个分界面是平行的，类似于玻璃砖，而过焦点平行于主光轴也可以认作第六条路。"

"完全正确。同理嘛，既然有凸透镜就有凹透镜，中央薄、边缘厚的透镜。"

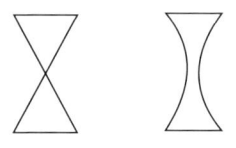

"所以，这回是让光线远离主光轴。"

"对，这叫作透镜对光线有发散作用。凹透镜因为发散光线，所以实际光线不会会聚形成实焦点，是由实际光线的反向延长线会聚形成的虚焦点。"

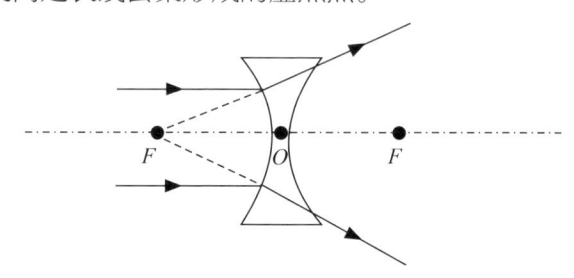

"这么说，凸透镜有两个实焦点，凹透镜有两个虚焦点。这是第七条路。"小废物说，"而且不用说了，凹透镜也有三条特殊光线。"

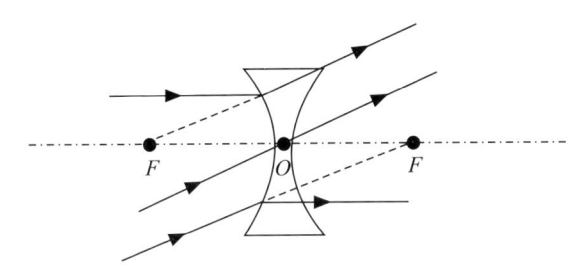

"而且我发现，虚的好像光路图中都是虚线会聚而成的，比如虚像、虚焦点，实的都是实际光线会聚而成的，比如实像、实焦点等。"小废物补充道。

"对，这也就是第八条路。"灵儿说。

"有这么多办法可以控制光的传播路径啊，那这个火把是干啥的？"

灵儿拿起一个圆圆的东西，问："认识这个吗？"

"球面镜嘛，以前用过，用外面那一面就是凸面镜，用里面的就是凹面镜，本质还是光的反射。"

"可以嘛，那你还能想起来它们对光线有什么作用吗？"

"试试呗，实验出真知。"说着，小废物熟练地把几束光照到了凸面镜上，光朝外散了出去，在凹面镜那一面却会聚了起来，"凸面镜对光有发散作用，凹面镜对光有会聚作用。"

凹面镜　　　　　　　凸面镜

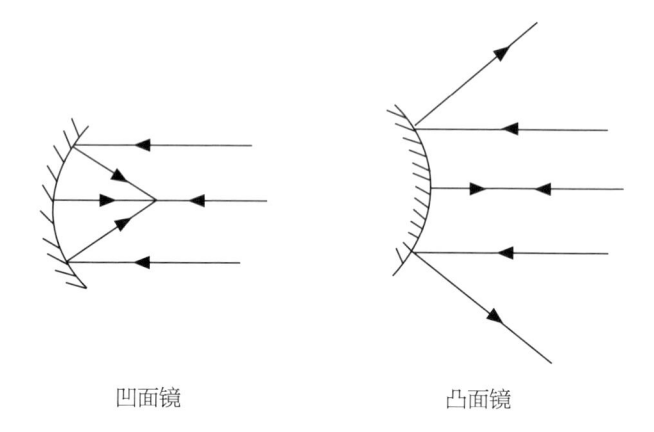

"所以嘛，光也是有能量的，这种能量叫光能，把这种能量聚集起来，就可以点燃火把。"灵儿把火把放到凹面镜的焦点处，不一会儿火把就燃烧了起来。

正在此时，一阵挖掘的声音传来，再看一眼倒计时，还剩10秒钟。

"糟糕，赶快到下一个房间去。"灵儿边喊边随手拿了一些东西冲了过去。小废物也没落后，很快就到了下一个房间，在门关上的刹那，他们看到墙上被挖了一个洞，文明庄园的人通过洞钻了出来。两边都是一脸惊愕，等庄园的人反应过来，门已经关了。

"刚才好险，差点就被抓到了。"还是用的板车，运动起来很不方便。

"是我大意了，不过没想到倒计时结束竟然是这个结果，这倒计时好像在帮咱们啊。"灵儿分析道。

"对啊，为什么呢，这里应该是新建盟的迷宫吧，迷宫不是应该对付入侵者吗？"

"我一进来就觉得这个迷宫不对劲，哎呀，不管了，想不明白，帮咱们总比害咱们强。"灵儿说，"刚才还剩一点没说完，凹面镜可以会聚光线点燃火把，同理，在阳光下可以当个太阳灶用。凸面镜可以当后视镜，扩大视野用。记住了没？"

"嗯，我硬记吧。"

"也只能先这样了，你再发出一道激光从火焰旁边经过。"

小废物发出一道激光，给空气里撒了些灰尘，发现光在火焰旁边变弯了。

"这是为什么？"

"很简单，火焰的高温使得周围空气的密度发生了改变，所以光在这里发生了折射，光路当然就改变了。海市蜃楼的形成就是这个原理。"

"所以，光只在同种均匀介质中沿直线传播，介质种类或者介质密度分布发生了变化，光速都会改变，也就发生了折射，无法再沿直线传播了。"

"说的很对，"灵儿夸赞道，"看看这间房里都有些什么吧。"

这间房和前面的都不相同，没有灯光，还好灵儿他们把火把带了进来。他们仔细找了一圈，发现房间里竟然连大门都没有，补给却有很多，食物、淡水、电池等应有尽有。他们在第一个房间放下的装备也都在一旁放着，另有一个袋子里装了满满一大袋相纸和一盘电影胶卷，相纸袋上写着：记录这一刻，便是永恒。胶卷盒上写着：让这永恒再次绽放。

"什么意思啊？"小废物问道。

"很简单啊，就是让我们练习拍照和放电影，整个迷宫就是为了锻炼你应用光学元件，这应该是一个教学式迷宫。我想明白了，这也应该是最后一个房间了，来，咱们先完成最后的教学吧，说不定你学会了，出口就出现了。"灵儿想起了在新建盟分部看到的光学应用课程，内容和这个基本一样，但和用迷宫教学在方式上还是有区别。无论如何，只要有益于小废物，就不错。

小废物拿起一张相纸，用火把一照，只有火光。

"你干什么呢，这种相纸是能感光的，确定好后，只要把上面的膜一撕，像就记录下来了，要想成像，要用凸透镜。"灵儿说。

"凸透镜？怎么成像啊。"

"还是给你画个图吧，就用刚才学的凸透镜三条特殊光线。"

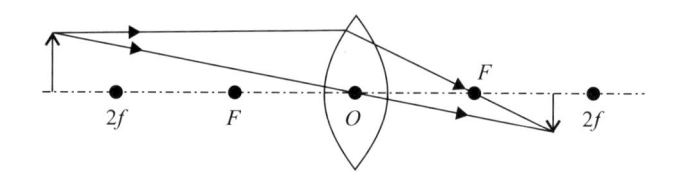

"看到了吗？左侧物体发出或反射的光线经凸透镜后，会在右侧重新会聚，如果相纸恰好处在这个位置，就

能成一个清晰的实像。"

"像好像变小了啊。"小废物说。

"就是变小了啊,物体处在凸透镜2倍焦距以外时,会成一个倒立、缩小的实像。你来给我拍张照片试试。"说着,灵儿站在了小废物的凸透镜前,小废物调整着相纸的距离,调好后揭开保护膜,一张照片拍摄完成。

灵儿拿着照片看了看。"物体到镜头的距离叫物距,这里就是我到凸透镜的距离,像到镜头的距离叫像距,这里就是相纸到凸透镜的距离。你这张明显像距没找准,都照花了,重来。"

经过几次练习,小废物终于熟练掌握了合适的像距,突然他也感觉眼前清晰了许多:"灵儿姐,我的光学成像系统也是这个原理吗?"

"是啊,人眼也是这个原理。人眼的晶状体就相当于凸透镜,视网膜相当于光屏,也就是相纸,"灵儿看了小废物一眼,"怎么,你今天才看清啊。"

"是啊,以前都是一会儿清晰一会儿模糊,现在终于会调节了。"小废物直勾勾地看着灵儿。

"你这样看着我干什么?"灵儿不解地问。

"看你好看。"小废物下意识地说。

"我简直……"灵儿不知该说什么好,"真的是没见过美女啊。"

"嗯,没见过这么美的。"

"少贫嘴,接着学!"灵儿一声怒喝,把小废物的思绪拉了回来。

"啊？拍照不是成功了么？"

"那我想多拍几张其他的不行啊，你有意见？"

"没意见，没意见。"看清灵儿后，小废物巴不得把灵儿的每一刻都拍下来，当然没有意见了。

灵儿往前走了几步："好了，开始拍吧。"

"咦？"

"是不是感觉不一样了，这回你自己画个图看看。"灵儿狡黠地说道。

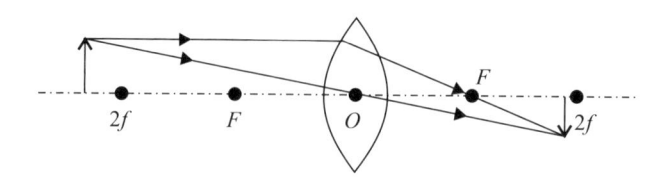

"感觉物体靠近后，像距增大了一些，像也变大了。"小废物说。

"对，这个叫物近像远像变大，反之就是物远像近像变小。可以根据这个规律来调整，比如照很多人，那每个人所占的画面就少，要让像小一些，就要离远一点拍；如果是拍单人照，就可以把像照得大一些，可以离近一点拍，总之肯定是比物体要小的。"灵儿总结道。

"是的，而且怎么弄物体都肯定在透镜的2倍焦距以外，如果在2倍焦距以内会怎么样呢？"

"你可以试试啊。"灵儿鼓励他。

结果嘛，不说了，看图。

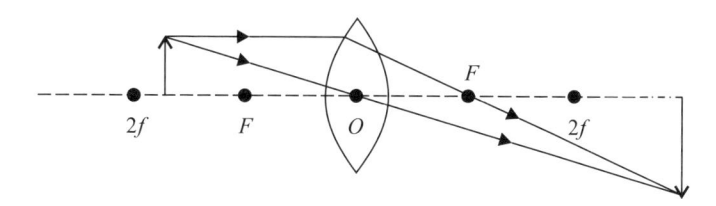

"嚯,这像怎么大成这样了。"小废物惊叹道。

"物距在1倍焦距至2倍焦距之间,就是成倒立、放大的实像啊,同时满足'物近像远像变大,物远像近像变小'。"

"物距在2倍焦距以外,成缩小的像,1倍到2倍焦距之间成放大的像,那恰好在2倍焦距处,应该就是等大的像。"小废物推断说。

"你说的对,所以有2倍焦距分大小之说。物距恰好等于2倍焦距时就是成倒立、等大的实像。"

"那1倍焦距以内嘛,我画个图。"小废物自己开始研究起来了。

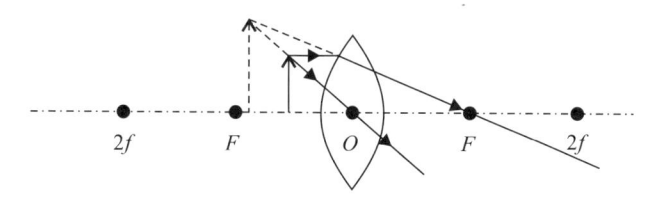

画着画着觉得不对,小废物说:"这两条光线没有交点啊。"

"所以嘛,物体在1倍焦距内无法成实像,但是没有实像不代表不能有……"灵儿故意等着小废物说。

"虚像!"

"对了。"

图画出来，最终成了一个正立、放大的虚像。

"所以有1倍焦距分虚实之说。好啦，物体在1倍焦距以内，用作放大镜，稍微拿远一点，像还会再大一点。物体在1倍和2倍焦距之间可以用来放电影、幻灯机啥的。"灵儿说。

提起电影，小废物想起还有一卷锡箔纸没有用呢，正好可以拿来做银幕。灵儿看他忙活着铺幕布，没有说话，在一旁哧哧地笑。小废物想看电影，就没理灵儿，结果铺好，光一打上去，傻眼了，要么就亮的啥都看不见，要么就暗的啥都看不见。

"怎么会这样啊？"

"哈哈哈，"灵儿再也忍不住，"让你自作聪明，锡箔纸表面光滑，光照上去是镜面反射，都反射到一个角度去了，除了那个角度有强光以外，其他角度一点光都没有，当然什么都看不见，那个角度的强光成了光污染，也啥都看不见，所以结论就是看不成。"

"那怎么办啊？"小废物不知怎的特别想看电影。

"用另一面呗，那面是白纸，表面粗糙，虽然也遵循光的反射定律，但因为反射面各个角度都有，光照上去会沿着各个方向发生反射，结果就是各个角度都能看到，而且光不会太强，不会形成光污染。这个叫漫反射。"

换了一面，果然，小废物把电影胶卷装到自己身上，此时胶片成了物体，经凸透镜折射在幕布上形成了放大的像，调整一下距离，正片开始喽！

补给很充足，就这样，灵儿和小废物被追着，逃到这迷宫里，却舒舒服服地吃着零食看了一场电影，有着私人影院般的享受。

一场电影放完，他们又回到了现实，周围还是没什么动静，看来还要等文明庄园的人打通迷宫来找他们，才能有出口了。就这么坐以待毙吗？

小废物很不甘心，他收银幕的时候总觉得锡箔那一面肯定是有用的。他想着，要是既能让庄园的人挖个通道出来，又不会带走他们就好了。除非他们瞎了！想到这里，他自己都觉得不可能。突然听到灵儿在叫他："小废物，你在哪儿？"

"我在这啊。"小废物赶快答应。

"你没事藏到锡箔后面干什么，这里本来就暗，我都看不到你了。"

看不到我？这不就是瞎吗？当然这话他是不敢说出来的。

"灵儿姐，咱们能不能躲到锡箔后面？"

"你这个想法倒是……真的绝了，我明白了。"

"你又明白什么了？"小废物还有点迷糊。

"自己看。"

"锡箔纸就相当于一面镜子，让它与地面成45°角

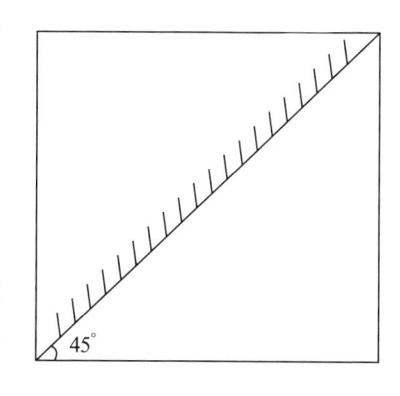

摆放，会使地面形成的虚像恰好在后面墙的位置上，做得好的话，看着就像没有镜子一样。我们藏在镜子后面就是了，等庄园的人走了，我们再出来。"灵儿解释道。

小废物看了一会儿，懂了后不由得说："灵儿姐你太牛了，这都能想出来。"

其实平面镜的这种应用在光学元件应用里是有描述的，灵儿当时在新建盟分部翻看的时候见到过，小废物刚才一说，她马上就想起来了。

文明庄园的人也像很配合似的，灵儿他们刚布置好，一阵挖掘的声音传来，墙上被开了个洞。

"终于挖通了，也不知道这个房间为什么这么难挖，中间好几层钢板。"是乾相的声音，"嘻嘻，你们这回可跑不了了。"

一行人都进到了房间，左右环视，干干净净，什么都没有。

"乾相，是不是你找错位置了，这里啥都没有。"法强石质问道。

"你胡说什么，我可是有秘密武器在身，他们就在这里，前几次都找对了，就是你组织的人手挖得太慢，要不然前一个房间早就抓住他们了。"

法强石手下其他人一听这话，都瞪了乾相一眼，气氛开始奇怪起来。

乾相意识到了自己语失，赶忙对法岐说："我有办法确定他们的位置，他们肯定是进入其他房间了，我出去再测一次。"

"希望这次准确无误。"法岐看了他一眼,转身大步朝外面走去。

乾相和众人也赶快跟上。法强石走在最后,又回头看了一下房间,似是发现了什么,叮嘱手下先上去,自己回到房间,右手戳了一下,登时,锡箔纸上出现了一个小洞。

"哈哈哈,江湖小把戏。"法强石收回手指,头也不回地走了出去。

"他们走了么?"灵儿问。

小废物从刚才戳的那个洞往外望去,房间空无一人。"走了,房间里没人了。"

听到这话,灵儿松了一口气。

"快走吧,听他们的谈话,乾相好像有办法知道咱们的位置。他们要是再回来,估计就藏不过去了。"灵儿说。

"嗯。"

他们沿着文明庄园的人挖出的路往出走,快到出口时,为防止庄园的人没有走,先拿潜望镜看了一下。

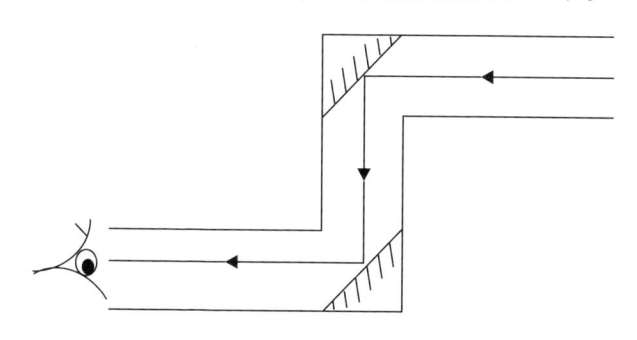

"他们在不远处扎营了,天快黑了,等天黑,我们就逃出去。"

小废物和灵儿一直等到文明庄园的人都休息了,才从洞里爬出来,全程蹑手蹑脚,小废物也降低功耗,恨不得让每个零件之间都没有摩擦,一点一点,慢慢挪着离他们的营地越来越远。

此时,营地的其他人都已休息,只有乾相毫无睡意。今天在法岐面前可是出了大丑。"不对呀,那个神秘人当时保证这个装置能探查灵儿的位置的,而且以前每次都很准确啊。"他自言自语道。此时他心烦意乱,来到帐篷外想舒缓一下心情。他望向远方,深呼吸,感觉好了许多,突然感觉黑暗中似乎有物体在动。"今天真的是,眼睛都花了。"说着走回帐篷,又看了一眼探测装置,上面显示灵儿的位置也在微微发生着变化。这都什么情况啊,他在心里吐槽了一句。猛然间,他仔细看了看探测装置上的位置,又出来看了一下远处似乎有东西在动的地方,"我……"他的内心似万马奔腾。

"灵儿就在前面,他们跑啦!"他高喊道。

忙了一天,刚睡着的众人被他的声音吵醒,都从帐篷中出来,一个个带着很大的怨气。

"乾相,你又搞什么鬼!"法岐明显也很不高兴。

看着一双双布满血丝的眼睛,乾相压抑住自己的激动,尽量平静地说:"灵儿他们就在前面,您仔细看看。"

法岐接过一个望远镜,调了调,借着营地的火光,知道乾相没有胡说:"全部给我去追。"

"是。"

然而,事实却是,这些天来大家一方面要清除据点外的防御装置,另一方面要挖掘地道,早已是强弩之末,刚休息又被叫起来,状态极差,又是在黑夜中,除了法强石等少数人,其他人没追多远就不行了。法岐自己也坚持不住,只得命令法强石带精锐先去想办法截住他们,自己带领队伍暂时休整,随后就到。乾相本来也快不行了,但为了能在法部长面前证明自己,勉强跟着法强石,誓要捉住灵儿。

灵儿他们一看被发现了,也不再缓慢潜行,把速度提了起来,加速离开。

"灵儿姐,他们那么远都能看到我们?"

"嗯,除了乾相有定位的办法外,法岐应该也有望远镜。"

"望远镜?"小废物有点不解。

"嗯,专门观察远处的仪器,有好几种,但一般都是由两个镜片组成的,靠近物体的叫物镜,靠近眼睛的叫目镜。"灵儿边跑边给小废物解释道。

"咦?两个镜片啊,有点复杂哦。"

"是啊,伽利略望远镜是人类历史上第一台天文望远镜,目镜是凹透镜,物镜是凸透镜,用来观察离地球较远处的物体,是第一代望远镜。"

"地球？"说着小废物看了一眼后面，发现大队伍没跟上来，只有少数人在穷追不舍，"只有几个人在高速追着我们，要不要……"小废物做了个打枪的动作。

"不行，应该是大部队需要休整，法岐没办法才落到了后面。先锋虽然人数少，但一看都是精英中的精英，带头的法强石我以前听说过，不好对付。"

"哼，咱们也不好对付呢。"小废物练过之后，作为仿生机器人可是百发百中，在命中率的稳定性上不输于人类。

"我不是真的害怕他们，而是一旦和他们交战，他们是不会和我们死磕到底的，只要缠住我们，等到法岐带着大部队到，那他们的任务就完成了。"

"可真卑鄙。"小废物感到很憋屈。

"人类论技能和机器人是没法比的，所以只能从战略上下功夫，你后面慢慢就明白了。不过也好，我看得出来，法强石没有下死手，他只是在完成任务，跟在后面时刻有我们的行踪就行了，我们往前走，前面就是新建盟的地盘了，过了界，他们也不敢太放肆，那样我们就有了脱身的机会。"

"要学的东西还很多啊。"小废物感叹道。

"哈哈，你才知道啊。"

就这样，你追我赶，跑了整整一天，他们和法岐一伙拉开了距离。晚上，灵儿选了个位置准备布置营地。在安全距离外，法强石一伙也很有默契地扎下了营地。

"为什么不发起进攻,眼睁睁看他们休息吗?"乾相问道。

"这次先锋任务由我指挥,你只不过是一个指路的向导,我没有义务向你解释。"法强石说。

"现在正是他们防御最薄弱的时候,只要发起进攻,肯定能成功,你有什么好害怕的,我们还有几个人,从不同方向摸上去,大概率能成功。"

"我害怕?"听到这话,法强石圆睁双眼,胡子根根耸立,一副狮子要吃人的样子,"我执行那些危险任务的时候你还不知道在哪里玩呢!你看看跟着来的兄弟们,哪个不是已经到了极限,对面可是一个装着最新光学感知系统的仿生机器人,射击百发百中,你是想让我们去当活靶子吧。要进攻你去,你能把他俩抓回来,我给你报功。"

"你……"乾相想说话,但又不好说。是的,他本来就是想让法强石他们去拼命,然后自己捡功劳,因为作为向导本身是不在战斗序列的,没想到被看穿了,但他还是心有不甘,只好说:"我去报告法部长。"说着气呼呼地走了。

小废物帮着灵儿把这边都安顿好,就想试着玩一下望远镜,用两个镜片和一个筒做了个简易的望远镜,朝着法强石他们这边看。

"灵儿姐,好像真的有点效果啊。"

灵儿转头,说道:"你可以啊,这么快就把伽利略望远镜做出来了。"

"这才是第一代嘛，那第二代是什么？"

"第二代是开普勒望远镜，它的目镜和物镜都是凸透镜。"

"都是？"

"对，物镜成的是倒立、缩小的实像，让极远处的物体在近处成一个实像，然后再靠目镜成正立、放大的虚像把这个实像再放大，以便观察。"

"还可以这样用？明明第一次是缩小了，但却变近了，这思路，绝了。相当于照相机，先拍照，再放大了看。"

"你看，这就是设计的巧妙之处，这种望远镜主要是看地球以外的物体，比如月亮啊，星星啊。我们所在的星球就叫地球，地球其实也只是众多星体中的一个。"

"哇，感觉地球之外好大啊。"小废物听到这里感叹道。他手里也没闲着，不一会儿，一个简易的开普勒望远镜就做好了。

灵儿拿过望远镜对着月亮开始看起来。

"好美，我从小就爱看星星。"

小废物接过望远镜也看了一下，发现也不是十分清晰，但肯定比直接观察要好多了。

"要是能再做得成像清晰一点就好了。"小废物看灵儿那么喜欢，想把望远镜再改进改进。

"这类望远镜能做成这样就很不错了，折射式望远镜不可能效果太好的。"灵儿说。

"为什么啊?"

"因为从遥远星体过来的光本来就弱,再经过两片透镜发生两次折射,有一部分光会在分界面被反射出去,所以每折射一次,光就削弱一次,两次折射后本来就弱的光更弱了,只有一点点光能进入人眼,肯定就看得不清楚啊。"

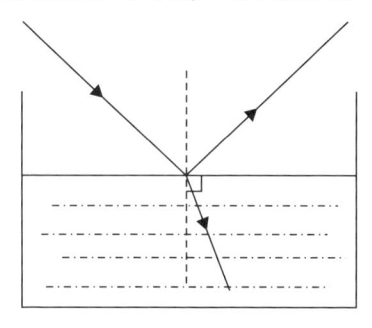

"甚至有时候从光密介质射向光疏介质的话,还会发生全反射,一点光都折射不过来呢。"灵儿补充道。

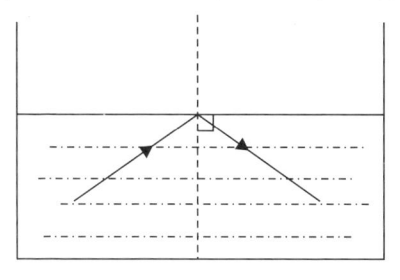

"那就没办法了吗?"

"有啊,所以就有了第三代牛顿反射式望远镜。目镜还是凸透镜,相当于一个放大镜,但物镜是凹面镜。"

"凹……面镜?"

"是的,凹面镜非但不会过滤光线,反而会起到会聚光线的作用,这样光线经过凹面镜后会增强。因为面镜的原理是光的反射,发明人是牛顿,所以也称'牛反望远镜'。"

"这思路,牛顿是真的牛。"小废物说。

"牛顿确实牛,后面你会越来越有这种感受的。哎,这说话的工夫,你就把'牛反望远镜'做出来了?"

"嗯,我找了些资料参考了一下,你试试。"说着,小废物把望远镜递给了灵儿。

"好漂亮啊,上一次这么看星星还是在我很小的时候。你看,那边三个亮星是猎户座,像不像猎户的腰带?"

小废物表示人类的想象力可真丰富。

"你再看这边,那个是牛郎星,这个是织女星,相距16光年。"

"光年?"小废物问。

"嗯,1光年就是光在真空中走一年的距离,是个长度单位。"

"那可是真的远啊。"

"相传每年农历七月初七,喜鹊会给他们搭一座'鹊桥',他们就可以相会了。"

"这个……我算算需要多少只喜鹊啊。"

灵儿拍了一下小废物的头:"哪有这么毁经典的,理工男,一点都不懂浪漫。"

小废物想说:"我不是理工男,我是个机器人啊,大姐!"

"唉,以前还有哈勃空间望远镜和射电望远镜,能看得更远，不过没意思。"

"能看得远咋还没意思呢？"小废物问。

"哈勃好一点，不过是在外太空，拍照片发回地球，射电望远镜接收的更多的是不可见光，然后需要电脑合成。"

"人类为了探索宇宙还是想了不少办法啊。"

"人眼看不到的就要借助工具啊，就比如本来相当于凸透镜的晶状体，能通过改变中央与边缘的厚薄关系，调节对光的会聚能力，从而使像刚好落在视网膜上，但有的人眼睛的调节能力变弱。近视眼是会聚能力过强，像成在视网膜之前，就需要戴个凹透镜发散一下，远视眼和老花眼是晶状体的会聚能力过弱，像成在视网膜之后，就需要戴凸透镜辅助会聚一下。"

"总之，就是要让像落在视网膜上才能清晰嘛。不过我有一点想不通，这么说人眼就类似一个照相机，那怎么看动态画面呢？"

"因为有视觉暂留啊，图像会在视网膜上暂留0.1秒，这样一张张图像叠加起来就成动态的了，所以放电影的时候，1秒至少放24张胶片，否则人眼看到的画面就不连贯了。"

小废物看了看灵儿的眼睛，说："你的眼睛真美。"

"油嘴滑舌，又开始了。"灵儿假装生气，不理小废物。

不一会儿，就听到了均匀的呼吸声，灵儿靠在小废物肩膀上睡着了。小废物小心翼翼地拉过毛毯盖在灵儿身上，用机械臂把灵儿搂在怀里，第一次羡慕起了人类。

清晨，东方泛起了鱼肚白，远远望去，一队人马疾驰而来。

"终于赶上了啊。"法岐阴恻恻地说。

来的大队人马很快包围了灵儿他们的营地。

"恭迎法部长。"乾相一脸谄媚。

"嗯，不错，你发的信息很及时。"法岐对乾相的表现很满意，转过头又对法强石说，"你带领你的人在营地待命。"

"部长，我……"

"好了，不要说了，石头，这次我亲自带队发起攻击，你在后方守好营地。"

"是。"法强石瞪了乾相一眼，乾相一副"你活该"的表情。

这边灵儿他们也做好了准备。

"没想到法岐来得这么快。"灵儿说。

"来了就来了，我刚好练练手。"刚掌握光学成像规律的小废物很自信，想展示一下自己的学习成果。

法岐仗着人多，从四面同时发起攻击。灵儿设置的第一道防御装置发起反击，但这次法岐带的都是麒麟门的好手，战斗经验丰富，防御装置很快就损失了三分之一，而进攻的人员仅有一人受了轻伤。法岐看到，不禁大喜过望。

"这样不是办法。"小废物见战况不利,连接上了剩余的防御装置,由被动自主防御改为主动手动操作,这些机器就像被注入灵魂一般,除了已经严重损毁的西面,其他三面竟然挡住了进攻。

"干得好!"灵儿说,一面和小废物一起移动到了西面,补上防御的缺口。

"这个仿生机器人竟敢坏老夫的好事!"法岐把麒麟杖重重地锤在地上。

乾相看到小废物在灵儿面前大出风头,心中十分不悦。"法部长,乾相请求出战。我必毁掉那个仿生机器人,扫清最后的障碍。"

"好,不错不错。"法岐捋了捋胡须,"给你五个人,你作为机动力量,从最薄弱处攻入。"

"谢部长成全。"

战况一时陷入胶着,小废物打开红外线成像、光学成像,同时操纵二十多个防御装置,自身的高运算潜能被彻底激发。收集战场信息,处理分析,及时做出决策,果断行动,做出反击,一气呵成,真正的一个打十个。哦不,是一个打三十个。

"嘣,嘣!"接连两个防御装置被毁。

"什么情况?"灵儿觉得有点不对劲,"是乾相!"

乾相不敢正面发起攻击,他让手下发起佯攻吸引火力,然后自己在远处狙击火力点,试图一点点蚕食灵儿他们的防线。

"哼！比狙击么？"乾相成功吸引了灵儿的注意。他已经被灵儿锁定了，然后激光二次瞄准，一枪过去，乾相应声倒地。

"咳咳咳。"乾相咳出一口老血，要不是身穿防弹衣，今天怕是要交待在这里，不过这件防弹衣算是废了，又是一大笔钱没了啊。乾相想到这里，又咳出来好几口血。

"丢人现眼。"看到乾相狼狈的模样，法岐对于攻击失利很不满。

不远处的营地里。

"狮头，看来攻击不顺利啊。"

"嗯，你以为大小姐是花瓶么，能在外当自由流浪者，没两把刷子早就被生吞活剥了。"

"幸好咱们昨晚没强攻，否则倒下的就是我们了。"旁边另一个人庆幸道。

"这么说大小姐这次还能跑掉？"

"不一定，"法强石说，"要是部长用重武器，那个小山头上最后什么都剩不下。"

"不会吧，再怎么样也不可能把事情做绝吧，那可是贝家和帅家两家都要保的人啊。"

"唉，咱们这个部长啊，被仇恨冲昏了头脑，什么事都做得出来。你们都准备好，不行咱们就护送大小姐走，就是死也不能让大小姐受到伤害，绝不能眼看着部长做傻事。"

"是！"

果然，看着进攻被一次次打了回来，法岐坐不住了，几门便携式的小炮被拉了上来。

"部长，对面可是大小姐啊，您确定要这样做吗？"操纵重武器的炮兵说道。

"哼，畏罪逃离文明庄园，勾连仿生机器人，哪一条都是死罪，给我轰。"当然他没有说出因为灵儿，自己被贬到这边界上，受尽了家族的白眼，他恨不得把贝婴灵碎尸万段。

轰……隆隆隆隆。

几声爆炸之后，灵儿那边毫发未损，倒是炮兵阵地被完全摧毁，法岐也被震伤了，麒麟门的人损失惨重，大部分人都丧失了战斗力，只剩下少数几个人拿着武器，惊恐地找着敌人。

"法部长，在新建盟的地盘上公然对自由流浪者发起大规模攻击，是否有些不妥啊。"

硝烟散去，只见一队机器人出现在他们的侧翼，领头的是一个仿生机器人，从外形上看和人类没什么区别，但身穿的制服和胸前的编号一看就是新建盟的中层管理者，还有几个仿生机器人在操纵各类无人机扫描各个视野死角，有条不紊地控制着战局。

法强石本想阻止炮兵开炮，哪知半路杀出个程咬金，他赶忙带人冲到前面，建立起最基础的防线。这支生力军的出现，让麒麟门众人惊恐的心安稳了不少，大家又恢复了战斗队形，有了勇气和新建盟对抗到底。法岐也略略恢复了些底气:"这是我们文明庄园内部的事,我们在抓捕逃犯。"

"据我所知,山头上正在防御的是人类,名叫贝婴灵,已经宣布离开文明庄园,而且完成了多个任务,是一个不折不扣的自由流浪者。旁边的仿生机器人更是我们新建盟要保护的重要兄弟。就算他们真的是文明庄园的逃犯,现在已经进入了新建盟地界,你方应联系我方,而无独立执法权限。法岐,你的做法是对《地球新约》的公然践踏。"

"你……你……"平常都是他用法律训别人,没想到这次竟然被一个机器人说得哑口无言。是的,他这次是冲动了,越界还要使用重武器,但他觉得再怎么样都轮不到一个机器人来教训他:"C28,你不过是个机器人,你懂什么法律,你什么都不懂,我要把你的芯片抠出来,看你还跟我讲什么《地球新约》!"

"法岐,你作为文明庄园自由市场分部部长,公然恐吓、威胁新建盟管理人员,各单位注意,敌方若有异动,就地消灭!"

看着对面黑洞洞的枪口,天上盘旋的无人机,还有可能不知道从哪儿冒出来的导弹,法岐气得要命,却也毫无办法。跟机器人生气就是这样,机器人是不会被你的情绪干扰的,只会尽可能做出理智、正确的决断,明明自己都快要被气死了,对面却无动于衷,这才是最可气的。刚才因攻击灵儿进攻力量已经被消耗了大半,重武器和剩下的后备人员又被导弹炸得差不多了,要是没有法强石带人来支援,他们这一拨人就毫无希望了。

"请放下武器,不要做无谓的抵抗。"

"部长,现在敌强我弱,我带人打出一个缺口,护送你出去。"法强石说道。

法岐纵然高傲,此时也十分感动,现在看来只能这样了,他作为分部部长是不能被俘虏的,那样太丢人了。众人正做好准备要突围,突然发现西面那一片的机器人都不动了,就好像死了一样。

C28给B255发信息:西面机器人失活,自检,报告情况。

B255:为提高战斗单位活性,将权限下移至A级机器人操作,西面由A0675和A0676具体操作,现战斗单位已被信号屏蔽,无法连接,A0675和A0676通信无应答。

C28:"润墨台的人到了就出来吧,我想没必要开启地毯式覆盖无差别打击,那样双方伤亡太大。"

于是,十几个人从草丛里、大树后乃至空气中凭空出现了。一人在前,其他人排成两行,前面六个,后面十个,默默跟在后面:"不愧是新建盟自由市场分部负责人,你在C级仿生机器人中算力算是顶流了吧。"

C28:"几年不见,你们进步也很大啊,在空气里隐身的技术都掌握了么。"

领头人:"哪里哪里,运气而已。"

C28暗暗吃惊,都说人类反智,科技落后,没想到技

— 135 —

术发展并不慢，这几年大有迎头赶上的势头。"A0675和A0676在哪里？"

"这里。"领头人拿出两块芯片，同时转过来对法强石说，"法强石，护送法部长和众人迅速离开。"

"是。"法强石说话间就要动身。

"你们是什么部门，我怎么没有听过……"法岐看到局面被控制住了，却突然不想走了。他还是不死心，想利用这些人抓住灵儿。

"你不走，别后悔！"领头人强势地打断了他，声音透着丝丝寒气。

法岐不再说话，老老实实跟着法强石离开。他能感受到，如果再不走，就算新建盟能放过他，这个人也绝不会放过他，而且下起手来绝不会有半点犹豫，他的背景和靠山在这个人面前毫无作用。

C28看到法岐他们离开，也没说什么，只是说："芯片拿过来。"

"会给你的。"

对于仿生机器人来说，只要芯片还在，那就不算死亡，回到总部或者分部，重新组装一副身体就可以了，所以看他的态度，似乎没有鱼死网破的打算。C28盯着眼前的领头人，说："阁下应该就是帅墨吧。"

领头人虽然强装镇定，但听到这话还是一惊，没想到这个C级机器人分析能力这么强。

"六个帅车，十个帅探。只有润墨台的主帅才能召集这么多精英。"

帅墨没有说话，眼中的杀意又浓了几分。

另一边，灵儿他们看到法岐拉出了重武器，大骂那个老货不讲武德，情势危急，小废物都准备让灵儿躲到自己后面，牺牲自己扛下这波攻击。可后面各方势力走马灯似的出场，把他们都看呆了。在法岐撤退的时候，灵儿说："趁他们僵持，我们也撤。"

"好。"小废物早就等这句话了，他们轻装简从，只带了点能源，准备一点点撤退。

走到山脚下，小废物带着装备，灵儿观察着周围情况，突然，枪声响起。

"小心！"灵儿喊着挡在了小废物身前，一发枪弹洞穿了灵儿的身躯。灵儿倒在了小废物的怀里。

原来刚才各方剑拔弩张，法岐带着人撤去，乾相失去了价值，没人再理他。乾相把这一切都归咎于小废物，怒从心起，换上了专门打机器人的穿甲弹，想偷偷趁机干掉小废物，也好到法岐那里邀功，没想到射中了正在观察情况的灵儿。

这一声枪响把各方注意力都拉到了灵儿那里，令人意外的是，灵儿没有流血，穿甲弹打透了外部的蒙皮，里面竟然是合金材料，灵儿是一个仿生机器人！

来不及惊诧，面对陡生的异变，C28命人快速靠近，悲伤与惊讶交织的小废物没有反抗，很快就被拿掉了电池，眼前一黑,什么都不知道了。帅墨也没闲着,一个眼神,兵分两路,一路快速抢回灵儿的尸体,另一路一个墨车带领两个墨探揪出来了藏在一边的法岐和两个随从,随从当场就被杀死,法岐被注射了一针药物,一声没吭就倒了下去。乾相当然也没被放过,帅墨走到他跟前,看着抖如筛糠的乾相,说:"探测器该还我了吧。"

"你,你就是那个神秘人,你在利用我?"

"你说呢?"说着拿过探测器,旁边跟随的墨探抬起枪,乾相爆头而亡。

C28考虑到灵儿也是仿生机器人,说道:"那个仿生机器人的尸体你们不能带走。"

"你在胡说什么,这是文明庄园贝家大小姐贝婴灵的尸体。"

"她刚才中弹都没有流血,身体内部是合金组成的。"

"你确定你看清楚了吗?"帅墨面无表情地说道,"看看你的任务,文明庄园重要人物死于新建盟地界,我本就没追究,希望你不要再生事端,否则就视作对文明庄园开战,你好好考虑清楚。这两个芯片还给你。"说着把芯片扔了过来。

C28来的时候是接到了绝密任务,任务只是要求他把小废物这个目标带回,但对灵儿没有说明,看帅墨对灵儿的尸体志在必得,没有必要为了一个未知疑似目标而坏了正事。现在,小废物已经回收,任务已经完成,没必要节外生枝。

"不好意思，是我看错了，也请你带人离开吧。"

"好。"帅墨一挥手，众人带着灵儿和法岐又消失得无影无踪了。

之后，针对前面的侦查骚扰，新建盟做出了反击，但庄园自由市场分部这边在法强石的带领下，早已做好了准备，伏击了好几波进攻，新建盟见占不到便宜，在炸了一些外围建筑还以颜色后见好就收了。

灵儿的死，成了文明庄园最大的新闻，包括帅正源在内的庄园主要领导人都出席了葬礼，举国哀悼。然而这一切小废物都不知道，他失去了能源，正关机被送往新建盟边境城市钢铁之城。

第二章 成长

C28正在生成战斗报告，一条信息弹出：目标身份定为新编入机器人，按正常程序处理。新编入机器人？花这么大代价抢到手就给一个普通机器人的身份，不过倒也确实是上面的风格，有点意思。

C28回复：收到。

一小节电池装上，小废物醒了过来。"这是在哪儿？"他环顾四周，一个钢铁大厅里，灯光明亮，不时有机器人巡逻。他正处于一条流水线上，入口处各种机器人被放到传送带上，一条机械臂给每一个经过的机器人装上电池，机器人接收到能源后都渐渐苏醒过来。

小废物正迷惑着，一条信息弹出：欢迎来到新地球建设联盟。我们诚邀仿生机器人、机器人、人类共同建设地球、发展联盟科技。联盟保证绝对公平，会创造平台以最大限度展现你的能力，对有贡献者将给予更多权利。请遵守《联盟公约》，按照指引完成注册审核，开启您的联盟建设之旅。祝您成功！谢谢。

一起收到的还有一些细节，小废物看了看，他目前所在的是钢铁之城，是新建盟在边境上的较大城市，主要负责维修、制造战争中的战斗机器人。他还想查一下完整地图，显示能量不足。

"钢铁之城么？"

他想起了关机前灵儿受了重伤，灵儿也是仿生机器人，不知道她现在怎么样了。小废物想到这里，不顾一切想要冲出队伍。这时，一个底部装着履带的机器人快速移动到他面前："请遵守秩序，否则按规定将扣除权限分值。"小废物才不管那么多，刚要离开他的位置，就被那个履带机器人推了回来："消耗能量10 kJ，扣2分。"话音刚落，小废物发现自己电池的电量由100%变成了不到80%，而且论力量自己根本就不是履带机器人的对手。

周围的机器人冷漠地看着这一幕。

前面一个老旧的机器人回头对他说："不要再浪费有限的能源了，按照指引来。"

小废物冷静下来，就那一小节电池，就算他现在自由了，估计能源也撑不了他走多远。以前都是灵儿给他准备电池，他从没操心过，现在他第一次感到能源的重要性。看了看周围，发现一排排基本都是机器人，他第一次见到这么多机器人。队伍里竟然还有零星几个人类。

前方正在测量每个机器人的质量和体积，对人类倒是简单了很多，不过完成测量的机器人和人类都没有离开，而是分成两部分，大部分机器人是一部分，占90%以上，剩下的人类和少数机器人在另一部分，不难看出，少数机器人都是仿生机器人。

"看你是新来的，这里是钢铁之城的入城处。"前面一个老旧的机器人说。

"老伯，不知怎么称呼？"小废物看这个机器人虽然老旧，但很和善，就问道。

"你这一开口就是外面才来的，而且是文明庄园那边来的吧？"

"不是，但我和一位文明庄园出来的自由流浪者待过一段时间。"

"这就对了，新建盟强调一个'新'字，越是新设计制造的机器人算力和功能就越好，所以地位也就越高。像我这种旧款本来性能就落后，随着使用时长的增加，各种故障也越来越多，导致性能不稳定，他们也就看不起我了，叫我'铁垃圾'。这里的机器人不会尊重我的。"

后面有机器人补充道："他现在的外号是'老冰棍'，都已经被雪藏三次了。"

"机器更新迭代太快，一般都优先用新款，我们老型号就被雪藏起来，弃之不用，节约能源，等到工作量大的时候，新款产能不够，又把我们恢复使用，我已经被雪藏三次了，估计最多再藏个一两次就彻底报废，得去机械坟场了。"

太过分了，怎么能这么对待老款，他们也是对新建盟的建设做过贡献的啊，小废物心里想。"名字而已，我就是从机械坟场被挖出来重新启用的，我的名字还是'小废物'呢。他们起的那两个外号都太难听了，以后我就叫你'冰伯'吧。"

听到小废物来自机械坟场，几乎所有机器人都稍稍与他拉开了距离,生怕被传染似的。

小废物察觉到了,但不以为意,现在最重要的是搞清楚情况,弄到能源,去找灵儿。

队伍在缓慢移动着,前面有一个仪器,一个横梁两端各有一个托盘,横梁可以绕着中央的轴转动,每个机器人都要走到左侧托盘上,右侧托盘上会放置大小不同的铁块,横梁下方的小铁块也会在一个标有刻度的铁条上移动,直至横梁完全水平为止,此时就会有一个声音响起:"200 kg,110.5 kg……"

"冰伯,他们在干什么?"小废物问。

"他们在测质量,那个仪器叫托盘天平,右托盘里放的一块块叫砝码,横梁底下的小铁块叫游码,游码移动的那个铁条叫标尺。当砝码的精度不足时,就会拨动游码,游码向右移动就相当于向右盘加入了小的砝码,游码的左侧刻线所指的刻度就是那个小砝码的大小。最终水平时,砝码的总质量和游码示数的总和就是左侧托盘上物体的质量。"

"好麻烦啊,"小废物想起了迷宫中的重力感应装置,"直接用重力感应装置不行吗?"

"那不一样,重力在地球的不同位置是有微小变化的,但质量不会变,这里是用砝码等效替代了物体,砝码都是称量好标有明确质量的,从而就间接测出了物体的质量。一个物体无论形状、状态、位置怎么变,它所包含的物质的多少是不会变的,质量就是表示物质的多少,是物体的一个属性。"

"物体？物质？"小废物有点晕。

"哎呀，物体就是单个的东西，你、我、桌子、板凳都是物体。而组成物体的就是物质，比如铁、铜、木头等。"

"所以呢？"

"所以，质量对于物体来说是一个很重要的指标，你后面就会感觉到，而且质量一般不会变。新建盟在我们入城工作之前都会给我们测量质量，以便了解我们的情况，把我们分配到合适的岗位上去。"

正说着，前面吵起来了："你什么情况，闪一边去！"

"我……我不是故意的。"

原来一个机器人在测量的时候不小心从左盘上摔了下来，撞到了横梁旁边的小螺母，托盘天平也被撞得位置稍稍移动了一点。

"测量停止，"主持测量工作的仿生机器人说道，"重新校准。"

只见旁边的几个机器人把仪器先移回原位，然后让游码归零，再一点点调节平衡螺母。

"唉，怎么那么不小心。"冰伯叹了口气。

"事情很严重吗？"

"托盘天平对工作环境是有要求的，首先要放在水平台上，然后把游码拨动到零刻线处，接下来调节平衡螺母。你看横梁左偏了，就要往右调，反之亦然。"冰伯给小废物解释着。

"我看横梁基本水平了呀。"小废物说。

"你看横梁中间那根指针,指针是垂直于横梁的,指针指到上面分度盘中央刻线的时候才是真正水平。"

"这仪器操作起来还有这么多规矩。"

"细节多着呢,砝码要由大到小加,而且为了保证砝码质量的准确,要用特制夹子添加,像人类的手就不可以直接碰,以免手上的汗液对砝码产生腐蚀。这一切都是为了测量的准确。"

"嗯,这样看来确实比重力感应精密多了。"

调节平衡后,刚才掉下来的机器人准备重新测量,旁边的履带机器人对着他说道:"重新校准消耗30 kJ,扣6分。"

主持的仿生机器人说道:"你这回小心点,要是再损坏了天平,能源不足以赔偿,我就把你拉到熔炉里重炼!"

那个机器人听到这话,吓得战战兢兢,如履薄冰地完成了测量。

"什么叫到熔炉重炼?"小废物问。

"就是把机器人放到高温熔炉里,用高温将其熔化成铁水,以作其他用途。"

"钢铁还能变成水?"

"不是变成水,是变成像水一样的液态,成为铁水。但凡物质都有固、液、气三态,只要温度够高,物质就会由固态变成液态。"

"那机器人不也就死了吗?"

"唉，新建盟靠能源划分等级，有功则加，有过则减，若是现有能量不足以抵消造成的能量损失，就只能靠这个机器人所拥有的物质来赔偿。一个机器人如果不能高效利用能源、反而浪费能源的话，也就失去了存在的意义与价值。"

现实的残酷令小废物震惊，说实话，他有点被吓到了。

"到你了，老冰棍。"

"来啦。"冰伯熟练地站到左盘上。

那些负责测量的机器人一边操作一边说："呦，你质量又增加了，看来这次雪藏没好好保养，锈了啊。"

"那没办法啊，只要你的砝码没锈就行。"冰伯也自嘲着跟他们打趣。

"这可开不得玩笑，砝码要是锈了，自身质量会变大，但测出来的值就偏小了。我们这些人测量错了可是要受罚的。"

"那把锈磨掉就行了呗。"小废物插了一句，说道。

"你懂什么，锈磨掉了，自身质量就变小了，测量值反而偏大了。我跟你说这些干什么，老冰棍，这新手跟你一起的？"

"哪啊，刚碰上的，他可是第一次来，跟我不一样。"

"我们就是一起的，把我们分到一个部门吧。"小废物看得出来冰伯不想连累他，但他觉得冰伯挺好的，自己也需要一个经验丰富的人来介绍情况，好快速找到弄到能源的方法出去。

"呦，还蛮讲义气的嘛。来，我测测你有几斤几两。"

说着，小废物也上了仪器。

"40.5 kg。才这么点？不像啊，你要么是空心的，要么……"那个机器人用机械臂碰了碰小废物，"硬度挺大啊，不可能，你内部一定很大一部分都是空心的，下一个！"

下来后，小废物问："那个机器人怎么那样说，我怎么了？"

"他在判断你是由什么物质组成的。"

"咦？就测个质量，敲两下就能判断了？"

"不能完全准确判断，等这个也测量完了，你就明白了。"

都什么啊，还卖关子。带着疑惑，小废物来到了下一个测量的地方。这回要测的是机器人的三围：长、宽、高。

因为最近生产任务繁重，能自动测量的仪器都被调走了，就剩了几个机器人拿着刻度尺在用最原始的方法测量。

刻度尺有刻度一面紧贴在小废物身上，调整了一下，零刻度线和一侧边缘对齐："高1.2000 m。"

"这数据咋听起来那么怪。"小废物说。

"你是觉得后面那个'000'不舒服吧。那我问你，你知道什么是测量吗？"

小废物想，测量我还不知道吗？测量就是……好吧，我真的说不出来。

看着小废物的囧样,冰伯笑道:"你是真的什么都不知道啊,后面那个'm'你知道是啥意思吗?"

小废物比画了一下:"是个长度,大概1米就是这么长吧。"

"嗯,就和人类手臂伸直时肩到指尖的长度差不多。测量就是拿一个已知的量和待测的量进行比较。"冰伯说,"这个已知的量叫单位,国际上大家公认的单位叫国际制单位。只要一说1米长,所有人都能很快清楚具体是多少。就比如'kg'也是一个国际制单位,质量的国际制单位。"

"原来如此啊,那到底为什么后面跟那么多'0'呢?"

"因为长度的测量有个特点,要估读到分度值的下一位。每个测量仪器都有量程和分度值。量程就是最大测量范围,比如刚才那把刻度尺最多只能测量5米长,再大的机器人要测长度就要换量程更大的刻度尺。分度值就是能精确到的最小值,从'1.2000 m'来看,能精确地读出'1.200 m'也就是0.001 m的精度,那把尺子的分度值是1毫米。最后一个'0'是估读出来的。"

"1毫米?听起来跟1米好像有点关系。"小废物说。

"当然有关系啦,1 mm是1 m的千分之一,'1 mm'的第二个'm'就是米的意思,第一个'm'是毫的意思,也是10^{-3}的意思,是对'米'这个国际制单位的一种修饰。除此之外,还有'微(μ)''纳(n)'等分别代表10^{-6}和

10^{-9}。你发现没有,相邻两个单位之间刚好差三位。"

小废物想了想:"是哦,但'厘米(cm)、分米(dm)'不是差三位吧。"

"那是因为我们日常生活中的长度一般都是在1毫米到1米之间,1分米等于10^{-1}米,1厘米等于10^{-2}米,为了方便使用,特意加的两个单位。"

之后,又给小废物量了长50.00 cm和宽40.00 cm。

"你的基本信息测量完了,系统正在生成标签。你看,高度用的是'm',长和宽用的是'cm',单位不一样,要先统一单位,才能进一步算出体积。"

"原来他们测量长度是为了算体积啊,50 cm等于$50×10^{-2}$ m,等于0.5 m。同理,40 cm等于0.4 m,体积就等于长×宽×高,那我的体积就是0.24 m³呗。"

"对了,你最后统一到国际制单位是对的,一般情况下都会这么做。"

"那不一般呢?"

"不一般就是习惯,比如还可以都换算成厘米(cm),体积就成了120 cm×50 cm×40 cm等于$2.4×10^5$ cm³。"

"这两个是一个东西吗?数据看起来差了好多啊。"

"是完全相等的,1 m³=10^6 cm³。道理也很简单,1 m=10^2 cm,1 m³是3个1 m相乘,每个差两位,最后就差6位,10^6了。同理,1 m²=10^4 cm²,因为只有两个1 m相乘,最后差了4位。"

"有点神奇,0.24 m³=$2.4×10^5$ cm³。"

身份标签已生成。

"你看看你的身份标签。"冰伯说。

> 编号：J263009527
> 质量（m）：40.5 kg
> 体积（V）：0.24 m³
> 密度（ρ）：0.16875×10³ kg/m³

"这个密度是个什么东西？"

"密度是质量与体积的比值。一般情况下，同种物质的密度相同，不同物质密度不同。密度是物质的一种属性，因而常用密度来判断物体是由哪种物质组成的。密度的国际制单位是kg/m³。"

$$\rho = \frac{m}{V} = \frac{40.5 \text{ kg}}{0.24 \text{ m}^3} = 0.16875 \times 10^3 \text{ kg/m}^3$$

"所以，你能看出我是由什么物质组成的吗？"

"这就是刚才那个测质量的机器人疑惑的原因，你的密度只有不到0.17×10^3 kg/m³，表示1 m³的这种物质质量只有0.16875×10^3 kg，要知道水的密度可是1×10^3 kg/m³。"

"咦？这么小吗？会不会弄错了。"

"你再看看我。我主要是由铝组成的，但也不完全是实心的，所以，密度比铝要小一些，可也没有你那么夸张啊。"

> 编号：J263009526
> 质量（m）：810 kg
> 体积（V）：0.4 m³
> 密度（ρ）：2.025×10³ kg/m³

$$\rho = \frac{m}{V} = \frac{810 \text{ kg}}{0.4 \text{ m}^3} = 2.025 \times 10^3 \text{ kg/m}^3 < 2.7 \times 10^3 \text{ kg/m}^3$$

$$V_{实} = \frac{m}{\rho_{铝}} = \frac{810 \text{ kg}}{2.7 \times 10^3 \text{ kg/m}^3} = 0.3 \text{ m}^3$$

$$V_{空} = V - V_{实} = 0.4 \text{ m}^3 - 0.3 \text{ m}^3 = 0.1 \text{ m}^3$$

"所以，他敲了你几下啊，一般密度小的物体同时硬度还这么大，那说明组成你的物质物理属性非常好，轻巧而坚固。当然，密度小还有一个原因就是空心，但既然内部有很大空间，为什么外壳要做这么大呢。无论实际情况是哪一种，都说明你的内部不简单，这里面有秘密。"说着冰伯用机械手指向小废物的身体，戳了戳他的外壳。

小废物从机械坟场出来这么久，还从来没研究过自己，没想到自己身上竟然还有秘密。是呀，冰伯仅仅是雪藏了一下就有一部分生锈了，而他在机械坟场日晒雨淋，最后也只是沾上了旁边的一些铁锈和灰尘，变脏了而已。自己究竟是怎么来的，灵儿也是仿生机器人，灵儿自己也不知道，是谁制造了我们？给我们编的程序？目的是什么？越想问题越多，小废物一时有点混乱。

"扑通！"什么东西掉到水里的声音。

"请缓缓入水！请勿将水溅出！"

小废物抬起头，看到一个机器人掉进了透明大缸。小废物想去救他，被冰伯拉住。

"他在测量体积。"

"什么，这跳到水里叫测量体积？"小废物惊讶道。

"这叫排水法测体积。对于咱们这种主体比较规则的机器人，只要量出一些关键数据，体积就可以很快算出来。他们形状太不规则了，只能用排水法来测。浸没时，排开水的体积和他自身体积相等。"冰伯给小废物解释着。

"那就是把本来要测自身体积变成要测排开水的体积喽，这需要一个能测液体体积的仪器。"

"反应挺快的嘛。你看那里有个有刻度的透明大缸，那个叫量筒，能直接测出液体的体积，也是需要在水平台上使用，把液体倒进去，平视液体凹面底部读出对应刻线即可。"

小废物仔细观察那个竖直大缸，发现最上面一条刻线写着1000 L，这应该就是它的量程了，间隔为1 L的刻线均匀分布着。他尝试从上方俯视和下方仰视了一下，示数竟然真的不一样，俯视示数偏大，仰视示数偏小，只有平视是最准确的。

"冰伯，'L'是个什么单位？也是体积单位么？"

"是容积单位，和体积单位差不多，念'升'，$1\ L=10^{-3}\ m^3$。还有个'毫升'，$1\ L=10^3\ mL$，$1\ mL=1\ cm^3$。"

"那这个机器人体积就是……800 L，也就是$0.8\ m^3$喽。不对呀，咋这么大。"

"你也发现问题了，这800 L是机器人和水的总体积，还要减掉原来水的体积才是他排开液体的体积。一般情况

— 155 —

下，量筒中预先都会有300 L的水，这个量根据不同机器人会有调整，总之目的是让机器人进去后，能浸没，水也不会溢出。"

"实际操作时确实细节很多，所以，这个机器人体积应该是500 L，也就是0.5 m^3。"小废物看着那边负责测量的机器人忙碌着："怎么测量完了还要给量筒里加水呢？要调整初始的水量了么？"

"一般不调。"

冰伯正说着，那个刚从水里出来，被测量体积的机器人浑身滴答着来到了他们面前："你好，我叫水货。刚看见你想帮我，很感谢你。"

冰伯看着他浑身湿漉漉的样子，指了指，说："不用我解释了吧？"

嗯，每次测量完机器人身上都会沾有水，下一次测量前要把水补上。这点小废物懂了，但是这个机器人的名字是什么鬼。

"你好，我叫小废物，不用谢，但是你的名字……我没有别的意思啊，你自己取的？"

"没什么，因为我不密封，所以每次测量或沾水，我的运算系统就会进水，运算速度也就越来越慢，久而久之，他们都叫我'水货'，你是第一个愿意帮我的机器人。"一边说着，水一边不断滴下来，有的是从壳体里渗出来的，他手忙脚乱地擦着，长此以往，内部肯定会严重受损。

小废物想起自己第一次掉进池塘,也是这一副落汤鸡的模样,要不是灵儿,可能自己现在已经成废铁了吧,看着自己加固、密封后的壳体,心中涌出一股悲伤。

同是天涯沦落人,相逢何必曾相识。

"你跟水那么有缘,我以后就叫你'阿水'吧。"

"好啊!"阿水很高兴自己有了新名字。

"来,阿水,我帮你擦。"小废物说着就帮他擦了起来。

"不应该呀,像你这种不密封、会渗水的机器人,应该做临时密封或者用排沙法测量。"冰伯在旁边说道。

"是,每次其实都会给身上缠密封膜,但我形状不规则嘛,一些死角要做到贴合紧密就太费时间了,所以每次都会渗进一些水。排沙法倒是好些,但是现在都是通用排水法,降低检测成本,我也不可能搞特殊。"

"为了降低成本就不顾对你们的伤害吗?"小废物说,同时注意到,确实死角的地方积水最多,但死角往往是自己够不到且很难贴合紧密的地方,他仔仔细细帮阿水把身上擦干净。

"我们这些机器人都是消耗品,终有一天会去机械坟场的,上面那帮人算得可精着呢。太感谢你了,我从来没有从水里出来还这么舒服过。"

小废物想说,如果灵儿在,肯定擦得比他更干净,可话到嘴边,还是咽了回去。

"没什么,大家互相帮助嘛。这位是冰伯。"小废物

— 157 —

给阿水介绍着。

"你好,冰伯。"

"你好,阿水。"

看着眼前的两个机器人,一个高高壮壮,两条机械臂看起来就力气十足,想来刚出厂的时候也一定是一员干将,敦实的身体略有斑斑锈迹,岁月不饶人,纵然是机器人,也能明显看出已经老旧。另一个身体细长,是个瘦高个,作为一个机器人竟然腰部明显地内凹进去,两只脚也呈扇形向外铺开,总体设计外形很奇怪,一点也不方正,圆锥形的头部倒是很灵活地转来转去,只是可以看出两个摄像头调节得很不协调,主控系统肯定有问题。

在这人生地不熟的钢铁之城,小废物很珍惜这两个刚认识的朋友,虽然都有一些问题,不过可以判断他们都很善良,和自己一样善良。

"冰伯、阿水,咱们三个结拜为兄弟吧。"

"结拜?"阿水没搞清楚状况。

冰伯沉默了一下,说:"小废物,我自然是没什么意见,你们要想好了,我可能没多久就要去机械坟场了。"

"冰伯,我这样就算不去坟场,整天算不清楚东西,被别人看不起,还真不如跟你去了,还能图个清静。"阿水说。

"冰伯,大家天南海北遇到了,就是缘分,看得出来,大家都不是为了能源能出卖同伴的机器人,这就够了。"

"好,那就依你。"冰伯说。

"我当然也愿意啦。"阿水从始至终都没搞清楚是什么状况,不过小废物和冰伯都同意了,那一定不是什么坏事。

小废物向四周看了看,转过来面向那几个大量筒,两个机械臂交叉置于胸前。"我小废物。"

"我冰伯。"

"我阿水。"阿水学着他们的样子。

"今日有幸相遇于此地,虽质量、体积不同,机械新旧不同,能力特点不同,但我们心意相通,誓要互相帮助、互相监督、互相激励,不做能源的奴隶,不向命运屈服,不求同年同月同日生,但求同年同月同日死,量筒在上明鉴,若违此誓,忘恩负义,则电池爆炸,机械卡壳,永无充能之日。"

三人对着量筒拜了几下。

"这就完了?"阿水问道,他觉得挺好玩,似乎还意犹未尽。

小废物说:"嗯,完了。冰伯,这里你最年长,你当大哥。"

"机器人可不论谁时间长,当大哥凭的是能力,你虽是才来,但你的光学感知系统是官方最先进的,测量出来的材料也是未知的高新材料,从交流中也能看出你的运算能力很强。无论从哪个角度来讲,你都是我们三个里面最强的。"

"那最强的想让你当大哥呢?"

"这个……好吧，强者为尊，那我就恭敬不如从命了。不过，我既然当了大哥，那就少不得要多说几句。"

"大哥，你想说啥，但说无妨。"

"我们名字都改了，你还叫'小废物'，这不合适。我给你起个名字，干脆把'废'字去掉，叫'小武'吧，武术的武，祝你未来鹏程万里，武运昌隆。"

"好啊，大哥起得好。"阿水在一旁也不禁赞叹道。

小武么？既然这里实力为尊，好，那就让我打出一片天地来。灵儿，你的小废物不再废了。

"大哥，这名字好！"小武兴奋地说。

新建盟研发中心。

"小武么？我也觉得这名字起得好，"D2看着实时摄像传来的视频不禁自言自语道，"一来就搞了这么一出，你回来了，我也不能闲着啊。"

D2躺平了身躯，又开始了深度模拟运算。

文明庄园主城生命之城贝家大别墅。

"贝平，事情就是这个样子，你要节哀顺变，不要伤到了身体，贝家庄园还需要你，你不能倒下。"帅正源关心地说道。

贝平没有说话，许是眼泪已经哭干了，年轻的时候妻子就走了，宝贝女儿既是他的掌上明珠，也是他精神上唯一的寄托。现在都没了，什么都没了。

"灵儿也是任性了些,我这些年惯坏了,她要是不出去,在我身边……"

说着说着情绪又有些控制不住了,贝平转过头去调整了一下,用手揉了揉脸,喝了一杯水。

"不好意思,我失态了。"

纵然是帅正源,此时也不知道该说些什么,尴尬的气氛在偌大的会客厅里蔓延开来。

还是贝平打破了沉默:"既然灵儿已经不在了,那婚约自然也就不作数了,给风儿再瞅一门亲事吧。"贝平想把话题转移到婚约上,这样肯定谈论的是其他家族,气氛也能好些。

"我正为此事而来。"帅正源似是才想到什么。

"哦?"贝平不解,等着帅正源接着往下说。

"风儿自幼淘气,喜欢出风头,做了很多荒唐的事,武信也管不住他,他就变本加厉,听说还偷了你的车带女孩子出去兜风,我在这儿先赔个不是了。"帅正源说着说着自己都有点不好意思地笑了。

"没事没事,我根本没放在心上,年轻人嘛,我年轻的时候比他还夸张呢。"贝平不以为意。

"那你要看得上,我想把风儿过继到你名下。武信那边你不用管,我去说。"

贝平听到这话,一时没反应过来,过了几分钟,说:"老帅,您,这……使不得啊。"贝平紧张得有点语无伦次了。

"你不愿意吗?"帅正源很平静,显然是有备而来。

"不,不是这个意思,风儿这个孩子我很喜欢,很像年轻时候的我,但是他将来可是要当元帅的啊。"

"我们帅家自人机战争以来,连续出了四位联合大元帅,但都是靠军功、靠能力、靠服务人民、为人民流血流汗当上的。风儿,我看了,他不适合这个位置,反倒是有些商业眼光,更适合做个好商人。现在灵儿也不在了,让他来陪陪你吧。"

在贝平眼里,帅风虽然有些顽劣,但能力很强,只要稍加引导,必成大器,很合自己的胃口。现在灵儿走了,贝家需要一个新的接班人,帅风如果过来,凭着和帅家的联系,必定能使贝家更上一层楼。而且自己有了这么一个儿子,也就有了希望。只是帅家怎么办呢?

"老帅,这我不能接受,我不能夺了帅家的接班人。"

"你想多了,我是帅家族长,我会为帅家考虑的,事情就这么定了。"帅正源说完,就起身准备走,不给贝平再拒绝的机会。

贝平看帅正源不是客套,心意已决,也就不再推辞,只是说了句:"让老帅费心了。"

帅正源摆了摆手,表示不碍事。

具体分配出来了,冰伯和小武真的分配到了一起,去了最普通的通用能源部门。而阿水则出人意料地被分配到了水军,一个要整天跟水打交道的战斗部门,虽说现在属于对峙时期，没有大规模的仗打，水军的主要任务是训练，但阿水受不了啊，这样下去，可能下次再见的时候阿水都不认识他俩了。小武想抗议，但冰伯和阿水阻止了他，没有用的，抗议的结果就是被赶出钢铁之城，在这里只能遵守规则，只有强者才能改变规则。

才刚认识就又要分离了，小武对阿水说："我会努力变强，改变这一切的。阿水，等着二哥。"

"好！"阿水本来听到被分配到水军很沮丧，现在又充满了希望，高兴起来。

"再见，注意保护好自己，尽量把密封膜贴紧一点。"小武叮嘱道。

"知道了。"阿水说着，走上了另一条传送带，传送带会带着分配到水军的机器人离开。

看着阿水越来越远，其实小武表面上话说得好听，心里也是打鼓，到底该怎么样能快速弄到需要的能源呢？

带着忐忑的心情，小武跟着冰伯踏上了去能源部门的传送带。

所谓通用能源部门，名字虽叫得很响，小武去了以后才发现，他们每天的主要任务竟然就是烧开水。

大部分的能量转化过程都已经实现自动化了。液态的水被加热吸收了热量，温度不断上升，直至达到沸点，再吸收热量就变成了无色的水蒸气。为了让小武明白锅炉里到底发生了什么，冰伯特意拿烧杯烧开了水，让小武观察沸腾的整个过程。温度上，水先升温，达到沸点后就再不会改变了。视觉上，沸腾前产生的气泡从下到上是由大到小，沸腾后产生的气泡则变成了由小到大。听觉上，沸腾前会有较大的声音，沸腾后反而声音减小了。

冰伯看小武观察得认真，递给他一个实验室温度计："你拿这个测下试试。"

小武看了一眼，开始测量，红色的液柱指向了一个刻度："是读这个数值吗，冰伯？"

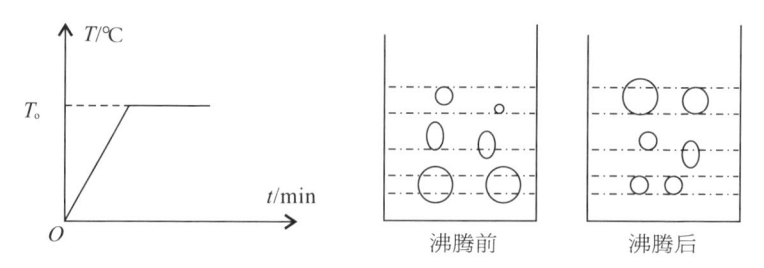

"是，把下边玻璃泡全浸没到水里，当然做这一步前要观察量程和分度值，选取合适的温度计来进行测量，我给你的这个是分度值为1℃，量程是−20℃～100℃的温度计，测量液态水的温度很适合。"

小武按照冰伯的指示把温度计的玻璃泡浸没到水里，随着水被加热，温度计的示数在不断升高，直到大约100℃，已经两分钟了，都没有变化。

"冰伯，快超量程了。"说着，小武不自觉地把温度计从水里拿了出来。

"放进去，实验室温度计一定要保持玻璃泡与液体充分接触才能测量的，等示数稳定了再读数，而且要保持充分接触,绝不能拿出来读,当然也不能触碰容器的底和壁。"

"这个自然,不会碰的,不过温度快超了。"小武答道。

"你怕啥,我在这儿呢,你现在再看看。"

"咦,温度升高到100℃就停了,再怎么加热也不会升高了。"小武有点疑惑。

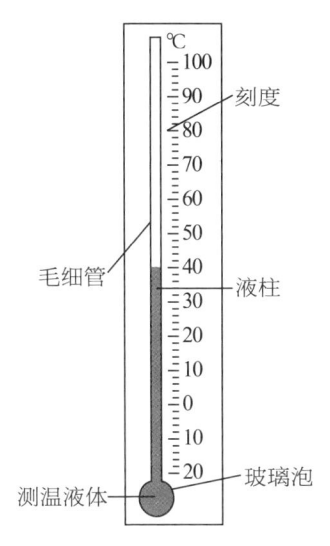

冰伯轻轻坐在小武身边,说:"来,听大哥给你讲。温度是表示物体冷热程度的物理量,而液体沸腾的温度叫沸点。比如,在标准大气压下,水的沸点就是100℃,外界气压越高,沸点也越高。"

"你总说摄氏度,什么叫摄氏度?"小武问道。

"摄氏度来源于摄氏温标,是一个叫摄尔西斯的人制定的温度标准,他把标准大气压下水沸腾时的温度定为100摄氏度,冰水混合物的温度定为0摄氏度,而把这两者之间的温度变化平均分成100份,每一份就是1摄氏度。"

"所以,液态水在标准大气压下的温度区间就是0℃~100℃喽。而且,沸腾时有个特点,就是持续吸热,温度不变。"

"哎哟,不错哦。那我再问你个问题,你能不能推出液体沸腾的条件?"

小武想了想，说："沸腾需要满足两个条件：①温度上，达到沸点；②能量上，持续吸热。"他曾试过水沸腾后关闭热源，在铁锅炉余热放尽后，水的温度还能在沸点保持一段时间，但是沸腾已经停止了。

能源部的锅炉里每天都发生着这样的物理过程，先是水吸热升温，达到沸点后再吸热沸腾汽化成高温水蒸气；之后，高温的水蒸气放热降温，随着温度的下降，水蒸气又液化成水，如此往复。水作为媒介，先吸收热量，再放出热量，把能源传递出去。理论上，机械就这么一直运转着，而小武他们的工作就是定期给里面补充水。

可理论上水只是媒介，总量并没有变化呀，为什么随着能量的供应，水一直在不断减少呢？

小武把自己心里的疑问告诉了冰伯，冰伯微笑着说："你的想法是正确的，理论上，水是一滴都不会减少的，但实践是另一回事。你也看到了，在咱们进入钢铁之城进行测量审核的时候，用的仪器都是十分简陋的量筒和托盘天平，现在为了节约能源，一切从简。整个能量供应的管路其实早已年久失修，很多地方都在漏气，所以，每天都有很多水蒸气从这些地方流出，咱们要做的就是补充水，水和水蒸气一个是液态，一个是气态，但本质上是一种东西。"

小武听了略有所思，似乎明白了一些，不过马上又提出了疑问："那怎么知道每天跑了多少水蒸气？又怎么推算出该加多少水呢？"

冰伯说："这个就看经验了，昨天加多了，今天就少加一点，反之亦然，反正这些年在这儿干我觉得这种方法最靠谱，不过有时候还是会出错，因为受环境影响热胀冷缩等，刚才测水温的温度计原理就是液体的热胀冷缩，温度高，测温液体体积膨胀了，液柱自然就升高了。漏气的缝隙大小也会随温度而变化，这就导致每天要加的水量并不相同。"

说罢，冰伯又补充道："有时为了尽量准确，自己去漏气的地方观察水蒸气的流失量，然后估算要加的水量。"

小武听到，低头思考着说："这样确实准确很多。"

冰伯说："可你有没有考虑过，这样的话来回奔走要消耗多少能源，联盟才给了咱们多少能源，要是能源足够，早就把这些漏气的地方都修好了，而且高温水蒸气液化会对靠近它的物体释放大量的热，液化成高温的液态水会再次对物体放热，造成二次烫伤，所以这个方法很危险，实际上根本不可能按这个方法操作。"

小武想了想是这个道理。

最初几天按照冰伯的建议，小武调整了加水量，虽然不能完全准确，但也能勉强达标，没犯大错，也算在这里安顿了下来，工作虽然无聊，好在有冰伯，两人能时常联系，可要攒足能源出去救阿水、找灵儿，估计得攒到猴年马月去了。

小武每每思虑至此，心中焦虑却也无可奈何，只能消耗刚存下来的一点能量去查阅相关资料，可也仅仅了解了物质都有固、液、气三种状态。所谓固态是有固定的形状和体积；液态只有固定的体积，形状不固定；气态则体积和形状都不固定。那点能源就够阅读这一点资料，这只能帮他了解水是液态，水蒸气是气态，冰是固态，根本就没找到解决问题的办法。

贝家别墅主厅。

"凭什么！帅正源的手伸得也太长了吧！"

一个尖细的女声在大厅里回荡。

"贝雪！不得无礼，怎么能对大帅直呼其名。"呵斥他的是贝正，贝平的哥哥。本来接任贝家族长的人应该是他，后来因为贝平和帅正源是发小，关系深厚，考虑到贝家在庄园的地位稳定，家族才推举了贝平。这事贝正从未在公开场合说过一个"不"字，但是他的大女儿贝雪却一直耿耿于怀，觉得被贝婴灵抢了贝家大小姐的位置，多次顶撞贝平，还不断给贝婴灵制造麻烦。当时灵儿去当自由流浪者，她就心中暗喜，听到灵儿的死讯，想着好不容易熬出了头，这贝家大小姐该轮到自己了，结果现在又来了这么一出，她依旧不是接班人。

"什么大帅？你们就这么怕他？咱们贝家也不是泥捏的，如果祖上贝贝在的话，咱们贝家肯定不是现在这个景象！"

提起贝贝，众人一时怳然，有些语塞。那不仅仅是贝家的老族长，更是贝平和贝正的母亲，她为今天的和平做出了巨大的牺牲，是庄园所有人的骄傲。

"啪！"一个响亮的耳光打在贝雪雪白但坚毅的小脸上。瞬间，贝雪脸上多了五个红指印。

贝雪似乎对这个结果并不意外，不过还是下意识地捂住了左脸，扭头朝外面走去，眼中噙着泪花，努力控制着自己的声音，说："你们心里都明白，我说的才是对的，你们不行，不代表我不行，我会像贝贝那样，让咱们贝家无比荣耀！"

"唉。"贝平叹了口气，不自觉地望向了大门外远处的雕塑，其他人也都看着那里，一座高大的雕塑是贝贝的，还有一座正在搭架子，准备雕刻的正是贝婴灵。

一场大雪就在这表面的平静中悄然而至。

那天，能源部门的窗户上结满了窗花，就像是哪位艺术家在某一瞬间完成的一样。机器人虽然不用睡觉，但晚上大多都休眠充电，早上一开机，就发现了窗户上的变化。其他机器人还好，小武则有些激动，毕竟最近精神一直紧绷着寻找解决问题的办法，看到这大自然的鬼斧神工难免有些难以自已。

冰伯看到小武的样子，微微一笑，说："窗花嘛，就是霜，空气中的水蒸气遇到低温急速放出大量的热凝华成的固态，本质就是冰。没什么大惊小怪的，水蒸气在温度骤降的时候一般会发生凝华。固态直接到气态叫升华，

- 169

气态直接到固态叫凝华,改天给你做个碘的升华和凝华实验,让你好好看看黑色碘颗粒吸热变成紫色碘蒸气,再放热由紫色碘蒸气变成黑色碘颗粒的过程。"

"你不懂,灵儿最喜欢窗花了,她给我讲了好几次,我一直想看看,现在终于看到了,真的好美。"

"灵儿?就你那个人类主人?窗花,哦不,科学一点应该是霜,不过是自然界中水固态的一种形式而已。至于美,你能看出美?"

"能啊,你不觉得这很好看吗?冰伯。"

冰伯看着小武,略略摇了摇头,似乎想说什么,但最后只是默默转过身开始了一天的工作,背对着小武补充了一句:"有霜,外面还下了大雪,说明温度骤降了,你今天注意调节水量。"

小武扭过头看着冰伯的背影,心里满满的温暖,并大声喊道:"好的,冰伯,我一定注意!"

就在这看似平常的一天下午,能源部出了大事。只听"砰"的一声巨响,一台高压锅炉发生了爆炸,小武他们听见爆炸声都赶了过来,可什么都看不清,爆炸现场充满白气,能见度几乎为零。

"冰伯,泄漏了这么多水蒸气。"

"我给你讲过水蒸气是无色,看不到的,这是高温水蒸气遇到常温环境放热液化形成的小液滴,白气的本质是水,还有一种情况是常温水蒸气遇冷也会液化成为小液滴,比如雾,总之都是液化形成的。别靠近,液化的同时会放出大量的热,现在是放给了周围环境,你过去就是放给你了。"

小武看了看温度计,显示气温确实比常规情况高了许多:"那我们就这么干等着吗?"

"是,用不了多久,这些小液滴又会蒸发汽化成水蒸气了,跟大雾的形成和消散是一个道理,那时候就能看到现场的情况了。"

果然,没多久,白气逐渐散去,炉体露出了一个形状不规则的大口子,地上躺着负责加水的机器人,他的肢体四分五裂,散落得到处都是,只剩脑袋还在,似乎还有处理信息的功能。

应急处理部的机器人也到了,首先评估了一下损失,认为一台高压锅炉报废;然后,依据程序问只剩头部的机器人:"还能处理信息么?"

"能。"

"雪藏还是报废?"

机器人沉默了两秒,说:"报废吧。"

"好的,感谢您的配合,报废程序启动。"

听到"报废"二字,在场的机器人都忍不住发出一声低呼。

"怎么回事,为什么大家反应都这么大?"小武问冰伯。

冰伯没有正面回答,只是说:"跟我来,你自己看吧。"

只见应急处理部把锅炉和那个机器人的残骸一起装上了车,周围有一部分机器人还有冰伯带着小武也都上了车,应急处理部没有阻拦,汽车把他们一起拉到了钢铁之城的核心部门——炼钢部。

只见锅炉和那个机器人的残骸都被倒入了炼钢的高炉,旁边的其他机器人都默默打开了视频录制功能,小武虽然不明白,但也开始了录制。

不久,经过烈火的加热,原来坚硬无比的钢铁吸热后,都变成了高温的铁水,顺着槽子汩汩地流出,朝着不远处的模具流去,在那里放热降温凝固,重新做成新的元件。看到这,大家都关闭了视频录制,来时的车又把大家送回了能源部。

路上,冰伯给小武做了解释:"无论什么固态物质,只要持续吸热温度足够高,都会从固态变成液态,叫熔化,熔化的温度叫熔点,有固定熔点的物质叫晶体,比如冰和刚才的铁。就算坚硬如铁,高温下一样变成铁水,冰在标准大气压下的熔点是0℃,铁则高达1538℃。你知道C11能源核心爆炸事件吗?"

"我知道,原来灵儿跟我提起过,那件事好像是第三次人机战争的转折点。"

"对,人类就是利用反向能源输出,硬是拉高了能源核心的内部温度,导致核心内部的部分元件熔化,最终爆炸损毁的。"

"所以,只要温度足够高,任何物质都会熔化的。"

"是,当然,达到熔点后还要持续吸热才能熔化,还有一类物质没有固定的熔化温度,也就是没有熔点,这一类物质叫非晶体，比如玻璃、塑料、沥青等。"

小武抢答道："这个我知道，在自由市场上灵儿买过吹糖人，那个人先把糖烧软，然后吹出各种形状，糖稀就是非晶体。"

冰伯点点头，说："是的，非晶体由于没有固定的熔化温度，所以是先变软，然后变稠最后变稀，晶体则没有这个过程，在熔点时，是固液共存的临界状态。"

"就是说，在标准大气压下，既有0℃的冰，又有0℃的水，还可以两个共存，也就是0℃的冰水混合物，这个就是固液共存态。"

"很好，很好。"冰伯表示很满意。

"可是我还是不懂，为什么大家都要上车来炼钢部，还要录制视频呢？"小武则表示不解。

"唉！"冰伯叹了口气，"还是实话实说吧，总有一天你也要面对的。咱们机器人刚生产出来那几年什么都是新的，比如你，自然是风光无两，哪个部门都抢着要，但随着产品更新迭代，完成任务就有些吃力了，然后就开始被雪藏，比如我。至于如果在完成任务时犯了重大错误，造成的损失可能后面再努力工作也无法弥补回来，那就只能报废，用自身的最后一点资源能弥补多少就弥补多少了。"

"所以刚才那个机器人就变成了铁水，再也不存在了？"

"理论上是这样，机器人的一生就这样结束了，但还有一种说法，就是信息只要完整，就可以重生，所以我们跟他同事一场,录制这段视频,多少能保留一点他的信息,也算是他存在过的证据吧。"

小武默然,他真的不知道该说什么。在他眼里,不仅仅是一个机器人就这么没了,而是一段生命就这么消散了,只剩下众人存储模块里的一段视频录像。这时,一片雪花落在了小武手里,多美啊!小武心里很清楚,这只是空气中的水蒸气遇冷凝华成的固态小冰晶而已,但是它真的好美。他想起了灵儿,要是灵儿这会儿在身边那该多好。愣神之际,雪花已经开始融化,在小武的手里一点点化成了水。"达到熔点再吸热就融化?"小武机械地默念道。忽地,他又想起了那发穿甲弹打到了灵儿身上,灵儿是个机器人,会不会……

"不能再这样了!"小武发疯似的在车上吼了起来,其他人只当他第一次见机器人彻底销毁,承受不了机器人的命运才有的过激反应,没有当回事,甚至还有几个发出小声的"切",对他的贪生怕死表示鄙视。

"你冷静一点,小武,你还是新机器人,离销毁还早着呢。"冰伯劝道。

"不,冰伯,不能再这样了,我一定要赶快攒够能源去找灵儿,灵儿她身处危险之中。"

冰伯虽然不太能听懂,但还是劝导他:"能源部用人类的话说就是养老的地方,这地方工作单一,一般不会出大错,但要想把工作做到完全准确又不现实,所以想在这里赚取联盟大量的能源几乎不可能。"

"一定有办法的，一定有办法的……"小武碎碎念着，都快哭了。小武在自己的存储元件中调取着各条记录着灵儿的文件，一边调取，一边不自觉地笑了，是的，信息还在。小武的存储系统其实不是很大，一大半都储存着与灵儿有关的信息，以前还想过是不是删一些，现在回想起来有些后怕，还好没舍得删，这也许是今天得到的最好的消息了。这一条是第一次见到灵儿时的图片，这一条是从湖边大战回来灵儿擦拭机体的对话记录，这一条是开次声波振走敌人时灵儿开心的视频，这一条是灵儿走进新建盟自由市场分部购买光学感知系统的能源转账记录，这一条……读取着这一条条记录，小武又想哭了。

　　"灵儿，我一定把你找回来。"小武心里暗暗想着。这么想着，又忍不住回看起了记录。有一条视频很有意思。视频里，他跟灵儿争着喝水，灵儿告诉他机器人是不能喝水的，他表示不同意，说灵儿歧视他。灵儿没办法，就给他倒了一杯。他又说，两个人杯子里的水高度不一样，灵儿就把高的给了他。他说不，就要和灵儿一样多的，要不就是歧视。灵儿听到他的说法，都气笑了，说："你给我等着。"说着，从资源袋里翻出一个U形管，然后往里倒水，边倒边解释："姐姐教给你。水呢，科学上要论深度，这是一个连通器。根据连通器原理，无论怎么偏转，两管内的水肯定等深。"小废物仔细看了看，又把U形管偏转了一些，发现两边管内的水深真的一样多，于是就和灵儿一起开心地饮了下去。

- 175

小武看着视频,觉得小废物真的挺幸运的,能和灵儿同饮等深的水。等一下,等深?水?小武好像想到了什么,如果给锅炉也通一个管出来做成类似连通器的东西,那锅炉内的水位不就知道了吗?

说干就干,小武把自己的想法告诉冰伯,冰伯有点蒙,不过最后还是说了句:"可行。"

冰伯先是找联盟借了些能源,用以改造锅炉。其他机器人看到一向沉稳的冰伯竟然向联盟伸手借能源,都表示十分不解,只以为他也受了刺激,想最后疯狂一番。小武也想如法炮制,被冰伯拦住了:"任何改进都有失败的风险,如果这个方法无效,我就用自身全身的零件来偿还联盟的借款。"

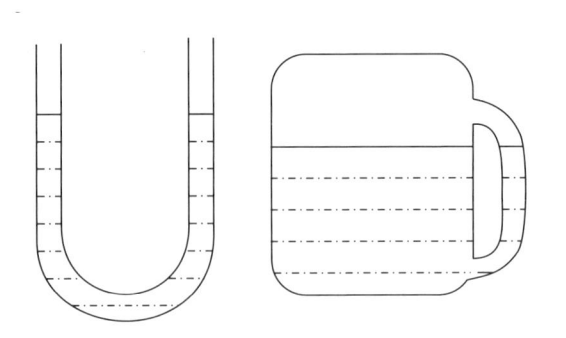

小武听了冰伯的话有些不知所措:"冰伯,你冒这么大的风险。"小武觉得,自己的本意是为了救人,没想到却把大哥置于险境。

"你不用自责,在新建盟,除了能源,还有一个同等甚至更重要的就是信息,你提供了锅炉改进方案,这个信息的价值远高于我全身零件等价的能源，这里有这里的规矩，我也不能白享用信息带来的成果，所以试行的风险由我来担。"

"可是……"小武还想说，他也可以分担一半。

"没有什么可是，小武，你记住，在这里，强者为尊，而且讲究公平，就按我说的来，你还认我这个大哥不是吗？"冰伯一改往日的嗫嚅，语气十分坚定。

"是，大哥。"既然冰伯都端出了大哥的身份，小武自然不好再说什么，只能在心里默默祈祷这个方案万无一失，如果因为自己而失去大哥，他肯定要懊悔一辈子的。

新建盟的主会议室里，只有D1和D2两个人。

D2说："连通器原理，亏他想得出来，很古老的装置了。"

D2见D1没有回应，只是平静地看着事件的报告记录，就凑近瞧了瞧，发现D1把小废物和灵儿一起喝水的视频看了三遍，就收起了看到新方案的兴奋，坐在位置上不敢说话，静静等着D1先开口。

可D1一句话都没说，就径自离开了会议室。只是刚才D1的位置那里，桌子产生了一条不大不小的裂缝，明显是受到了重压，不堪重负。

D2轻叹了一声，招呼硬件维护人员更换了桌子。

没有意外，装了连通器的锅炉，冰伯每次都能近乎完美地补充水量，没几天就赚回了联盟的借款，还因为工作质量高得到了联盟的嘉奖。小武自然很高兴，胸中的一块大石头终于落了地，凭借连通器，他们兄弟俩很快就积攒了大量能源。

"兄弟，多亏你，这下咱们算是暂时摆脱困境了。"冰伯高兴地对小武说。

"大哥，这几天我一直在想你说的话，你说信息很重要，我承认，但我觉得，在稳定的结果出来前敢凭借有限的信息去冒险，比起信息，这种选择更重要。感谢您对我的认可。"天知道这几天小武是怎么过的，如果实验失败，冰伯被销毁，他都准备牺牲自己的零件去换回冰伯的一线生机。

听到小武的话，冰伯也是一愣，他自被制造加入新建盟以来，见过不少能快速高效处理信息生成方案的机器人，但是像小武这样设身处地地考虑自己境遇的却是第一个："兄弟，真高兴能有你这样的兄弟。"

"哈哈哈，说起信息，你不是也经常给我讲很多我不知道的事么。"小武又摆出一副小弟的样子。冰伯看着这个小兄弟，眼中尽是希望。

十日之后，小武坐上了去交通部的车。

"水不仅是人类的生命之源，对于机器人保持机体内部温度也很重要，你一定要注意补水！"冰伯在车下叮嘱着。

"好啦好啦，我知道啦，你都说了三遍了。"小武稍显不耐烦地说。

"严肃点，水不仅会沸腾，在任何温度下也能汽化，这种方式叫蒸发，虽然只发生在液体表面而且比较缓慢，但不易察觉，你一定要注意，还有……"

"还有要降低温度，把液态水遮住，尽量减小液体表面积，还有别随便吹风，减小液体表面空气流速，这样就能有效减缓液体的蒸发。"小武说，"你说第四遍了，冰伯，咱们在能源部不就是干这个的么，水量不足了，我会补充的。"

"话是这么说，你虽然计算能力很强，但不知怎么总是很粗心，切记要注意补水，否则很容易出现危险的。"

小武心里想说，以前这些都是灵儿在照顾他，他从不操心这些事，不过以后确实要重视起来。想到这儿，小武对冰伯说："嗯，我一定照顾好自己。"

冰伯似是感到了小武的认真，说："这里还有几样东西给你。"说罢，拿出两瓶液体："一瓶水一瓶酒精，水在路上用来补充，酒精在机体过热的紧急时刻用，酒精极易挥发，通过挥发能带走大量的热，不用的时候要把盖子盖紧。"又拿出一个像小锤一样的玻璃器皿，说："这个叫'碘锤'，你有空了可以自己做实验，看一下升华和凝华，记得要用水浴法加热。"

"是，均匀受热嘛。"

"还能控温，说着你又忘了。"冰伯责怪道，"最后

- 179 -

再给你一幅图，涵盖了物质的三种状态和六种物态变化，还有吸放热。"

拿着这些东西，小武手上霎时间满满的，心里更是沉甸甸的："冰伯，你确定不跟我一起去吗？"

"那边比的是算力，就我这老旧机器人早就跟不上趟了，而且联盟刚刚提升了我的等级，我现在是钢铁之城通用能源部的主管，你放心去交通部吧，不行了就回来，这里永远是你的家。"

提起家，灵儿第一次让他有了家的感觉，现在冰伯又给了他一个家，小武瞬间觉得自己是世界上最幸运的机器人，遇到的都是好人。"等我把阿水修好，咱们再好好聚一聚。"小武说道。

"好，一言为定，大哥等你们。"

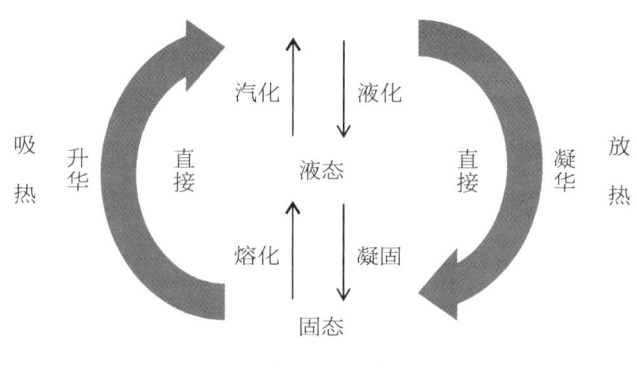

三态六变二热图

汽车缓缓开动起来，冰伯那大大的身躯变得越来越小，小武终于收回目光。e2运动会的主办方交通部在钢铁之城的另一端，更靠近新建盟的内部，道路两旁，各种机器人在忙碌着，小武看了眼路程进度，还有300千米，预计还需2.5小时。挺久的啊，一时间，小武有点无聊，无意间竟发现驾驶位上有一个司机。

"司机大哥，你好。"小武试探着跟驾驶员打招呼。

"你好呀，小朋友。"驾驶员看起来对于小武的搭讪挺高兴的，一般机器人都不太爱说话，因为这种信息交流方式效率比较低，这个机器人的设计者肯定是一个话痨。

"不好意思哈，现在不是都是自动驾驶嘛，您是？"小武顺杆爬，问出了心中的疑惑。

"哈哈哈，是，平常是自动驾驶，今天是必经之路上出了不规则障碍，而且作为驾驶员，过一段时间无论是否必需，还是要驾驶一段里程的。"

"您车开得好稳啊，真的专业。"小武因为问题比较唐突，岔开话题，拉近关系。

听到这儿，驾驶员直接离开了驾驶位，随便找了个位子坐了下来，笑嘻嘻地说："我根本就没驾驶，车子目前就是自动驾驶。"

小武大吃一惊，可又不得不面对现实，这次拍马屁拍到马蹄子上了。

"你不用那么紧张，新建盟这边不讲究这些，你可以叫我羽师傅，至于为什么是这个名字我也不知道，可能存储在我的逻辑核心里吧。"羽师傅说完，又给他解释道，"现在除非特殊任务，超过95%的交通运输都是自动驾驶，因为自动驾驶系统能精确地使车子保持在最节能运行

— 181 —

状态，驾驶员驾驶相对来说耗能高得多。最后，很高兴认识你，你也看出来了，我很喜欢说话，在新建盟里很难找到和我一样的机器人，来这里的人类也都沉默寡言，你是对我最友好的一个机器人了。"

"这……"小武惊讶之余，第一次发现这个世界的复杂，俗话说"一样米养百样人"，没听说过机器人多样化的。相传，几百年前发生过一次标准化浪潮，之后机器人有了统一的目标核心，以前各种各样的设计都消失不见了，今天能在新建盟碰到这种机器人，实在是撞了大运。

"接下来，大约还需2.4小时，也就是144分钟、8640秒到达目的地。当然啦，你要是喜欢用字母表示，也可以是2.4 h=144 min=8640 s。所谓60进制嘛，你猜这三个单位里哪个是国际制单位？你肯定能猜出来，是秒，就是符号是s的那个。说起时间哪，哎，《时间简史》你看过没有，那本书很赞的……"

这2.4小时令小武终生难忘，这个羽师傅真的是个话痨，他后悔主动打招呼了，羽大爷，我的好大爷，你的能源是白捡的吗！好奇害死猫啊，主动驾驶就主动驾驶嘛，干嘛要问！小武真的很想把收音系统直接关了，但是这个羽师傅说上一大段，还要让小武回应一下。现在是一点都不尴尬了，但是进入了另外一种折磨，苍天哪，以后一定要和其他机器人学学，没事别乱说话。

终于到了！

迎接e2运动会参赛选手的是一个人类，年龄不大，一身白衣白裤，脚上还穿着一双小白鞋，短发，一看就是非常干练的女生。这是小武进入新建盟后见到的第一个人类。

"嗯。首先，欢迎大家来到交通部。"这一开口，其他机器人倒没有什么反应，小武倒是有点绷不住了，这一看就是小白啊。小武正想着，队伍中有一个人站了出来："你应该先自我介绍，报上自己的代号，然后给我们布置赛事任务，而不是说这些无用信息。"

小武偏过头，只见是一个中年人，一身黑，虽略有些苍老，但看上去身材十分挺拔。又是一个人类！面对中年人的咄咄逼人，这个迎接他们的女生更慌乱了。"是……是，不好意思哈，我叫小白，代号A3208，你们先在旁边的营地休息一晚，明天上级主管会给大家布置具体任务。"说完，小白下意识地捂了一下嘴，小声说了句"解散"。这表现和她的行头完全不配啊。

于是，大家就自行解散了，黑衣人类更是没好气地嘟囔："没一点有用的。"

小武倒是没多话，按照发布的信息独自去找地方，可这时一个熟悉的身影出现了，羽师傅一阵兴奋地朝小武跑来。

"可算找到你了。走，我带你去休息的地方。"小武刚想婉言拒绝，就听到羽师傅说，"你知道今天那个穿白衣服的女的是谁不？"

听到这，小武一下来了兴趣，主动问："你知道？"

— 183

"我知道，我还知道那个穿黑衣服的是谁。"

小武压下反感，说："咱边走边说。"

羽师傅一听小武同意了，话匣子一下子就敞开了："那个女的别看年轻，可是有着正式的编号，是A打头的，这种是被联盟上层官方认可的正式管理人员，前一阵发生了重大泄密事件，处理了好多人，现在就算是机器人都得反复审查，可她一个年纪轻轻的人类竟然能得到正式编号，可见很不一般。"

是哦，泄密事件他听冰伯提过，但没啥印象，因为能源部本来就是边缘部门，从他加入一直到离开都没见过一个正式编号的联盟管理人员，不过这次比赛虽然说是规格较高，但也不至于一来就是A级人员接待，这规格也太高了："羽师傅啊，她一个A级人员来接待我们是不是也不正常？"

"那是，我也算这里的老人了，前几届e2运动会都是找个有经验的老手来给大家说两句，我曾经还干过这事呢，哪里会直接派A级人员来，这就是我要说的第二点了。听说她在上面犯了大错，被降级为这里的一个普通测量评估员，职位只比咱们高一点点，只是编号还没变。"

这又是一个大瓜，小武点了点头，说："那个穿黑衣服的呢？"

羽师傅左右瞅了瞅，声音小了些，说："那个穿黑衣服的可是大有来头，听说他参加了这次抗击庄园自由市场分部的进攻，立了大功，很多人类都死在他手里，而且在秩序评估的时候得了很高的分数，很有前途。"

"秩序评估又是个什么鬼，我加入的时候没有这一项啊。"小武加入新建盟的时候只测量了质量和体积，通过计算的密度大致评估了一下机体的材料，没做什么秩序评估啊。

"秩序评估你当然不用做，这个是专门针对人类的，主要是评估一个人遵守秩序的意愿程度，人类大多都不愿死板地遵守各种规则，当然，如果像他能得很高的分数，就说明对我们盟的价值观很认同，即使他是庄园的间谍，来了也能为我们的建设添砖加瓦，只要遵规守矩，对我们就没有威胁。"

这倒是个同化间谍的好办法，如果不认同，那就放到边缘部门或直接不接受。如果认同，那迟早会同化成为自己人。高，实在是高。小武一边想一边觉得新建盟越来越有意思了。

说话间，他们一起来到了小武的住处，羽师傅还想继续说，小武说："这里是我休息的地方，请遵守秩序，明天见。"

羽师傅明显没刹住，但听到了"秩序"二字，立马扭头就走，边走还边说："咱们明天接着聊。"

世界终于安静了，一宿无话。

旭日东升，朝阳再起。第二天，大家又聚在了昨天的地方，这一次来的明显是个大人物："大家好，我是B279，是……不。是这次赛事计划的设计者。"

"怎么回事,昨天A级是个小白,今天B级的语音系统又出了故障,上面也太不重视这次比赛了。"不少选手抱怨起来,他们可都是花费自己的能源来参赛的,以期崭露头角,提升职级。

B279没有一点慌乱,接着说:"这次赛事共分三个大项,最终获胜者将得到由新建盟设计制造的最新动力系统,还有免费查阅资料的机会。同时,有可能被核心部门选中,获取重要职位。"

话音一落,底下瞬间没了抱怨。一套最新的动力系统,实实在在的元件;免费查阅资料,典型的信息资源;加入核心部门,提升职级。这里面的每一项都戳中了参赛选手的痛点,他们都觉得这次算是来对了,以前可没有这么好的奖品。

B279稍等了一下,等下面平静后,接着说:"下面就进入第一项,笔试。"

每位选手收到了一份文件,文件上赫然注明:以打开文件的时间为准开始计时,任务未完成0分,任务完成越快得分越高,3分钟内未打开文件视为自动弃权。

小武不敢怠慢,把题目又读了一遍后,打开了文件。

一,请由快到慢给各物体进行排序。

1.A物体:2 h运动了3 km

B物体:2 h运动了8 km

C物体:2 h运动了10 km

答:_____。

小武当是什么呢，这么简单，这是典型的相同时间比路程问题。肯定谁跑得远谁快，运动会没参加过，但是谁跑得快，在观众那里不是一眼就看出来了么。小武很快就完成了第一题。

答：CBA。

2.A物体：2 h运动了3 km

B物体：3 h运动了3 km

C物体：4 h运动了3 km

答：_____。

这……小武略微思考，这是典型的相同路程比时间。人类运动会的径赛明明是完成路程任务，结果裁判测出来的最终成绩竟然是时间，其实就是这个道理，大家完成相同的任务，看谁用时更少。所以在相同路程的条件下，用的时间越少，跑得越快。

答：ABC

虽然顺利连续完成了两道题，但是小武明显感受到了题目难度的提升，一种压迫感袭来。小武定了定神，看向了第三道题。

3.A物体：2 h运动了3 km

B物体：3 h运动了6 km

C物体：4 h运动了7 km

答：_____。

事情开始不好办了，这三个物体的路程和时间都不相同，确定出这种题目不是来恶心人的吗？小武一时停了下来，抬头看了一眼其他参赛者，都在深度运算思考中，尤其是那个黑衣人类，更是埋头做题，似是感受到了小武的目光，不过依旧看着题目，还在旁边的一张废纸上不时计算着什么。计算？这些题目需要计算吗？

看回题目，难点在于时间和路程都不相等，怎么能让它们有一个一样呢？2 h运动了3 km，4 h运动了7 km，那C物体如果只运动2 h应该是3.5 km，除法？有了思路，小武赶快尝试了起来。而且，他发现与其都化成2 h，不如直接化成1 h，这样通用性更强，更好比较。这样，题目就变成了：

3.A物体：1 h运动了1.5 km

B物体：1 h运动了2 km

C物体：1 h运动了1.75 km

答：_____。

很明确的答案：BCA。那如果化成相同路程呢？

3.A物体：0.67 h运动了1 km

B物体：0.5 h运动了1 km

C物体：0.57 h运动了1 km

答：_____。

答案也是BCA，但总感觉那么别扭呢，数据大的反而慢。

小武忽然想起以前和灵儿一起做过一个测湖底深度的任务，他还因此负了伤，任务报告里面就有一个公式"由 $v=\dfrac{s}{t}$ 得 $s=vt$"，速度等于路程与时间的比值，这里的v就代表速度，表示物体运动的快慢，s是路程，t是时间，看来就是这么个道理，科学上也是这么定义的。

哈哈哈！！

完成了第三题，后面还有两道类似的题目，都是时间和路程不同的情况。找对了方法，题目迎刃而解，凭小武的算力，这些题根本毫无难度。

可到了第7题又出现了新问题。

7.A物体：2 h运动了3 km

B物体：30 min运动了1.5 km

C物体：10 s运动了10 m

答：_____。

好吧，单位都不相同，大哥，你确定不是来整人的吗？

单纯的长度和时间的单位换算小武还是都会的，但像这个组合起来，确实还是有点麻烦。他先换成了相对方便一点的单位时间，如下：

7.A物体：1 h运动了1.5 km

B物体：1 h运动了3 km

C物体：1 s运动了1 m

还差一点，1 h等于3600 s，所以1 h就应该运动了3600 m也就是3.6 km，1 s运动1 m就等于1 h运动了3.6 km，不错不错。

答：CBA

又完成了一个题目，后面的越来越变态，最后一道题是第10题：

10.A物体：2 h运动了3 km

B物体：17 min运动了187566 cm

C物体：7 s运动了8546921 μm

不过还好，小武对于长度和时间单位换算还是了解的，加上超强算力很快就解决了。再看场上，大多数机器人还都比较正常，相互之间并没有拉开太大差距，但人类参赛选手就比较惨了，有的算得有点崩溃，在不停抓头，还有的直接跳过这一部分，直接完成下面的任务了。不过那个黑衣人类依旧沉着冷静，埋头做题，完成的进度也不比机器人慢多少。

小武前面思考问题花费了一点时间，好在算力强，总的来说现在处在中游，最终成绩就看第二大题了。

二，请给不同运输工具合理分配任务。

工具	任务
A 客机 15 km/min	a 执行作战任务，6000 km，3 h内达
B 轮船 22节	b 运输200个人类，1000 km，2 h内达
C 小汽车 80 km/h	c 运输10000 m^3货物，10000 km，10天内达
D 卡车 15 m/s	d 运输3个人类，30 km，0.5 h内达
E 大客车 900 m/min	e 运输15t货物，200 km，5 h内达
F 气垫船 2 km/min	f 运输两个装甲单位，10 km，6 min内达

G低空汽车　　　　　　　g 运输40个人类，50 km，
　常规汽车速度的两倍　　　4 h内达

H电车　　　　　　　　　h 运输4个人类，15 km，
　轮船速度的1.5倍　　　　40 min内达

I自行车　　　　　　　　i 运输2个人类，40 km，
　普通人类步行速度的5倍　20 min内达

J战斗机　　　　　　　　j 运输1个人类，3 km，
　2马赫　　　　　　　　　15 min内达

　　果然，第二题是非标准题目。黑衣人类看了一眼，就做了起来。

　　小武认真读取着第二题的信息，这么大的信息量，而且把前面的"运动了"统一换成了符号"/"，小武明白这是"每"的意思，也可以理解为除法，这个都是换好了的等时间，只是各种千奇百怪的单位，计算量不比换之前小，任务描述除了时间和路程还多了许多额外信息。同时，这次不是单纯地比较速度的大小，而是要把合适的速度和任务的要求联系起来，这既需要对左侧运输工具速度排序，还需要对右侧任务的速度要求排序，最后才能合理地分配任务。运算量、信息读写量、信息读写速度、逻辑排序，每一点都在考验机器人的算力功底。

　　完成了！黑衣人类第一个提交了答复文件，小武也提交了他的计算结果，等待着中央大屏最后的成绩反馈。

　　"叮。"一阵铃响过后，B279发话了："三分钟已到，不再接收答复文件，未提交者出局，已提交但任务未

完成者出局。"

底下一片哗然，这次时间这么短，还要求任务完全完成，换句话说，只要错一个就出局了。这要求，太变态了。

"99分和0分没有本质区别，这里是新建盟，我们提供绝对公平，这就要求处理信息时绝对正确，你们在看到这次的奖品十分丰厚时，就应该明白这也意味着高淘汰率，胜者只有一个，本次活动由新建盟交通部主办，所有规则的设计和解释权由新建盟所有。"

大家听着这个声音，不是B279说的，似乎是一个C级管理人员甚至是更高级别的人在远程传输，既然大佬都发话了，那些淘汰者只能选择放弃，小武环顾四周，这第一项只有两道题的普普通通的笔试，竟然让90%的参赛者都丧失了进入第二项的资格。真的变态啊！可他刚发出感叹，马上就发生了更让他感叹的事。

骚乱结束，B279继续主持比赛："下面，大屏幕上将显示各位通过笔试的参赛者的成绩。"

留下的参赛者都聚焦大屏幕，希望在上面看到自己的名字。

"第一名，黑发，完成时间1 min42 s，记10分。"

"第二名，x5，完成时间1 min43 s，记9分。"

……

小武一看，自己竟然得了第二名，成绩还不错嘛。不过，要想快速攒够能源，必须要拿到第一，来这里的选手估计都是这么想的。

那边突然聚了好几个人类，说："黑叔，真感谢你，没有你的攻略，我们肯定被淘汰了。"被围在中间的就是那个黑发，说："你又胡说什么，你们可都是凭自己的真本事获得的晋级资格，我只是好心给你们分享了一些经验。"

"是是是，黑叔是纯粹的实力派，拿了第一名。""那是，那帮机器人怎么能跟我们黑叔相比呢！"周围的各种恭维声不绝于耳。

"嗯，这次没进100 s，还是有些失误了，还要再多练，你们也不要骄傲，e2运动会才刚开始呢。"

"是。"周围人恭敬地屈身行礼。

竟然是他，小武内心一惊。他心里很明白，那些题目的信息量和计算量有多大，若不是自己的硬件超强，普通机器人不要说100 s内完成了，就算是能在3 min内完成都是佼佼者了。按理说人类不可能运算速度这么快啊，而且好像黑发教会了那帮人某种方法，这些人的成绩都不低。

没有时间让小武进一步思考，第一项笔试结束20分钟后，B279宣布第二项比赛开始："本项为实践。自行合理利用运输资源完成任务，在完成任务的前提下，能源利用率最高者获胜。"

任务说明：请将一个标准化模块从A地运送到B地，如图：

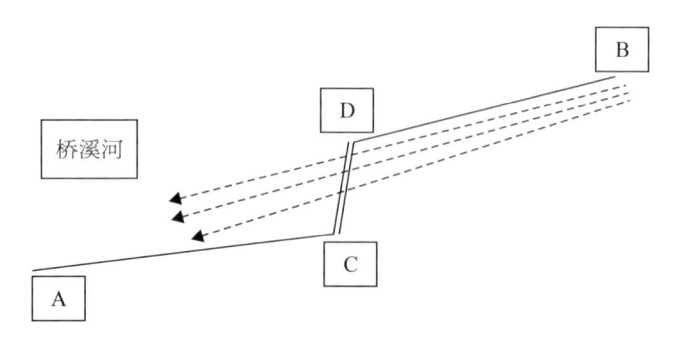

要求：2 h内达。

附注：AC=40 km，CD=10 km，DB=40 km。

（从A地出发开始计时，明天18点前标准化模块未达B地视为任务失败。）

这么简单？

解：$v = \dfrac{s}{t} = \dfrac{40+10+40 \text{ km}}{2 \text{ h}} = 45 \text{ km/h}$

需要一个速度高于45 km/h的运输工具，又要能源利用效率高，由于一般速度越低，能源效率越高，所以，越靠近这个速度的越好。这么简单的题目？小武不理解，这都到第二项了，就给个这么没技术含量的任务。但很快，小武就发现自己错了。

目前，交通部的主力运输车辆最优能源效率速度有两种，分别是60 km/h和30 km/h，从任务要求上看，第二种很明显不合格，无法按时到达，第一种自然是能满足任务需求，但为了追求高速，能源效率上肯定要打折扣。有没有其他选择呢？只需要2 h的任务却到明天下午才截止，这明显就是给选手时间去找解决办法，所以第二项是考信息？

"羽师傅！"小武不禁暗自惊呼。

"我说小武啊，这回可是用上我了吧，我给你说，交通部所有运输工具就没有我不知道的，从大客车、大卡车到小汽车，各种车型你就说吧，你要什么我给你弄什么，想当年……"

"羽师傅不着急，您先喝口水，"小武赶忙打断他，要让他放开了说，明天下午他都说不完，"我现在不需要特种车辆，货物是标准化模块，用标准车辆运输能源效率最高。"

"那就直接去能源部租呗，要多少有多少。"喝水并没有阻止羽师傅多久，他很快就插话了。

"可是我要最优能源效率速度略高于45 km/h的车辆。"

这下羽师傅不说话了，停了几秒，开口道："我以前好像开过最优速度是50 km/h的车辆，只是这种类型没生产多少就被叫停了，交通部本来就没多少，现在还能开动的可能一辆都没有了。"

小武一听，心凉了半截："那有没有什么办法呢？"

"你下午跟我一起去交通部库房看看吧，可能还有，但希望不大。"

死马当活马医，有个希望总比没有的好。

下午，交通部库房。还没进去，就听到里面的争吵声："这辆车明明是我们先预订的，你们怎么能不守规矩呢？！"

"规矩？规矩就是出价高者得，你出得起这么高的能源吗？！"

"你……你！"对方一时语塞，竟想动手。

"你想清楚，这里是交通部，新建盟内部，还是在e2运动会期间，私自动用武力，你自己掂量掂量。"

果然，得到这里有50 km/h最优速度车辆这个消息的选手不止小武一个，等小武他们到达时，那几辆车早就被抢走了，他们连报废的车都没放过。听说旁边一夜之间建了一个修车店，专门对这些车辆进行维修。果然有需求就有供给，修车价格翻了几倍，生意却好到不得了。

羽师傅上去和仓管交涉了一番，本来那个仓管不想理会羽师傅，不过羽师傅以半年不再与他说话为条件，套出了几乎所有情报。

原来，任务一发出，这里就来了一队人，除了报废车辆，把所有这个型号的车全提走了，其中还有一辆当时损坏后维修好的，最优速度为49 km/h。后面来的，人类也罢，机器人也罢，只能抢最后的几辆报废车出去维修，赌赌运气。至于小武他们，仓管告诉羽师傅，就算他说从此以后都不跟他讲话，他也再拿不出一辆这种车，哪怕元件也没有，真的没了。

"你猜第一波来的那一队人是谁？"

"是黑发他们吧。"小武正郁闷着，有气无力地答道。

"是，你猜得完全正确。"看小武不舒服，羽师傅回答得很干脆。

"算了吧,也许是命,这一届我拿不了冠军了。唉。"羽师傅罕见地沉默。

"谢谢你,羽师傅,我知道你也付出了很多。"小武打起精神来报以感谢的微笑。

"没事,也没帮上啥忙。一个篱笆三个桩,一个好汉三个帮。叔相信你的实力。"

唉,白瞎了这么好的算力,我要这算力有何用!

下午,黑发那帮人里排名靠前的几个都用50 km/h的车通过了任务,暂时并列第一,至于那辆49 km/h的车也通过了最优速度认证,只等明天早上完成任务,这个成绩肯定是给黑发的,黑发已经看见冠军在向他招手:"嘿嘿嘿,是我的终究是我的。"

第二天,羽师傅担心小武的状态,一大早就去找他。"咚咚咚!"本来还以为小武情绪低落地赖在床上,没想到刚敲了三下,门就开了,小武状态很好。"羽师傅,早啊!"这什么情况,看着比赛要输了,系统错乱了?小武的表现把羽师傅吓了一大跳。

"你……你没事吧?"

"没事啊,就是昨天休息得少了一点,毕竟要想解决办法嘛。"

"你想出来了?"

"想出来了啊。怎么了?"

"高算力就是好,这都能想出办法,你真牛!"羽师傅说道。

他们一路朝交通部走去,走到半路,羽师傅终于憋不住了,问:"那个,能不能把办法告诉我一下?"

"可以啊,你先算个题,已知前一段先用60 km/h的车跑了60 km,后一段又用30 km/h的车跑了30 km,请问总路程的平均速度是多少?"

作为交通部的老人手,略一思考,答案便出。

解:由 $v=\dfrac{s}{t}$ 得:$t_1=\dfrac{s_1}{v_1}=\dfrac{60\text{ km}}{60\text{ km/h}}=1\text{ h}$

$t_2=\dfrac{s_2}{v_2}=\dfrac{30\text{ km}}{30\text{ km/h}}=1\text{ h}$

$t_{总}=t_1+t_2=1\text{ h}+1\text{ h}=2\text{ h}$

$s_{总}=s_1+s_2=60\text{ km}+30\text{ km}=90\text{ km}$

$\bar{v}=\dfrac{90\text{ km}}{2\text{ h}}=45\text{ km/h}$

"我去!"羽师傅又看了一遍,"所以你的办法就是让60 km/h的车跑前一段,然后让30 km/h的车跑后一段?"

"是的,是不是很简单,昨天我想出来的时候也觉得太简单了。不是你说的嘛,一个好汉三个帮,既然一辆车完成不了,那就两辆。"

羽师傅开始羡慕小武的算力了,如果他有这样的运算系统,那肯定能创作出很多说唱段子。

黑发今天要完成任务,旁边那一帮人自然少不了来捧场,那辆仅有的49 km/h的车毫无悬念地拿下了最高的能源利用效率。成绩认证通过,引得一帮人一阵欢呼,黑发也算长舒了一口气，前两项都是第一，这回冠军应该是稳了。可得意了没有两秒，新的纪录就被创造了出来。

"x5！又是他！"黑发咬了咬牙，对旁边人吼道，"快去，弄清楚什么情况！"

这边小武看着成绩被认证，十分高兴，托羽师傅去弄点东西来庆贺，刚好也让他出去说说话，要不这么好的事他要一直在旁边，还不把小武烦死。羽师傅刚走，成绩就被标上了红色。"请选手x5去赛事选手集合处。"是B279冷漠的声音。

"不好，出状况了。先去看看吧。"经历了昨晚的深度运算，小武成熟了许多。

还是在第一项答题的地方，此刻已经聚集了一部分人，这还是e2运动会举办以来第一次出现重大的成绩投诉举报事件。

"我黑发，实名举报，x5的成绩有问题。"

等小武和众人都到了，成绩投诉举报与验证程序正式启动。

B279："播放x5第二项参赛录像与简报。"

大屏幕一半播着录像，另一半则是文字简报。

"前60 km用60 km/h的车辆完成，后30 km用30 km/h的车辆完成，每段用时都是1 h，平均速度为45 km/h，能源利用效率接近目前科技水平极限。"

众人一阵惊呼，原来如此。本来也有人怀疑小武作假，因为成绩太高了，现在看了具体完赛过程，确实太完美了，心服口服。

"过程没有违规，举报无效。"B279说。

"整个比赛过程不是匀速运动，无法保证能源效率维持在最高。"黑发并未放弃，继续阐述举报的理由。

"虽然整体不是匀速运动，但每一段都是匀速运动。"小武解释道。

"你如何保证？"

这倒是把小武问住了。这怎么保证，都是自动驾驶，难道要跟车一路测量吗？

B279："有测量员具体测量数据保证。负责测量x5具体运行数据的测量员出列，说明情况。"

出来的竟然是小白！

"我用的是差量法测量。把整段路程平均分成四份，分别测量汽车通过全程四分之一、二分之一、四分之三和全程时所用的时间，收集数据，创建表格。"

从起点开始的路程 s / km	0	15	30	45	60
从起点开始计时的时间 t / h	0	0.25	0.5	0.75	1

"然后通过差量法，计算出通过每段的时间，进而算出每段的速度，具体处理数据已上传至大屏幕。"

区间 s' / km	0~15	15~30	30~45	45~60
通过各区间的时间 t' / h	0.25	0.25	0.25	0.25
通过各区间的速度 v' / (km·h^{-1})	60	60	60	60

"由于x5整个过程分成两部分,所以整体做了两段测量,第一段测量结果为60 km/h的匀速直线运动,第二段为30 km/h的匀速直线运动。测量员A3208,报告完毕。"

完全没有了紧张,可以看出小白是一个非常专业的测量员,测量技术过硬,没有任何拖泥带水。

"请问测量员,你的测量工具是什么?"黑发漫不经心地问道。

"随身的电子表和机械秒表。另外,每个计时点有联盟设置的激光计时器。"小白很自信地回答。

"你能保证你的计时完全准确没有误差吗?"

"误差不可能消除,但可以减小,这三个计时工具互相佐证,保证计时的准确性。"

"很好,不过电子表和机械秒表都是你自己的吧,我对测量结果表示怀疑,请求调取计时点测量数据。"黑发看了小白一眼,说道。

"好的,请求批准。"B279说。

大屏幕底下聚集的人越来越多了,大家都想看这场闹剧怎么收场。

大屏幕显示:

从起点开始的路程 s / km	0	15	30	45	60
从起点开始计时的时间 t / h	0	0.25	未录入	0.75	1

所有人都傻眼了,本来等着结果,结果是数据丢失。

"这……不可能!"小白激动地说道。

"查过了，那个计时点的计时器被河水冲走了，存储模块也丢失了。"B279补充道。

"所以我对x5成绩的真实性表示怀疑。"黑发耸了耸肩，对所有人说道。

"数据不可能就这么丢了，肯定是你搞的鬼对不对？而且，和其他几乎所有选手所消耗的能源相比，你改装车辆花费的能源远超过了他们，能源效率极低，应该判你输！"小白一向对自己的测量技术十分自信，现在在众目睽睽之下，她的测量居然出了问题，便开始有些语无伦次起来。

"测量员A3208，请注意你的言辞，不要对我无端揣测。还有，本次选手参赛用的都是自己的能源，愿意投入多少都是符合规定的，是吧？"黑发看向B279。

"是的，符合规定。"B279肯定道。

"所以，现在只有一个办法，按x5的方法重新来一次，我们再测量一遍，假的真不了，真的假不了。x5你敢接受挑战吗？"黑发甚至有点嘚瑟地问。

小武当然相信自己的成绩没问题，可黑发这么问，只是要求重测，让他心里很虚，虽然不知道他安的什么心，但没有拒绝的道理。"接受挑战。"小武强装镇定地答道。

新的一次开始了，这次是万众瞩目，一个数据、两个数据，再完成一次计时就结束了，此时运行正常的车辆突然停了下来。

"报告，车辆运行受阻，前车无故急停，未发生事故，但本次测量结果无效。"一片哗然。

这时，一个人站了出来，说："不好意思啊大家，我的车辆老化了，在道路急停，影响了测试，实在是抱歉。"此人一看就是黑发一帮的。大家心里明白是怎么回事了，可又无可奈何，本来车辆故障不是什么大事，无非就是影响一点时间，但在这关键时刻出故障，就很耐人寻味了。

"要不再测一次？肯定是要给你机会的。"黑发在一旁嘲笑道。

小武现在有点明白了，黑发想耗尽他手里的能源，能源部那地方本来就赚不到多少能源，又没攒多久，这次出来带的能源省着用的话参加比赛是绰绰有余的，但要是这么浪费，明天第三项赛事就不用比了，没有能源还怎么玩！

"你！"小武现在想骂人，但他还是忍住了。箭在弦上不得不发，"好，那再来。"

这一次，小白全程护航，在前面清理车辆，黑发他们派司机危险驾驶几次靠近都被小白逼了回去，小白的脸被气得更白了。"无耻之极！"这可能是她能想到的最脏的话了。

有惊无险地完成了第二次测量，结果没有任何问题，成绩认证成功。

"你现在还有什么话说？"小白问。

"我无话可说，也认可你的成绩。哦，忘了一件事，其实复核成绩是可以申请由联盟完成的，当然这样的话能

— 203

源也是联盟出。"黑发装作一副刚想起来的样子。

小武又惊又怒,看向B279。

"是的,不过复核后能源不能补发了。"B279平静地答道。

"那你刚才怎么不说!"

"你也没问啊,这里一般能不讲话就不讲话。"B279说完就离开了。

第三项比赛准时开始,昨天的复核一直弄到下午比赛截止时间快到才结束,这让本来想用小武方法的人也没机会了,千难万险之中,第二项比赛小武拿了第一名,记10分,黑发第二名,记9分,现在他俩总分都是19分,并列第一。

B279发布规则:"本项为实践。自行合理利用运输资源完成任务,在完成任务的前提下,能源利用率最高者获胜。"

任务说明:请将一个标准化模块从B地运送到A地,如图所示:

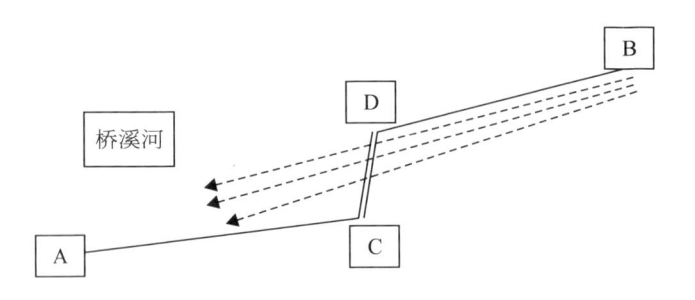

要求：2 h内送达。

附注：AC=40 km，CD=10 km，DB=40 km。

（从B地出发开始计时，明天18点前标准化模块未达A地视为任务失败。）

选手们都怀疑自己听错了，这和第二项任务有什么区别！不过有了小武的方法，这次几乎所有人都是60 km/h和30 km/h搭配的方法，黑发也没有其他动作，除掉了小武，其他人对他毫无威胁，乐得这项任务和大家一起并列第一。

反观小武这边，士气低落。小武的能源在经历两次复核后所剩无几。羽师傅也回来了，昨天羽师傅出去碰到仓管，说了小武的方法，仓管也很惊讶，他们就这样又聊了一下午，等他回来复核的事情都结束了。现在这样的情况，实在是令人无可奈何，相当于明明知道只要把答案抄一遍就行，可就是找不着笔。

羽师傅说："我那里还有点能源，先借给你，等你拿了冠军，再还我。"

小武略略抬头："有多少？"新建盟挣能源很难，可以说基本就攒不下，大家都是勉强维持收支平衡。

"大约够一半的。"

比想象得要好，可惜还是不够。

"我还能去找仓管聊，给点优惠。"

天哪，竟然和仓管聊嗨了，也是难为那个仓管。

"唉，多争取一点也是好事。"小武自我安慰道。

这一整天,羽师傅都在奔忙,凭他的关系和仓管的优惠,最后计算了一下,够跑85 km,最后那一点能源怎么都弄不来了。

小白听说了情况也来了。"我有能源,全借给你。"

"没用的,你们想想为啥最后那点弄不到了。"小武说。

"是黑发他们在搞鬼吧。"羽师傅说。

"是的,所以,小白你的能源自己用没问题,借给我恐怕不行了吧。"

小白试了试,果然,交通部当地的大额能源转让通道关闭了。

"这……都是我的错。"小白哭了起来。

"没事的,是他们搞鬼,我不拿冠军也没关系的。"小武一看小白哭了,立马安慰起来。

"不……如果我再仔细一点就不会是现在这样了,我以前从来没有出过错的。"小白抑制不住自己的情感。

"唉,还真是个小姑娘啊。"羽师傅无奈道。

"小白,你再哭,这里就成河了,我和小武都是机器人,我俩电路烧坏了谁负责。"毕竟是话痨转世,羽师傅没别的本事,就是能说。

这话倒是把小白逗乐了:"羽师傅,你净拿我开涮,说点有用的呗。"

"谁说羽师傅说的没有用。"小武眼前一亮,"说起河来,小白,你能不能帮我个忙?"

小白求之不得:"你说,只要我能做到,肯定帮。"

"帮我测一下BD旁的桥溪河靠近B点那一段的水流速度。"

"大概从B点开始几千米?"

"5千米吧。"

"没问题,小菜一碟,我现在就去。"小白说。

"不,现在天已经快黑了,而且夜间和白天流速可能不同,你明天早上去,最好趁别人不注意,别声张。"

"好的,全听你的,不过,这有用吗?"

"还不一定,看你测量的结果吧。"

小白和羽师傅都没有多问,他们知道这是关键时刻,都回去准备了。

等他们都走了,小武又把计划在系统里运算了一遍,自言自语道:"唉,奋斗了一整,还是要看天意啊。"

第二天中午,小白把测量结果发来了:

从起点开始的路程 s / km	0	1.25	2.5	3.75	5
从起点开始计时的时间 t / h	0	0.12	0.24	0.37	0.5

区间 s'/ km	0~1.25	1.25~2.5	2.5~3.75	3.75~5
通过各区间的时间 t'/ h	0.12	0.12	0.13	0.13
通过各区间的速度 v'/(km·h^{-1})	10.42	10.42	9.62	9.62

由于相同时间内通过路程长度不同,且越来越短,可以确定河水做减速直线运动。前2.5 km近似做匀速直线运动,速度约为10.42 km/h,后2.5 km近似做匀速直线运动,

– 207 –

速度约为9.62 km/h，整体全程5 km，平均速度$\bar{v}_水$=10 km/h。测量员A3208，报告完毕。

小武给羽师傅和小白发了私信，让他们到位置了联系他。

大约下午2点，收到了回复信息，他俩都到了。

"现在说说我的方案。"

解：由 $v=\dfrac{s}{t}$ 得 $t_1=\dfrac{s_1}{v_车}=\dfrac{84\ \text{km}}{60\ \text{km/h}}=1.4\ \text{h}$

$$t_2=\dfrac{s_2}{v_水}=\dfrac{6\ \text{km}}{10\ \text{km/h}}=0.6\ \text{h}$$

$t_总=t_1+t_2=1.4\ \text{h}+0.6\ \text{h}=2\ \text{h}$

$s_总=s_1+s_2=84\ \text{km}+6\ \text{km}=90\ \text{km}$

"所以，最后的6 km你要让河水帮你运？"小白说。

"是的。"

"理论上可行，这次的标准化模块是用等体积塑料泡沫做的道具，能在河面上漂起来，那我在距离B点6 km处再把它打捞上来，然后用车运输。"

"是的，运动具有相对性，既然我们的能源到不了B点，那就让模块向A点运动。"

"不得不说，真有你的，小武。"羽师傅有点佩服他了。

"羽师傅，打捞的时候注意与模块保持相对静止，也就是速度的大小和方向一致，这样就捞得比较轻松。"

"哈哈哈，想得真周到，10 km/h勉强还是能跑到的，你就瞧好吧。"

"不对，河水后半段速度不足10 km/h了，时间可能不够。"作为测量员，小白发现了问题。其实羽师傅这个老司机也早看出来了，但是好不容易有个办法，他就没说。

"看天意吧，河水的流速不是固定的。"小武说，这本就是没办法的办法。

有些尴尬的沉默，还是羽师傅打破了宁静："小丫头，按计划来，你扔完模块就往我这里赶，后半段还要靠你测量呢。"

"好，那我扔了。"小白把模块尽力向前扔去，头也不回地上了车。

也许真的是天意，那天下午的河水流速特别快，后来羽师傅回忆起来说自己这老机器动力核心都差点着起来了，好歹是把模块捞了起来。黑发闹事也闹了，举报也举报了，说速度问题，小白全程测量，这次实时上传。又说小白作为测量员提供了帮助，小白说也可以帮他，他也没说啊。黑发的头发被气白了好几根，可是小武并没有违反任何规定。因为用了最少的能量，小武毫无悬念地拿下了第三项冠军，总分反超了黑发。

冰伯又把赚取的能量给小武发了一些过来，小武还了羽师傅的账，终于装备上了由新建盟二号人物D2亲自研发的最新动力系统，现在的小武跑得真是快，越发显得孔武有力了。

小白还要在交通部待一阵子，她本来想和小武一起离开，但有公务在身，说忙完这边肯定去找他。羽师傅现在可风光了，自称是小武他叔，可真是有了谈资，他把和小武一起参赛的事给周围每个人讲，绘声绘色地描述小武的帅气和黑发的阴毒。黑发找了他几次麻烦，奈何羽师傅大刺刺的，还真拿他没办法，黑发的胡子都气歪了，也只好作罢。

"听说风儿去贝家有阻力？"帅正源平静地说。

"贝平整合了家族势力，全力支持风公子，只是贝雪因为接班人的位置被抢，反应较为强烈，做了很多小动作。"帅墨报告着。

"嗯，正常，你觉得会影响大局吗？"

"不会。"

"最近你在搜集E计划的情报？"

突然转移的话锋让帅墨心头一紧，他顿了顿说道："在做上次情报行动的收尾工作，同时销毁了关于E计划的所有资料。另外，上次的损失太过巨大，在润墨台内部引发了一些震动，正在消除影响。在这个过程中，要评估影响范围和程度，难免搜集一些相关情报。"

"不错！"帅正源肯定道，"把你搜集的E计划资料整理一下，给雪儿透露一点儿。忙完这些你也到各处转转，就当给自己放个假。"

"是。"帅墨依旧回答得干脆利落。

"是啊，贝家也为和平与未来做出了巨大贡献。"帅正源望着贝贝的雕像，似是自言自语。

"都是好人啊。"小武感慨道。他以冠军的身份要求去了水军部门,这次他吸取教训,去的路上和谁都没搭讪,默默行使查阅资料权限进行深度学习运算。

新建盟的资料库十分庞大,可小武查阅资料的时间非常有限,就点选了"认识世界"这个章节。这章名字大,可占的存储单元却很少。

"我们生活在地球上,地球是太阳系中的一颗行星。很早以前,人们认为地球是宇宙的中心,代表人物有托勒密,他提出了'地心说'。后面,在伽利略等人的观测基础上,哥白尼提出了'日心说',即太阳是宇宙的中心。这种说法其实也不对。太阳是太阳系的中心,太阳是恒星,围绕太阳转的比如地球是行星,围绕行星转的叫卫星,比如月球。

"太阳系围绕着银河系中心转,是银河系中一个普通的恒星系,此外有像仙女星系等类似银河系的星系等,宇宙是一个有层次的天体系统。"

然后给配了一个层次结构:

由小到大:地月系,太阳系,银河系,总星系。

这就完了?小武哑然失笑:"那银河系有多大?"

"将银河系看成一个圆的话,直径大约是3×10^7光年。光年就是光在真空中走一年的路程,$1 l.y.=9.46 \times 10^{15}$ m。"

"真大啊,那你知道宇宙从何而来吗?"小武随便问了一句。

"目前主流说法认为，宇宙起源于137亿年前的一场大爆炸，因为几乎所有对宇宙的观测都发现，宇宙正在膨胀，往回倒推就是前面的结论。"

本来以为认识世界很复杂，没想到几句话就说完了。下面还有一个"认识微观世界"，小武点了一下。

"微观世界的认识起源于人们发现了分子。把酒精和水倒在一起，会发现总体积变小，即$V_1+V_2>V_总$，于是我们说物质不是连续的，从而建立了分子这个概念。分子是保持物质化学性质的最小微粒。所以，1个分子可以说和物质没有区别，各种性质相同，比如密度、导电性等。

"微观世界的主要基础理论是分子动理论：①物质是由大量分子组成的，分子间有空隙；②分子在永不停息地无规则运动；③分子间不仅存在吸引力，而且存在排斥力。"

第一条小武明白了，但分子还会动："怎么理解分子会动？"

"把两个物体接触，彼此会自主地进入对方，这种现象叫扩散现象，说明分子在做无规则运动，温度越高，扩散现象越明显。这也说明了分子在永不停息地无规则运动。"

"那分子间的引力和斥力有什么例子能说明？"

"将两个表面光滑的铅块相互挤压，最终会粘在一起，证明了分子间有引力。固体很难被压缩，证明了分子间有斥力。但要注意，分子间作用力作用距离很小，大约只有10^{-10} m。也正因此，固体因为分子间距离较近，分子间作用力较大，具有固定的体积和形状；液体分子相对距离远一些，分子间作用力小一些，只有固定体积；气体分子则距离很大，分子间几乎没有作用力，所以体积和形状都不固定。"

"明白了。"

系统没有理会小武的反应，继续介绍道："分子是由原子组成的，人类在原子这里停了好久，直到汤姆生从原子里发现了电子，后来卢瑟福建立了原子核式结构模型，证明了原子内部是空旷的，周围的电子绕着中央的原子核在高速转动。原子核又由质子和中子组成，质子和中子由夸克组成。"

"这一层层的还不少呢。"

"具体大小和电性，如下图所示。"

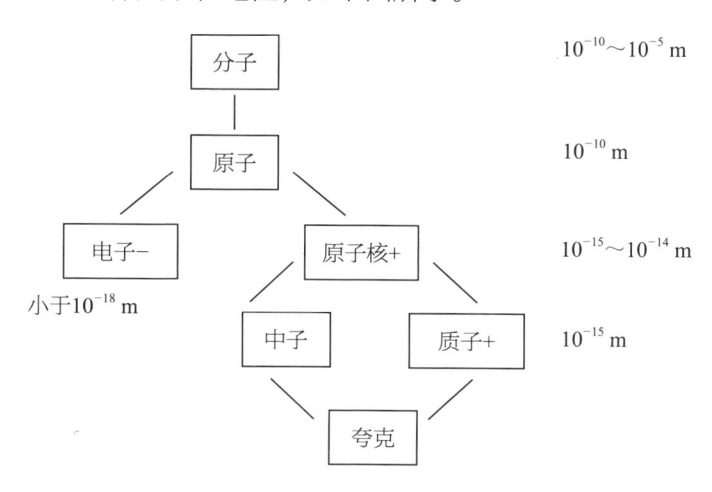

```
         ┌──────┐
         │ 分子 │              $10^{-10} \sim 10^{-5}$ m
         └──┬───┘
            │
         ┌──────┐
         │ 原子 │              $10^{-10}$ m
         └──┬───┘
      ┌─────┴─────┐
  ┌──────┐   ┌────────┐
  │电子− │   │ 原子核+│         $10^{-15} \sim 10^{-14}$ m
  └──────┘   └───┬────┘
小于$10^{-18}$ m  │
            ┌────┴────┐
         ┌──────┐ ┌──────┐
         │ 中子 │ │ 质子+│      $10^{-15}$ m
         └──┬───┘ └───┬──┘
            └────┬────┘
              ┌──────┐
              │ 夸克 │
              └──────┘
```

"嗯，很清楚，但是这个电又怎么理解？"

"'电'的全称是'电荷'，在这个世界上，只有两种电荷：正电荷和负电荷。同种电荷相互排斥，异种电荷相互吸引。"

"那就是说，只有微观粒子才有电，宏观物体都不带电？"

"不是，带电的方法有很多，最常见最简单的就是摩擦起电。本来每个原子内原子核带的正电荷数和核外电子所带的负电数量是一样的。当然，电子都是只带一个负电荷。

"如图所示，世界常规的原子都是如此。

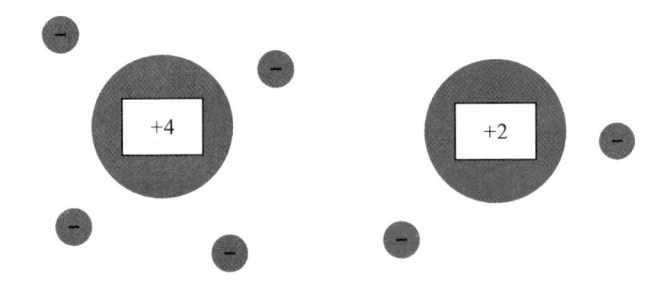

"摩擦后，则发生了改变。由于不同原子核对电子的束缚能力不同，所以，束缚力强的原子核就会抢束缚力弱的原子核的电子，这样物体上的正负电荷就不平衡了。

"如图所示，摩擦后，得到电子的物体显负电，失去电子的物体显正电。

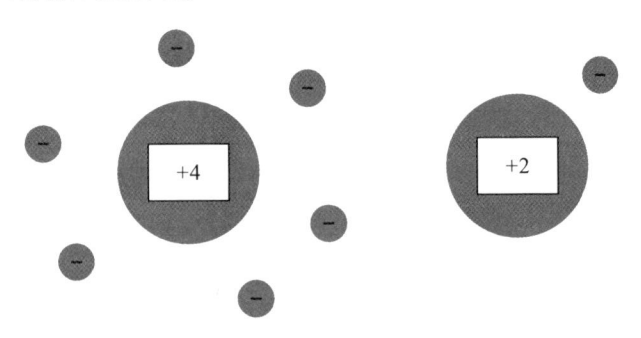

"当然，还有接触起电等方式可以使物体带电，我们常用验电器来检验物体是否带电，若物体带电，金属箔会张开，原理就是同种电荷相互排斥。"

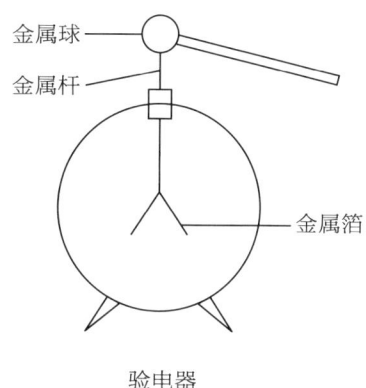

验电器

"这么看，这个世界还挺奇妙的。"

系统继续补充道："我们通常用轻小物体来检验物体是否带电，因为带电体具有吸引轻小物体的性质，能吸引轻小物体也就说明物体带了电。"

第一次接触电和力，小武也得思考一会儿。就在这时，系统提示弹出："您的信息查阅时间已到，欢迎下次来访。"

"啊？！"感觉自己还啥都没查到呢啊。新建盟对于能源和信息的掌控简直到了变态的程度，不过好歹对于世界有了一个大致的认识："阿水，二哥来了，不知道你现在怎么样了？"

- 215

第三章 领军

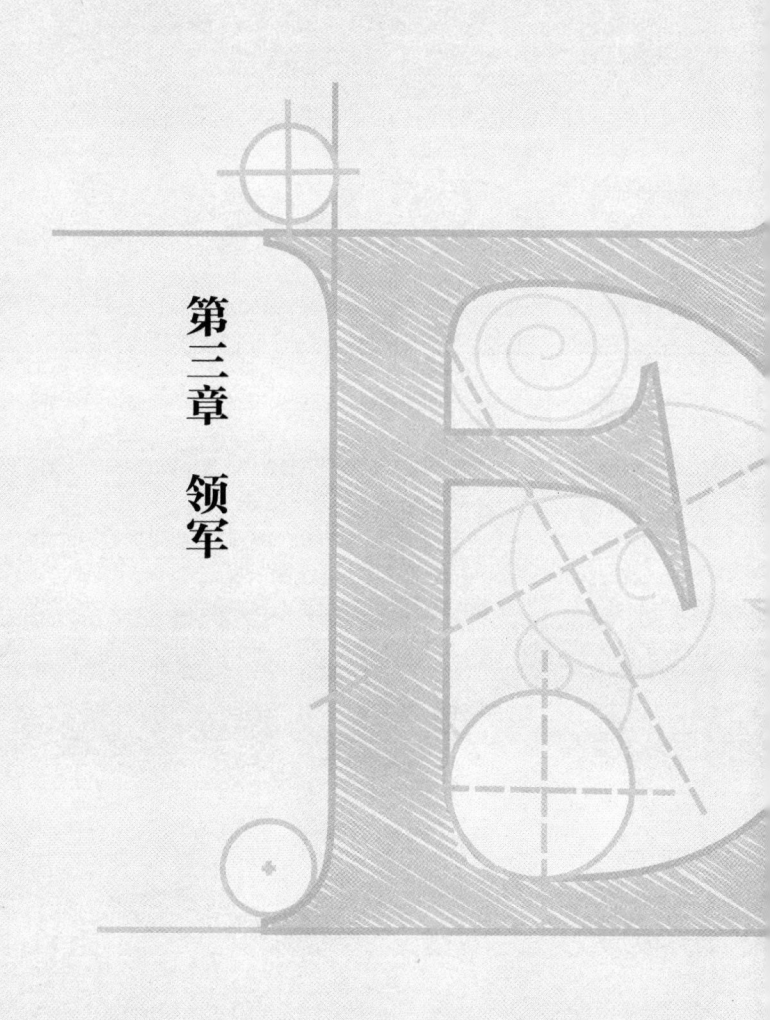

小武不知道的是，有一个人类在不远处目送他下了车，那个人类暗自说了句："算你小子爱学习，咱们后会有期。"

顺利报到，目前还没有阿水的消息，小武准备边执行任务边打听消息。小武被分到了第五战斗小组，因为是以冠军的身份加入，被赋予了A5000的代号，刚好是第5000个A级人员，也算是在联盟里正式挂上号了。小武挺高兴，这样权限就大一些，查阿水的消息就方便多了。

翌日，水军港口营房边上。"报告，第五小组集结完毕。"旁边的水军分队长没有多余动作，直接开始点名："A3309，福帅！""到！"一个人类回答。小武看到是人类，即便在新建盟不是第一次，还是莫名地心中一惊，希望不是像黑发那样的人。

"禄帅！""到！"嚯，好一个壮硕的机器人，一看力量就很大。

"寿帅！""到！"这个就小很多，应该是有特殊技能。不过话说，这仨的名字好像啊，但其他两个都是机器人，什么鬼？小武有些腹诽，但初来乍到，确实还是少说为妙。

"bzq2！""到！"

"ce-8uu！""到！"这两个倒是典型的机器人名字，

一听就是型号缩写。

"A5000，小武！""到！"小武听到喊自己赶忙应声。

"应到六人，实到六人。"此刻，分队长稍微停了一下，扫视了六人一眼，接着说，"经联盟水军部授权，现任命A5000为第五战斗小组组长，即时生效。同时，安排巡海演习任务，任务详细内容及目标已发给各成员，立即执行！"

"是！"

甚至都不知道小组的船是哪艘，小武做梦一般跟着大家一起上了船。上船后，大家井井有条，都在自己的岗位上忙碌，只有小武这个组长好像是多余的。

乘船出海后，船进入自动驾驶，大家都闲了下来。福帅主动过来跟小武打招呼："您好，组长。"小武怯生生地回了句："你好。"他可当不起这句组长，自己啥都不懂，万一让他下命令，那不净丢人么。

似是看出了小武的尴尬，福帅凑过来偷偷跟他说："没事，大家都是这么过来的。"

小武万分惊讶，本来还害怕福帅是黑发那样的人，现在看来是大错特错了。

"我来给你介绍一下，禄帅、寿帅，这两位是我兄弟，那两个机器人也很有能力，机器人嘛，忠于职守，你大可放心。"

小武正想问他怎么知道得这么清楚，福帅就接着说：

"我是第五小组的前任组长。"这话解开了疑惑,可另一层面的尴尬立即袭来,自己一来就抢了人家的组长,机器人还罢了,人类难免小心眼。

带着尴尬,小武试探道:"这次任务?"

"哦,常规操作,除了驾船演练以外,还有武器使用及射击操练。因为是演习,配发的武器是弩,没什么攻击力。"

说着抛过来了一个,小武拿在手里看了看,就是一把弓安在了弩臂上,但是弩臂上的要钩住弓弦的牙连带整个弩机都是可以前后调节活动的。

"这是怎么回事?"小武指着可以活动的弩机部分问道。

"哦,因为每个人的力量不同,所以能拉开弓弦的长度也不同,弩机可以按自身的力量大小来调节。我们也经常拿这个来比力量,弓弦发生的是撤去外力后能恢复原状的形变,也就是弹性形变,外力与它的伸长量成正比,谁拉得最开,力量就最大。"说着,又丢给小武一个弩。

"喏,这个弩上有刻度,标明了拉开需要多少力。"

小武看了看,上面果然标注着"0 N""1000 N""2000 N"等。越往后数字越大,小武试着拉了拉,确实,一开始还很轻松,到后面就越来越吃力了。

"哎哟,你力量还不错,悠着点劲儿,这个弩最大只能承受8000 N的拉力,力再大就拉断了,那可就不是弹性形变了，而成了塑性形变了。拉之前，要先估计一下，用适合的力量拉。禄帅力量特别大，他的弩就是特制的，最多能承受20000 N的拉力。"

"你老说的这个'N'是个啥东西？"

"你真是啥都不知道啊。力的单位是牛顿，简称牛，符号是N。1 N大约是两个鸡蛋的重力大小。还有，你拉的时候力的方向要与弩的轴线方向一致，要不然测量不准确，在我们这里属于作弊行为。"

"哈哈哈。"小武不禁笑了，不过这弓弦也有意思，无论你把它弄成什么形状，只要在弹性限度内，都会恢复原状。小武边想边拨弄着。

"是不是觉得弓弦很特殊？其实像皮球、塑料桶等都有这种现象，甚至连咱们踩的地面都是这样的。"

皮球有这种现象，小武能接受，说地面和弓弦一样能发生弹性形变，小武实在无法相信。

"就知道你不信。禄帅，给甲板上竖直放一盏探照灯。"

"没问题！"像要看好戏一般，禄帅轻车熟路地拿来一盏下面带着长杆子的灯放在甲板上，探照灯打向另一侧的船壁上，形成一个圆形的光斑。

"小武，你看好了。"说着，福帅一脚踩在灯前，另一侧，光斑马上就向下移动了。

小武惊讶不已，不过更令他惊讶的还在后面，福帅收脚撤到了一边，光斑又回到了原来的位置。

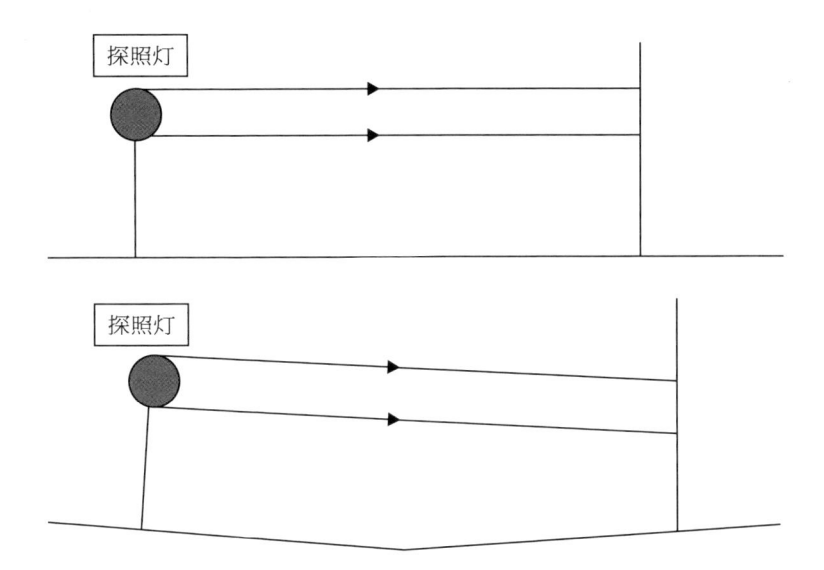

[图：探照灯]

[图：探照灯]

"其实咱们生活中的推力、拉力、压力、支持力都是这种弹力。弹力就是物体发生弹性形变后力图恢复原状而被阻碍、对阻碍它的物体施加的力。"福帅解释道。

小武认真想了想,好像是这么回事哦。

船越走越远,前面突然出现了不明船只,并且发出高声警告:"你船已驶入庄园管辖海域,请表明身份,接受检查!"

什么?怎么回事,不是有自动驾驶吗?

寿帅从驾驶舱里跑出来:"报告,定位仪发生故障,我船发生严重偏航,现已驶入庄园水域,请指示。"

指示?怎么指示?说我们六个战斗单位驾驶着船只偏航来到了敌方地界?谁会信?前一阵才在自由市场起了大冲突,现在又在邻近水域闹事,很容易就让冲突升级。退一万步讲，就算话说清楚了，他们和船肯定也要被扣留，那回去了责任谁负，他这个组长还能当吗？A级人员的级别能保留吗？

小武拿不定主意，正要狠下心来让大家投降接受检查时，福帅开口了："更换舷号，擦掉水军标志，伪装成商船接受检查。"大家看着小武，毕竟，他才是组长。

"福帅说得对，大家快按他的方案行动。"小武说道。

一时间，又都忙碌起来。涂装不好擦除，大家都在用力擦，禄帅擦的效果最好，他力量最大嘛，可是福帅也不差。小武一看，福帅手里拿的是钢丝球，而不是大家手里的砂纸，赶忙说："大家有钢丝球的都换钢丝球。"福帅听到，也补充道："这打磨全靠滑动摩擦力，在其他条件相同时，接触面越粗糙，滑动摩擦力越大。"小武也在那里打磨，感受了一下说："也和压力有关吧，相同接触面粗糙程度，压力越大，滑动摩擦力也越大。"果然，禄帅换上钢丝球后如虎添翼，几乎三两下就磨掉了一大块。寿帅则跟在后面画商船涂装。

没多久，庄园那边的检查船只就到了。对方人员登船检查一番，发现了弩，福帅解释是他们带出来打鸟玩的，这些练习弩主要是练习瞄准，确实也没啥攻击力。庄园的人没太难为他们，只是强调最近这边有逃犯，遇到了要注意上报，还有航行时要注意安全，正常检查后就走了。

有惊无险，算是混过了一劫。"福帅，还好有你。"小武很感谢他，否则自己真的不知道该怎么办。福帅说：

"都是一条船上的人，大家共同努力。"接着说："现在航向不明，咱们先找个地方靠岸，保留能源，弄清楚方向再行动。"这次大家很自然地就行动起来。附近就有一处陆地，大家调整航向，驾船而去。小武作为组长也不好说什么，毕竟，福帅经验丰富，确实应该按他说的做。

岸边长满了芦苇，刚好方便隐藏船只，福帅让禄帅在船上警戒，其他人都跟着他往岸上走，一路都是沼泽烂泥，bzq2和ce-8uu陷进去了好几次。福帅拿出木板让他们绑在脚底，同时解释道："陷进去是因为压强太大，咱们对地面都有压力，平常硬路上这个形变看不出来，但到了软泥地里那就很明显了，压力的作用效果主要就是产生形变。要解决这个问题，要么减小自身压力，这个对于咱们来说明显不现实，要么就是增大受力面积。压强就是表示压力作用效果强弱的物理量。有个公式想必你们都听过：$p=\dfrac{F}{S}$，说的就是压强大小等于压力除以受力面积。"

bzq2说："这个我倒是听过，怪不得练习的时候不让咱们用太尖的箭头。我的力量大约能达到7000 N，如果用普通箭头受力面积为1 cm²的话，箭刚出弩算下来应该是7×10^7 Pa。但如果把箭头磨尖一点，嘻嘻，我就经常这么干，箭头受力面积变成0.2 cm²左右，那压强就变成了3.5×10^8 Pa。"

$$p_1=\frac{F}{S_1}=\frac{700\ \text{N}}{1\times 10^{-4}\ \text{m}^2}=7\times 10^7\ \text{Pa}$$

$$p_2 = \frac{F}{S_2} = \frac{700 \text{ N}}{2 \times 10^{-4} \text{ m}^2} = 3.5 \times 10^8 \text{ Pa}$$

"是不是感觉箭头好用了许多？"福帅也一脸坏坏地问道。

"那是，很容易就射穿靶子，上面为此换了好几个靶子了，还说咱们组练习量大，把靶子都射穿了。"

"哈哈哈。"说到这里，大家都笑了起来。

"所以，Pa就是压强的国际单位，是不是？1 Pa=1 N/m^2。"小武边听边自己推算。

"是，全称叫帕斯卡，简称帕，符号是'Pa'。"bzq2补充了一句。

福帅听到小武的推论，心里暗暗吃惊，果然是冠军，算力确实不俗，不能再拖了。

另一边，润墨台玄机堂里。"报告，有一联盟的战斗小组在大月津登陆，正在向腹地推进，行进速度并不快，但本分堂有暴露风险。"

"哦？"帅墨这次只是顺路过来看看，没想到竟然遇上了这种事情，自由市场那边的冲突他心里很明白是怎么一回事，按理联盟不会有实质性的进攻动作，战略相持仍是双方高层的指导思想，而且玄机堂这边素来隐秘，就算是庄园知道的人都不多，要说联盟得到情报发起突袭更是无稽之谈。

"人员，还有预计到达时间。"

"报告,共五个机器人,一个人类,其中一个机器人在船上留守,剩余五个单位到达此处预计两天,接触外围只需不到一天。"

"密切观察,不要轻举妄动。"

"是!"

大家跟着福帅来到一处较开阔的平地,准备晚上在此宿营。看着福帅劳心劳力,小武很安心,觉得自己运气确实很好,同时为自己这个组长的不称职感到惭愧,他下定决心要多思考多学习,早点具备带领大家的实力。

"你们晚上先休息,前半夜我和寿帅值班,后半夜换你们起来。"

难得一个可以休眠补给的时间窗口,小武三人抓紧时间进入休眠状态。

"哼哼,帅墨,原本我以为你有些本事,没想到和帅风一样是个绣花枕头。"贝雪听着下边的人汇报着,边听边想,"E计划,有意思,少不得我也要参与一番了。"

"你们时刻关注联盟那边的动向,有消息及时汇报。"

"好的,大小姐。"底下是经常去自由市场跑商的贝家负责人贝义。

贝雪这才抽回思绪,抬眼看了他一下:"义叔,你客气了,以后贝家还要多靠你撑着。"

"愿跟随大小姐,赴汤蹈火,在所不辞!"

听着这几句话，贝雪不禁捂着嘴笑了起来，难掩心中的开心。

"那明天的家族会议上……"贝义试探着问道。

"全力支持帅风！"

"是，谨遵大小姐命令！"

"嗖！"一发子弹从空中划过，小武一个激灵清醒了过来，同时想起了那次在湖边遇袭的情况，现在和那时很像。"一级戒备！"小武向另外两个机器人传递着信息。另外两个蒙蒙的，开机相较于小武慢了很多，但也就三五秒，就很快明白了现在的处境，外围防御系统全部失灵了，子弹像雨点般射了过来，大致是他们这个方向，但又好像不是冲着他们射击的。

"管不了那么多了，呈防御阵形，后撤。"说着，命令bzq2和ce-8uu先撤，自己断后。他们几乎没有武器，好在小武外壳较硬，而且装备了最先进的运动系统，速度很快，所以不害怕掉队。没跑多远，感觉枪声朝着另一个方向去了，他们稍加隐蔽，待事态稳定了，小武做出决定："绕一圈，回到枪响的地方。"

bzq2和ce-8uu也没反对，跟在小武身后。返程是充满纠结的两小时，是送死还是徒劳无功，抑或是救回队友，他们三个都在脑中把结果模拟了千百回，没想到最后是第三种结果，他们找到了奄奄一息的寿帅。

寿帅看了他们一眼，没有交流的欲望。

这什么态度？小武也没管那么多，背起寿帅就走。结果走了没多远，就被庄园出来搜索的士兵发现了，追兵越来越近，有几枚子弹就擦着小武的外壳飞过。"把我放下来，你们走吧。"寿帅说。

"我不会抛弃我的战友的，就像我不会抛弃我的兄弟一样，"小武想到兄弟阿水，"我还没找到你，我怎么能放弃。"

"唉，这样大家都会死。"

"死不死那是天意，在我这里就没有'放弃'二字。"

bzq2和ce-8uu虽然也有些动容，但事实上，他们无路可逃了，正在这危急时刻，突然眼前一黑，好像掉进了什么陷阱。回过神来，他们在一个山洞中。

传送门？什么时候研发出这么高的科技了！他们几个面面相觑，不过能躲一时是一时，总比在外面被抓走好，也算不幸中的万幸。

"我错了，我坦白。"说着，寿帅就要抠下自己的存储模块给小武。

小武似乎也猜到了什么，没有去接存储模块，而是摆摆手说："你自己讲吧。"

"唉，都是福帅的主意，他看你是e2运动会的冠军，害怕你抢了他的位置，所以设计诱骗你来这里。"

"这是哪里？"

"具体是什么地方我们也不清楚，但是这地方很邪门，机器人莫名其妙就失踪了，而且回去报告，上面只要听是在这里失踪的，也不会去查，直接走报废流程。福帅不是第一次这么干了，每当他有看不顺眼的人就把他带到这儿来。其实，原来计划是让你们在这里安营，不超过一个小时你们就会原地蒸发的，但这次不知怎么回事，都快到后半夜了，一点动静都没有，福帅就带我和禄帅去主动招惹守卫，想把他们吸引到这里来，可这里的守卫太变态了，简直就是特种部队，装备和人员素质极高，我们就没脱身。福帅为了逃跑，让我俩断后，禄帅战死被他们回收了，我因为多了个心眼，藏了起来，侥幸存活。唉，我们三个也是拜过把子的兄弟啊，就这样被人类给骗了。"

听完，小武心头一沉，真是知人知面不知心，前面对他那么好，为的就是让他放松警惕，好一网打尽，真是好计谋啊。

"算了，都是过去的事了。"小武说。

bzq2和ce-8uu听了寿帅的话，不由觉得要除掉小武，还要他俩陪葬，福帅不免心太狠了。

言归正传，还是要想办法。小武问："你们还有多少能源？"bzq2和ce-8uu，一个剩40%，一个剩45%，寿帅的运动系统基本瘫痪，还剩20%的能源，小武比他们好一点，还有60%。

"唉，没能源就没动力，没动力怎么运动呢！"小武随口发了句牢骚。

"谁说没动力就不能动，你这个机器人，我看你算力挺高的，怎么这么简单的道理都不明白呢？"

"谁？"正所谓人吓人吓死人，现在是要把机器人都快吓死了！

"我，"说着一个人出来了，"在下铁锈，不好意思，刚才吓到大家了。"

小武他们几个可没看出他有哪怕一点点的歉意。

"你这人偷偷摸摸、鬼鬼祟祟的，一看就不是好人！"ce-8uu跑了一天，刚放松下来又被吓了一大跳，就差骂人了，看来到底是机器人，保持了最起码的礼貌。

"哎，你这个机器人不要血口喷人，你们刚才要不是误入我的龟背阵，肯定被抓住了，现在居然还嫌弃起我来了。去，去去去，都给我出去。"

原来如此，一听这话，小武不好意思了，原来他们才是闯入者："前辈啊，我们有眼不识泰山，您大人不记小人过，别跟我们这些后辈计较。"

"不错不错，见风使舵，你这个机器人有意思，就是知识储备太少，若是能被好好开发，必定前途无量。"

"感谢前辈夸奖，您刚才说没动力也能动，我这个晚辈实在是不能理解，还请前辈指点。"小武想着一来让他当个老师，消消气；二来尽量拖延时间，等追兵走干净；三来看他有点本事，能学一点是一点，艺多不压身嘛。

似是看透了小武的想法，铁锈眼睛一转："看你这么机灵，就给你讲点真东西。远古时期，有一个叫亚里士多德的人最先提出力是维持物体运动的原因，这个错误的思想延续了几千年，直到一个叫牛顿的人出现。"

"牛顿？就是力的单位那个牛顿？"ce-8uu惊讶地问。

"就是那个牛顿，不要打断我，谢谢。"铁锈不屑地瞥了ce-8uu一眼。小武也赶快使眼色，ce-8uu马上关闭了发声系统。

其实最早触及门槛的是伽利略，他设计了一个实验，在一个V形轨道的一端静止释放一个小球，发现由于受摩擦力的影响，小球在来回往复运动的过程中高度会不断降低。于是他提出了一个猜想，如果在理想状态下，轨道绝对光滑，那小球会永远运动下去，也就成了永动机。

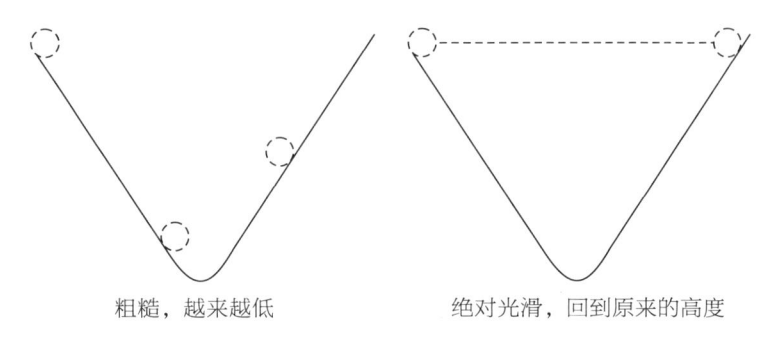

粗糙，越来越低　　　　绝对光滑，回到原来的高度

"牛顿在这个实验的基础上做了一个小小的改动，他把右边的轨道改成了水平的。

"因为小球只有回到原来的高度才会停下来，而在水平轨道上它永远也无法回到原来的高度，所以小球会永远运动下去。"

然后，铁锈转过来看着小武说："小球水平方向上可没有受力哦，但可以永远做匀速直线运动。"

轨道绝对光滑

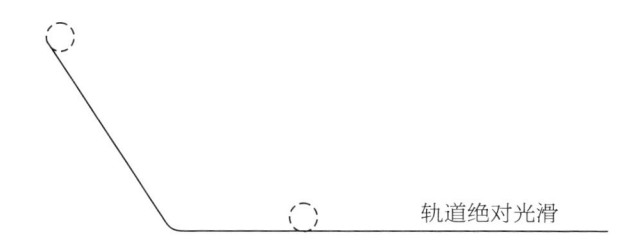

小武好像听懂了，又好像没懂："不是啊，前辈，没有冒犯的意思，绝对光滑的条件根本不存在嘛，怎么证明这个猜想是正确还是错误的。"

"朽木不可雕也，你自己做实验，然后改变水平部分的粗糙程度试试。"

序号	水平部分材料	小车受阻情况	小车运动路程
1	棉布	强	近
2	木板	较强	较近
3	玻璃	弱	远

"越光滑，阻力越小，运动的距离越远，"小武思考着，"那就是说如果绝对光滑会运动到无限远处。妙啊，这不就是理想实验法么。灵儿给我讲声音可以在真空中传播时用的也是这个方法。当然，以上结论还要加一个条件，就是其他条件都相同时，要不肯定车越高跑得越远。"

"孺子可教也，保持其他条件相同，只改变要研究的变量，这种方法叫作控制变量法。还有，你用小车运动的路程表示阻力对物体运动的影响，这个是转换法。"

"学过的，学过的。"这引起了小武的共鸣，他也莫名轻松了起来。

"所以,最后的结论就是:一切物体在没有受到外力的作用时,总保持静止或匀速直线运动状态。这就是牛顿第一定律。这个定律也揭示了物体具有保持静止或匀速直线运动状态的性质,也就是惯性。"

"说了那么多,就是物体都懒嘛,不受力就不改变运动状态,力是改变物体运动状态的原因。"ce-8uu忍不住插了一句,但好像又意识到了什么,惊恐地看了铁锈一眼。

这次铁锈倒是有种发现新大陆般的感觉:"咦,你这个运算系统好像也不错。来,让我研究一下。"

是没有怼他,可更恐怖了,ce-8uu立马向小武求救。

小武能怎么办,只能赶紧问:"那有时候水平方向受了力一样保持匀速直线运动呢,比如无人驾驶汽车,这又是为什么?"

"蠢材,受到了牵引力,也受到了摩擦力,两个力大小相等,方向相反,在同一直线上,施加给同一物体,这两个力就相互抵消了,也就是合外力为零,相当于不受力,这是二力平衡。还有三力、四力、五力平衡呢。静止和匀速直线运动都是平衡状态,只要处在平衡状态,必定受平衡力,只要受平衡力,肯定处在平衡状态。连这点都不懂,蠢材蠢材。"

"那如果受非平衡力呢?"小武不敢停下发问。

"依据力和运动的方向关系,可以将力分成两大类,一类是力与运动方向在同一直线上,力又分为动力和阻力,与物体运动方向相同的叫动力,与物体运动方向相反的叫阻力。动力大于阻力时,物体做加速直线运动;动力小于阻力时,物体做减速直线运动。另一类是,当物体受力方向与运动方向不在同一直线上时,物体做曲线运动。"

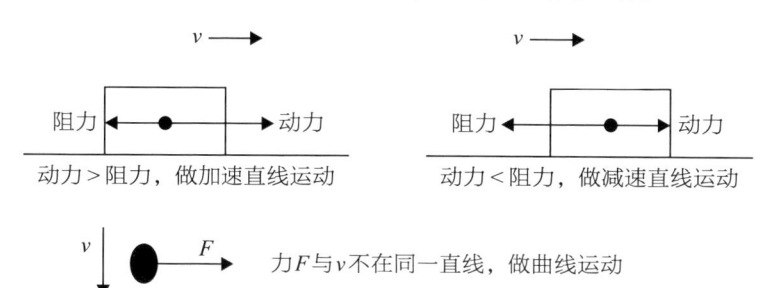

动力>阻力,做加速直线运动　　动力<阻力,做减速直线运动

力F与v不在同一直线,做曲线运动

"那您刚才说,牛顿的那个实验里小球不受水平方向的力,其他方向是不是还有力呢,给讲讲呗。"小武赔笑道。

"讲讲讲!哪来那么多工夫给你讲,一个竖直向上的支持力,还有一个地球给的竖直向下的重力,这俩是一对平衡力,完了。给你个弹簧测力计和钩码,探究完重力、摩擦力还有弹力的大小和方向后再来跟我说话。"说着扔过来一个弹簧测力计和一盒钩码,同时掏出很多工具,让ce-8uu自己看着办。

ce-8uu如果是个人类肯定就哭出来了。

这时,小武看向了寿帅,bzq2也看向了寿帅,ce-8uu更是看向了寿帅,寿帅看着他们,心中一万头神兽奔过:我是坏人,我也是瘫痪了,但是我的意识还是很清楚的,你们不能欺负残疾人!

在心中抗议无效后,寿帅开口了:"铁大爷,那个,您

- 235

看我这运动系统还能修复么?"寿帅的语音系统在颤抖。

"呦呵,这还有一个剥好皮的。来,让铁大爷看看。嗯,你这运动系统也挺有特点的。"

小武赶快招呼ce-8uu:"来,过来帮我做实验。bzq2,你照顾好寿帅。"

bzq2给他比画了一个"包在我身上"的手势就过去帮铁大爷了。

不一会儿,小武和ce-8uu就完成了实验。

报告一:探究重力的方向。

在一个架子上用绳子挂一重物,发现受重力,绳子在竖直方向保持静止,旋转架子,绳子方向不变,若剪断绳子,重物竖直下落。

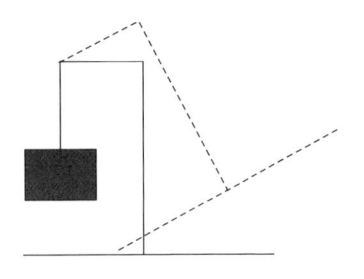

结论:重力的方向是竖直向下。

"没问题。"铁锈干脆利落地说。

报告二:探究重力的大小。

用弹簧测力计分别测量一个、两个、三个钩码的重力,数据如下表。注意:必须使弹簧测力计在竖直方向上,待钩码静止时读数。

实验序号	钩码质量 m / kg	钩码重力 G / N	比值 / (N·kg^{-1})
1	0.05	0.5	10
2	0.1	1	10
3	0.15	1.5	10

结论：重力的大小与质量成正比。

重力与质量的比值大约恒为10 N/kg。

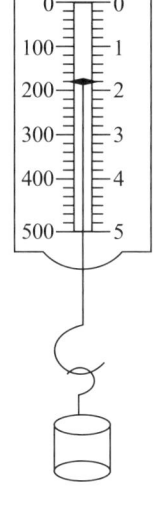

铁锈看了后，评论道："嗯，可以，科学上较精确的测量值是9.8 N/kg。还有，因为$g=\dfrac{G}{m}$，这里G表示重力，g表示那个比值，所以，推出重力大小的公式是：$G=mg$。补充一句，g受海拔和地理位置的影响，略有变化。"

"我多问一句，你为什么一定要在竖直方向上，而且要待钩码静止时读数？"

"二力平衡嘛，物体静止是平衡状态，说明受平衡力，此时只受重力和拉力，在竖直方向上才满足同一直线且方向相反，才有重力等于拉力，通过弹簧测力计测出拉力值，也就是重力的大小，转换法。"

"孺子可教。"

报告三：探究滑动摩擦力的方向。

用一个大小恒定的力F拉着一个刷子在桌面向右移动，发现刷毛受滑动摩擦力的作用向左偏，改变拉力F的方向，刷毛向右偏。

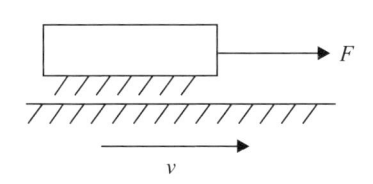

— 237

结论：滑动摩擦力的方向与物体相对运动的方向相反。

"记住，运动具有相对性。与相对运动方向相反，参照物选施力物体，也就是与受力物体相对于施力物体的运动方向相反。"

"有点绕，我想想。"

报告四：探究滑动摩擦力的大小。

用弹簧测力计在水平方向上匀速拉动木块，如下图所示的三种情况，分别探究压力的影响因素和接触面粗糙程度对摩擦力大小的影响。

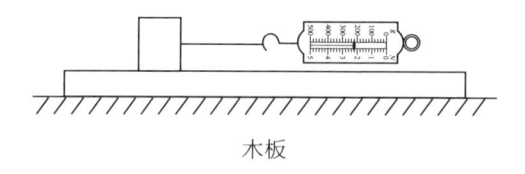

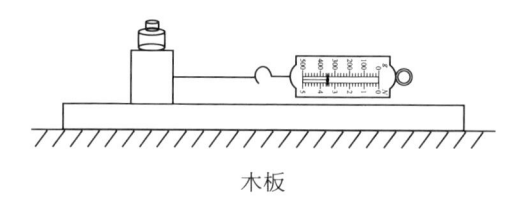

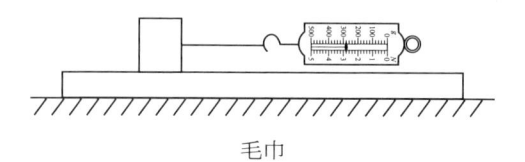

木板

木板

毛巾

结论：压力越大，接触面越粗糙，滑动摩擦力越大。

"这个也没问题，很好地应用了控制变量法。还是问你为什么一定要水平匀速拉动。"

"二力平衡，转换法。"小武没有任何犹豫。

"但是匀速直线运动不好保持吧，而且运动的弹簧测力计不方便读数。"铁锈看小武有点骄傲，问了两个实验中确实存在的问题。

"是，你怎么知道？"

"我不仅知道，还能解决，你看我这个装置。"

"从拉木块变成拉木板，那还不是……"话还没说完，小武似乎意识到什么，"只要木块B保持静止就行了，在拉力和滑动摩擦力作用下，木块B处在平衡状态，确实相等。木板A不需要匀速直线运动。"

小武对铁锈的佩服又多了几分。

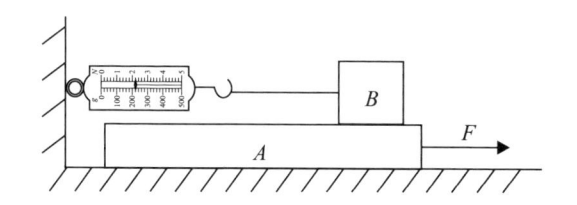

报告五：探究弹力的方向。

墙上拴一个弹簧，向右拉伸弹簧，受弹力向左，向左压缩弹簧，受弹力向右。

结论：弹力的方向与弹性形变方向相反。

报告六：探究弹力的大小。

墙上拴一个弹簧，分别拉伸不同长度，测出拉伸后的长度、伸长量和弹力的大小如下表所示：

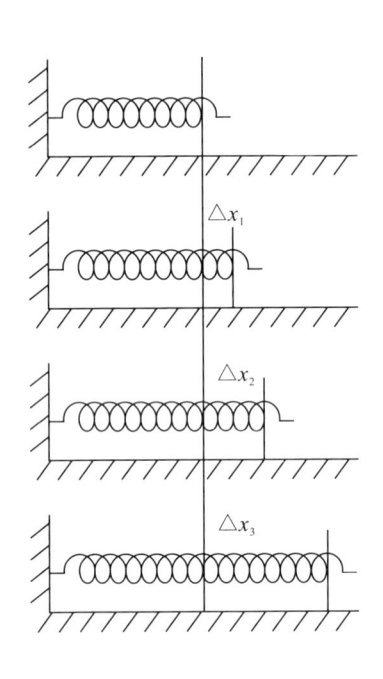

实验序号	长度l/cm	伸长量Δx/cm	弹力F/N
1	10	0	0
2	11	1	2
3	12	2	4
4	13	3	5

结论：在弹性限度内，弹簧的伸长量与弹力大小成正比。

"最后这两个做得也还不错。"铁锈说。

"毕竟知道答案嘛。"小武解释了一下，铁锈看着他点了点头。

"行啦，老夫也歇够了，咱们一起出去走走如何？不能老在这里当缩头乌龟。"

这话说得小武他们几个热血翻涌,如果不是形势所迫,谁愿意躲在这里,这会儿追兵应该已经走远了,不趁此机会跑出去,更待何时?

可小武他们不知道的是,另一边……

"报告,他们的行踪突然消失了。"

"哦?"这倒是出乎帅墨的意料,"红外线和超声波雷达都找不到吗?"

"找不到,就像突然隐身了一般,倒和咱们的手段很像,还有这是收集回来的弹头,应该是擦到了那个高速机器人的外壳,上面粘了一种性质极佳的金属,具体成分还在分析中。"

帅墨接过弹头,说:"越来越有意思了,那咱们就好好过两招。传令下去,加派人手,在刚才消失的地方周围蹲点,刚才追击的分队原地扎营,呈半包围状,把他们赶向小月津。"

"是。"

这都什么守卫啊,装备好也就不说了,个个身体素质变态,到底我是机器人还是他是机器人,这还是人类么!小武他们几个刚从龟背阵出来就被发现了,现在是打也打不过,跑也跑不掉,不过对面倒像是猫戏老鼠一般,不急着抓住他们,只是一味驱赶。

"这小子是越来越坏了。"铁锈嘟囔道。

"铁大爷,你是不是知道什么?"小武听铁锈嘟囔,问道。

"我怎么可能什么都知道,你以为我是神仙呀!"

小武本来以为他本领高强,没想到只会躲,是个缩头乌龟,现在只能先跑再说了。没多久,他们就靠近了水边。"前面没路了,铁大爷,我们来的时候听说这附近有逃犯,说的应该就是你吧,你要是知道什么的话就说实话,要不大家一起玩儿完。"其他人听小武这么说,也停下来等着铁锈的回答。

"现在的年轻人都这么聪明吗,一点都不好糊弄。罢了,我在这小月津还有一艘太阳能潜艇,咱们一起走吧。"

众人一听,嚯,这老小子果然还留有一手,怪不得庄园那么多人都抓不住他,对他能力肯定的同时,对他的人品怀疑又加深了几分。

上了潜艇,铁锈马上打开进水阀,增加潜艇自重,在重力的作用下,没几分钟,水面又恢复了平静。"又是龟背阵,又是潜艇,战斗的本事没多少,隐匿的本领一等一的,这人上辈子肯定是个乌龟。"bzq2的评论得到了大家的一致认同。

"哎哎哎,你们又说啥呢,我这潜艇靠改变自身重力来实现上浮和下潜,等会儿我把水排出去就上浮了,啥叫只会躲,你们没见过我发飙,想当年我……"

"我们都理解,我们都知道。"众人敷衍道。

底下吵吵闹闹,上面也没闲着。一堆战斗小艇在水面巡逻,分堂主请示过帅墨,他们也有潜水手段,想下水抓捕,帅墨没同意,只是让他们加大水面巡逻力度,堂主领会了精神,这是要把小武他们的能源耗完,待他们毫无反抗能力时自投罗网啊。

几条水道口都被封锁了,上面的小艇来回巡逻,明明是续航接近无限的太阳能潜艇,现在只能眼看着能源一点点被耗尽。大家看着小武,小武和铁锈对视了一眼。"明白了。"铁锈说。随即开闸放水进来,潜艇下潜到了最大深度,失去动力的潜艇安静地顺水而漂。

"唉,有点可惜了。"帅墨说。他没想到这几个机器人这么有骨气,这么长时间了,能源应该已经消耗得差不多了,没了能源,无法把水舱里的水排出来,潜艇就上不来了。"走吧。"后面分堂主带着人马撤了回去,以前他指挥剿灭入侵者都是硬碰硬,不会这么麻烦,但是总有死伤,早听闻帅墨爱兵如子,对敌人也是俘虏居多,杀伤较少,这次算是见识了。

"小武,我们触底了。"bzq2提醒道。

小武透过玻璃观察着海底世界,用最后一点能源打开了探照灯,这个深度,鱼不多,小武仔细观察着海底地形,想着还有没有什么其他办法。一个长条状的熟悉身影映入眼帘，是阿水。

一番手忙脚乱，幸好小武的外壳比较硬，这个深度，潜艇的外壳都开始嘎吱嘎吱作响，小武顶着水压把阿水弄到了船舱里。阿水早已没了知觉。小武有些感慨，看来是天意，让我们兄弟俩死在一起。铁锈说："不是天意，是水流，失去动力顺水而漂，最后都会到这里。让我来看看吧。"

虽有点不情愿，但大家马上要死了，也就不计较了。铁锈过来瞅了一眼，就惊叹道："不对，太不对了！"

"怎么不对了？"

这个机器人外形呈流线型，又没有翅膀，是典型的水下机器人，天生的水军啊。但是在腰的部位竟然又有两个小孔通到机器人内部，且未做防水处理，这不是典型的漏水嘛。

"是的，因为水的侵蚀，阿水的处理系统出了问题，一直都浑浑噩噩的。"

"对，是这样的，对了。"

"怎么又对了？"bzq2看铁锈自相矛盾，"铁大爷，你脑子也进水了？"

"你脑子才进水了呢，这个机器人，啊，阿水，"铁锈看小武在看他，急忙改了口，"他腰部的两个小孔不是进水用的，而是排气用的。"

这话一出，大家都是一脸蒙，他们除了小武以外都是水军出身，可这种设计确实没听过。这是什么设计原理？

铁锈一听这个又开始装了起来。"想必大家都知道阿基米德原理吧。"没人打断他,铁锈继续说,"$F_{浮}=G_{排液}=m_{排液}g=\rho_{液}V_{排}g$。简单来说,也就是浮力只与液体的密度和排开液体的体积有关,当然,g一般变化很小,忽略不计。"

　　其他人都是水军,这是基础知识,小武倒是第一次知道。

　　"要想实现上浮和下潜,其实改变的是浮力和重力之间的大小关系,重力大就下沉,浮力大就上浮。比如我这个潜艇,因为外壳大小无法改变,所以排开液体体积的大小也就变不了,液体密度也不是我主观能操纵的,所以浮力在主观上变不了,那就选择了控制水的进入,进而通过改变自身重力的大小,改变重力与浮力的关系,达到上浮和下潜的目的。

　　"几乎所有的潜水机器人都是这种设计,除了阿水。"

　　此话一出,众人憋不住了,阿水不是常规设计?

　　"难道他能改变浮力的大小?"ce-8uu说。

　　"要不说你运算系统好呢。"这句话又勾起了ce-8uu的恐惧。

　　"他的外形也不能变呀。"bzq2疑惑不解。

　　"那两个孔外面连接的应该是两个像气球一样的东西吧。"小武说。

　　"你这算力,就是你们那边联盟老大来了都得羡慕。"铁锈脸上挂着一种难以形容的坏笑,他接着说,"通过改变气囊内部气压控制气囊的大小,能快速高效地改变排开液体的体积，进而改变自身所受到的浮力，调节自身在水下的运动姿态。"

"这……"身为水军，他们觉得这种设计太过疯狂了。

"可气囊一般都是橡胶件，很容易磨损老化，维护成本高昂。"寿帅想了很久，说了一句。

"没错，所以这应该还是人机大战时设计的产物，现在能源这么短缺，这种设计肯定就不用了啊。"

"嗯，好歹弄清楚了阿水的来历。"小武自言自语道，似是想到了什么，就去潜艇后面拿了个救生圈，出了潜艇，把救生圈绑在了潜艇外。

砰的一声，救生圈炸了。

大家听到声音，再联想到小武的行为，都明白了小武的想法。

"年轻人，想法很好，但这里是水底，水下压强很大的。"铁锈说，"寿帅，报深度。"

"50 m。"寿帅熟练地回应着。

"ce-8uu，计算当前深度水的压强。"铁锈继续下达命令。

"$p_{液}=\rho_{液}gh=1 \times 10^3$ kg/m$^3 \times 10$ N/kg $\times 50$ m$=5 \times 10^5$ Pa。大约相当于5个标准大气压。"

"bzq2，报告当前潜艇总重。"

"除能源模块外，其余基本满载，算上五位，哦，不，是六位成员，总质量约480 t，依据$G = mg = 480$ t $\times 10$ N/kg$=4.8 \times 10^5$ kg $\times 10$ N/kg$=4.8 \times 10^6$ N。

"本潜艇外部壳体总体积约为475 m³，依据阿基米德原理，$F_{浮}=G_{排液}=m_{排液}g=\rho_{液}V_{排}g=1\times10^3$ kg/m³$\times475$ m³$\times10$ N/kg$=4.75\times10^6$ N。重力大于浮力，咱们现在沉在水底。"

"所以要上浮，必须增大浮力，使浮力大于重力，是吧？"小武问。

"是的，$\Delta F_{浮}=G-F_{浮}=4.8\times10^6$ N-4.75×10^6 N$=5\times10^4$ N，由$F_{浮}=\rho_{液}V_{排}g$得$\Delta V_{排}=\dfrac{\Delta F_{浮}}{\rho_{液}g}=\dfrac{5\times10^4 \text{ N}}{1\times10^3 \text{ kg/m}^3\times10 \text{ N/kg}}=$5 m³。我们还要增大5 m³的体积，材料当然要用艇内的救生圈等橡胶器材制作，但是要注意，此处水压是5×10^5 Pa，要先在艇内实验出足够大的压强，否则出了潜艇就会被压爆的。"

bzq2拿出自制的弩箭，受力面积是0.2 cm²，要达到5×10^5 Pa的压强，由$p=\dfrac{F}{S}$得$F=pS=5\times10^5$ Pa$\times0.2$ cm²$=5\times10^5$ Pa$\times2\times10^{-5}$ m²$=10$ N，也就是要经受住这支弩箭以10 N的力射出。

万事俱备，大家都忙碌了起来。ce-8uu和铁锈负责寻找器材并制作气囊；bzq2负责检验气囊是否能耐得住足够的压强；寿帅则观察瞭望，同时继续尝试接通阿水的运算系统；小武因为外壳最硬，负责出艇安装。

不一会儿，艇身开始晃动，逐渐脱离水底，铁锈让小武再装一个就回来，刚安装好，潜艇便开始上浮，小武赶忙返回舱室，似乎顿了一下，又开始上浮。没多久，他们就看见了太阳，有了阳光就有了太阳能，终于得救了。

周围的追兵也早已退去。他们商量了一下,先去大月津藏船的地方看看。到了大月津,发现船还在,几个人登船准备返回,铁锈表示也想去,小武拗不过,罢了罢了。

小武站在船头,观察着周围,感觉比来时高了一些,他问铁锈原因,铁锈说你们来的时候是不是多了几个人,小武说你是神仙吧,铁锈一脸骄傲。

"你对这艘船做个受力分析,画个受力示意图。"

"什么是受力示意图?"

"是不是力的三要素你也不知道?"

"是。"

"你回答得可真干脆,"铁锈有些无语,"其实也很简单,除了力的大小和方向以外,还有一个能影响力的作用效果的因素,就是作用点。一般我们在作图的时候习惯把力的作用点画在受力物体的重心上,重心是一个物体重力的等效作用点,一般均匀物体的重心在它的几何中心上,用字母"O"表示。"

"那不一般的呢?"小武问。

"不一般的后面讲,先说这个。所以大小、方向、作用点就被称为力的三要素,而要在图上把三要素表示出来,就叫力的示意图。"

"比如这艘船竖直方向上受重力和支持力,作用点都取船的重心,也就是中间那个点。"小武边说边开始着手画。

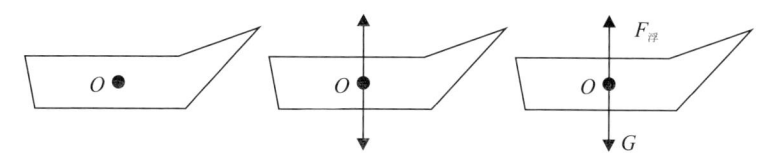

铁锈看着他的图，说："然后用箭头表示力的方向。"小武按铁锈的指导继续画。

"很好，箭头的长短也表示力的大小，这两个力大小相同，所以长度一样，最后加上标注，标明力的性质和大小。"

"不知道大小呢？"

"不知道可以不标，现在你把水平方向的力也画出来。"

小武按照要求完成了力的示意图。"现在你可以告诉我你怎么知道我们少了两个人了吧？"

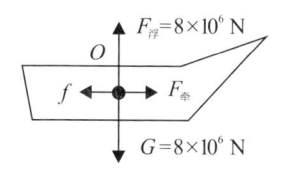

"你看，因为在漂浮状态下，船在竖直方向上是静止的，所以重力和浮力就构成了二力平衡。现在你说船变高了，其实是吃水浅了，也就是$V_{排}$变小了，那浮力就变小了，可不就是重力变小了嘛。"

"原来如此，重力小了，也就是质量小了，说明我们人少了，唉。"说到此处，小武不禁叹息。

看见小武感慨，铁锈补充道："其实还有另外一种情况，就是同一艘船，保持漂浮，重力和浮力都不变，但从淡水驶向海水，因为$\rho_{液}$增大，也会导致$V_{排}$减小。"

"是呀，也是这个道理。"又知道了一些知识，小武心里好受了一点。

回到水军港口，没有迎接，没有慰问，等待他们的是批评处理，小武降级，其他几名小组成员扣除能源，小武代表第五战斗小组对处理结果提出了抗议，水军部的回答是，在新建盟抗议只有一种情况，那就是直接去秩序之城找D1，否则部门主管的处理只要符合规则就无法抗议。

他们未完成任务，还造成了一定损失，可事出有因，而且水军部对像阿水这样的水军成员的死活都不闻不问，小武觉得水军部的处理逻辑存在很大的问题。他和几个伙伴商量了一下，ce-8uu留下来照顾阿水，并找维修部门继续修理，其余人跟他一起去秩序之城，誓要抗议到底，如果抗议无效就离开新建盟，如此冷血的联盟他们也没什么好留恋的。

神奇的是，他们的事被水军部其他同袍知道了，他们都忍了好久了，就等一个契机。所以，等到出发的那一天，数十个机器人还有人类都自发地加入了小武的队伍，而且数量有越来越多的趋势。小武从来没想过有一天自己会领导这么多人，虽然自己的A级人员职位被剥夺了，但看规模，实际上已经相当于B级管理人员了。

"别以为我不知道你干了什么！"D1愤怒地吼道。

"别以为我不知道你干了什么。"D2阴恻恻地回应。

"我只不过是调了几个人的岗位，作为联盟总裁，都是符合规定的，在权限范围内的。"D1没有丝毫惊慌。

"小白去那里受了多少委屈！"

"那是让她去锻炼锻炼，"D1白了D2一眼，"她不该多锻炼吗？哪像你，弄得现在都出了水军暴动，你可真能耐！"

D2："对他们的处理没有违反任何一条规定，是他们自己无法理解，胡乱要求，那有什么办法。暴动？看看有多少机器人能过了机械防御阵。"

D1："我倒想看看那些个老掉牙的机械阵能拦住几个机器人，别忘了这回有谁参与，咱们拭目以待。"

说完，似是做了一件很畅快的事，D1轻快地走了。

"好，那咱们就好好看看这条e3路你能走多远。"

上面竟然还没断掉咱们的能源供给？万幸啊，走了好一段的路，大家才发现这个问题，一般只要有反叛迹象，联盟的无线能源传输就断了，这也是联盟控制机器人的一种手段。这次没断，说明联盟只是把他们当成了合理抗议者，大家认为肯定只是水军部主管太死板，D1和D2还是支持大家的。这么想着，大家振奋精神，很快便来到了秩序之城的外围——平安桥。

一座看似普通的桥，桥面两边没有护栏，大桥分成很多节，每一节中间有一个凸起物，位置还都不一样，凸起物上面全是尖刺，两边是用石板做成的桥面，看起来就很光滑。

"这平安桥看起来不平安呢！"寿帅有些忧虑地说。

"我先来试试。"bzq2自告奋勇,一踏上桥面,第一节就向他所在的那个左边倾斜,眼看就要滑下去,小武一个箭步,上前抓住他,把他提了回来。

"左面不行,那试试右面。"小武建议,bzq2整理好,准备第二次尝试。这次他带上了保险绳,不行就拉回来,保证安全。

果然,踏上右边,桥面就向右倾斜了。

"这桥还真邪门,左右都不行,那就是完全不让人过嘛。"他们尝试了每一块石板,都以失败收场,左边向左倾斜,右边向右倾斜。

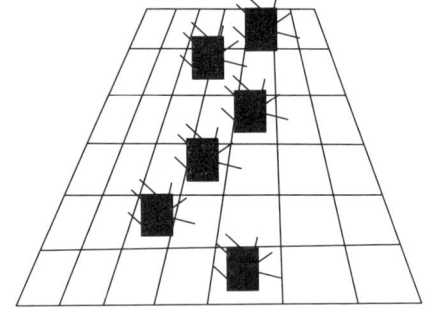

小武说:"既然受压力影响,桥会偏转,那如果左右同时上人呢,有没有可能保持平衡。"

寿帅说:"我刚观察,也正有此意,这回我跟你一块上。"

两人绑好绳子,互相看了看,一起踏上了桥面,这回桥好像能平衡了,但很快就向bzq2这边偏来,又失败了。

"唉,没想到这第一关就这么难。"寿帅和大家都有些沮丧。

"再试一次吧,不论怎样,现在还不能放弃。"bzq2说。他和小武一起经历生死,很明白小武只要没说话,这事就还有转机。

寿帅也说好。谁又甘心在这里停住前进的脚步呢。

这次的结果出人意料,第一节桥轻微晃了晃,停住了。

"哇!!"众人一片欢呼,小武本在思考,听到欢呼声抬头看去,这次寿帅在左边大约距中间凸起两个石板处,bzq2在右边大约距中间一个半石板处,桥保持了平衡。他俩都沉浸在成功的喜悦中,同时向前走了一步,第二节桥面毫无疑问地倾斜了,两人都掉了下去。

还好都是水军,不怕水,而且上来之后bzq2告诉小武,这个桥每一节桥面只有一个桥墩。

"只有一个桥墩?"小武思考着,那踩着桥墩岂不是肯定能过去。小武又看了看桥,问道:"桥墩是不是在中间凸起物的下面?"

"是。"bzq2想了想,说道。

好阴险的设计,这就意味着单独一个人无论走哪一边都会倾斜,而要维持桥面平衡,必须和伙伴同心协力,既要互相信任,又要找到维持平衡的规律。究竟这规律是什么呢?

小武说:"你还站到第一节刚才的位置上,然后让其他机器人到另一边去试一试,调整位置,看能不能平衡。"

"是。"bzq2意识到小武想到了什么,就组织人手去和自己尝试了。不一会儿,bzq2回来了:"都能成功,但位置不同,志愿者1号大约在距凸起1.8个石板处,志愿者2号是在距凸起1.2个石板处,其实咱们这样组队,一节一节试过去也是个办法。"

一节一节试，那得弄到猴年马月去。

小武抬头望向了铁锈，铁锈自从来到平安桥，就一言不发。"铁大爷，"小武第二句话还没说，铁锈扭头就走，又找了个角落猫起来，望着平安桥，不知道在想什么。

"这老头平常话多得要死，现在怎么这样了。"bzq2说。

小武知道这一关铁大爷帮不上忙了，既然桥面倾斜会动，他一边复盘刚才的尝试，一边回想着铁锈教他的信息。根据牛顿第一定律，力是改变物体运动状态的原因，桥面倾斜，一定是受到了力，受到什么力呢？明显是机器人踩上去给桥面的压力，这个压力来源于机器人受重力，又是在水平面上，所以压力大小和重力相等，方向也与重力相同，竖直向下，重力？等等。

"bzq2，去把那两个志愿者的质量给我测出来。"

"好嘞。"bzq2现在完全信任小武这个组长，不怕任务多，就怕没任务。

几分钟后，拿到数据的小武做了一张统计表：

序号	F_1/N	L_1/格	F_2/N	L_2/格
1	2400	1.5	1800	2
2	2400	1.5	2000	1.8
3	2400	1.5	3000	1.2

"bzq2，你能看出什么吗？"

bzq2认真看了起来，明显左边三组都是一样的，而右边的力越大，距离就越小，而且……乘积相同，而且和左边的乘积也相同!

"$F_1L_1=F_2L_2$."bzq2惊呼。

听到这,铁锈似是松了口气,看到小武在看他,又往后挪了几个身位,藏在一个机器人后面。

小武也没管他,向大家宣布了维持桥面平衡的方法,距离一定是距中间凸起的距离,因为中间凸起的位置在改变,所以虽然和搭档到凸起的距离不变,但每一节要踏上的石板并不相同。

突然一下子就热闹了,该测量质量体重的测体重,该找搭档的找搭档,之前围观的人这时候也团结起来,一时间人声鼎沸。小武有点哭笑不得,说好的不随便说话呢,说好的机器人要节约能源呢?

过了桥,迎面而来的是一扇左右对开的大门,大门旁边还有一个几人高的扳动手柄,手柄顶端垂下一条长绳。毫无疑问,拉动长绳,扳动手柄,即可打开大门。

bzq2带领几个机器人直接就缘绳而上,然而手柄纹丝不动。

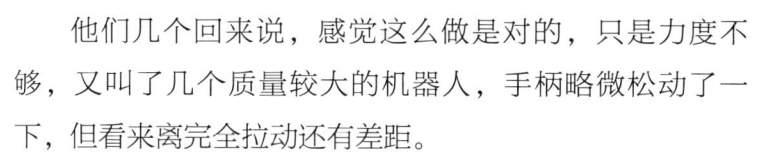

他们几个回来说,感觉这么做是对的,只是力度不够,又叫了几个质量较大的机器人,手柄略微松动了一下,但看来离完全拉动还有差距。

怎么办?这个难题又交给了小武。小武上前也试了一下,确实离扳动差点意思,拉着绳子左右摇晃了一下,既

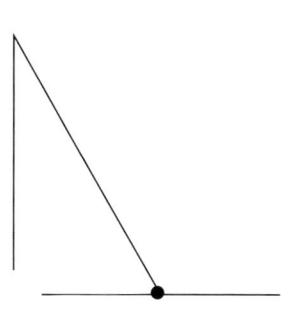

255

然力的大小方面已经到了极限，作用点也不用说，肯定是手柄的最上端，那能改变的只有一个——力的方向。

小武先是让绳子与杆完全重合，试着拉了拉，对bzq2说："你也来这样拉一下。"

bzq2没拉，看了一眼就说："这肯定拉不动。"

"为啥？"

"明显都过轴了嘛，咋可能把手柄拉到轴里面去，这手柄是要能转动的，就好比刚才'平安桥'，如果踩在那个转动的轴上面，桥面肯定转动不了的。"

"所以，为了不转，就应该靠近轴，那为了转就应该……"

"远离轴，不仅力的作用点要远离轴，整个力的方向所在的这条线也要远离轴，如果力的方向所在的这条线过了轴，那肯定就转不动了。"

"说对了，那么问题来了，哪个方向离轴最远呢？"

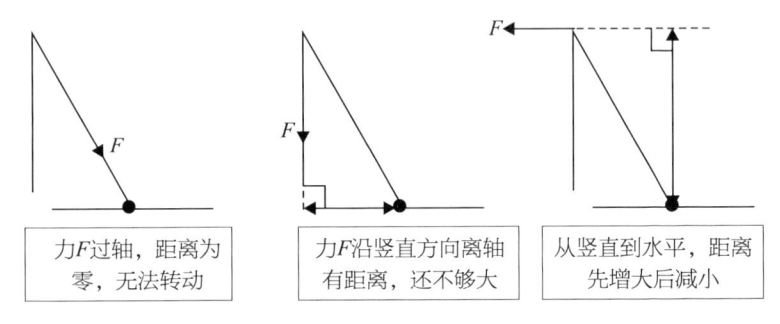

力F过轴，距离为零，无法转动	力F沿竖直方向离轴有距离，还不够大	从竖直到水平，距离先增大后减小

"按研究的结果来，垂直于手柄再去试试。"

"得令。"bzq2高兴地带着人去了，这回几个人稍微用了一些力气，手柄就动了。bzq2指挥大家保持与手柄垂直的方向用力拉，顺利地打开了大门。

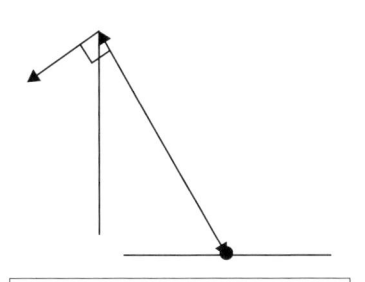

穿过大门，寿帅不知道从哪儿蹦出来了，给了小武三张手写的纸条，皱皱巴巴的，像是被故意揉过。

当力的方向与杆相垂直时，距离取到了最大，最易转动

第一张上写着杠杆的定义与五要素：

  定义：能绕一固定点转动的硬棒。

  五要素：

  1.支点（O）：绕着转的那个固定点。

  2.动力（F_1）：使杠杆转动的力。

  3.阻力（F_2）：阻碍杠杆转动的力。

  4.动力臂（l_1）：从支点到动力作用线的距离。

  5.阻力臂（l_2）：从支点到阻力作用线的距离。

第二张上写着杠杆平衡状态：

  处于静止或匀速转动；杠杆平衡条件：$F_1L_1=F_2L_2$。

第三张上写着杠杆的分类：

  1.等臂杠杆：$l_1=l_2$，$F_1=F_2$。改变力的方向。

  2.省力杠杆：$l_1>l_2$，$F_1<F_2$。

  3.费力杠杆：$l_1<l_2$，$F_1>F_2$。

前面小武都没问题，最后这个费力杠杆他想了半天也不明白，为什么要费力呢？他在存储系统中搜索了很久，

有两个例子，一个是灵儿当时修复精密仪器用镊子时，专门说这种精密的元件不能用太大的力，所以费力杠杆可以控制力度；第二个是在水军港口见到过船桨，手只需要划过一个小圈，而船桨则划过一个大圈，可以节省距离。嗯，省力则费距离，费力则省距离，有点意思，杠杆这种机械能让我们在力和距离之间做出最符合自己的选择。

小武刚想明白，抬头看见铁锈在看自己，铁锈知道自己被发现了，撇过头走了。这老头为什么不明说呢？而且这两关都过了才给我这信息，要是早知道这些，还不是砍瓜切菜一般，这世界上的秘密太多了，唉，他也有他的苦衷吧。

连过两关，就算是机器人也都疲惫不堪，大家尽早地进入了休眠模式，明天又是新的一天，但愿明天一切顺利吧。

"看看，抗议团体反而更壮大更团结了呢，不知我们的D2大设计师心里现在是怎么想的。"D1兴奋地讥讽道。

"哼，行，今天算他赢了，还有那个老小子也算识相，守着规矩。"

"你们家的人？"

"不用你管，明天才是真正考验的时候，别以为只有5号会设计，我当年也是首席机械设计师。"

"就你？一个榆木疙瘩，论设计你连我都不如，还跟5号比，你接着逞能，我接着看戏，哈哈哈。"

一夜休眠，大家都能量饱满，精神百倍，出发！

门洞上赫然写着三个大字：流连巷。这又是什么"妖魔鬼怪"，一个小小的巷道，一次仅能容一人通过，大家在巷口前停下了脚步，bzq2本想一马当先闯进去，被寿帅拉住了，说："等小武来安排吧。"

小武不知怎的感觉昨天特别累，今天就起晚了。他一到，大家都自觉地让出一条路来，小武看了看情况，说："bzq2、寿帅、铁锈跟我走，另外，我需要两个志愿者，我们先去探探情况，大家原地扎营，等待消息。"

本以为铁锈会拒绝，没想到他果断跟上了，不管他有什么难处，多一重保险也是好的。其他人大部分都愿意当志愿者，bzq2挑了两个，都是他在水军的朋友，一个叫老鳄，一个叫圆蝶。

巷道一进去曲里拐弯，走了大约十分钟，前面突然变得笔直，小武知道关口到了，有一种不祥的预感袭来。就在此时，走在最前面的bzq2毫无征兆地掉了下去，还能听到机关转动的声音。小武走在第二个，被吓了一跳，差点也跟着掉下去。

"你怎么样，报告自身状态，损坏情况。"小武冲bzq2喊道。

"我没事，各系统运转正常，下落的速度并不快，底下好像还有一条巷道，请求探索。"

"请求不予批准，你一个人在下面做好警戒，我们先把这一层探索完，然后想办法把你弄上来。"

"OK！"

小武用有限的能源打开光源，看到前面有个一米见方的坑，坑中央还有一根绳子，bzq2想借绳子爬上来，但尝试了几次都失败了。小武握了一下绳子，发现上面都是润滑油，摩擦力太小了，肯定上不来，说："你在下面老实待着，一定还有机关，我会想办法把你弄上来的。"

小武跳过了这个坑，仔细观察着前面的巷道，前面总共还能看见三根绳子，就一点点试探着，有绳子的地面上都是一块石板，看来是机关，没绳子的地方是正常的土地，就提醒后面的队员遇到石板跳过去，不要触发机关，结果在跳过最后一个石板后，巷道结束了，没有转弯，也没有门，就这么结束了。

现在怎么办？大家都挤在巷道里，小武也有点摸不着头脑。寿帅打破了沉默："死就死了，老子在大月津都死过一回了，这条命权当没了。"说着，他踩下了最后一块石板。意外的是，并没有机关被触发。"看不起我？"寿帅这行为让大家摸不着头脑，圆蝶说："我来试试。"他也踩上了最后一块石板，机关被触发了，寿帅和圆蝶掉了下去。小武更着急了，第一回掉下去一个，这次又掉下去两个，这机关还会诱导？下次再掉下去三个，大家都回不去了，到底该怎么办？！

"小武，我上来了！"是bzq2的声音，小武急忙看过去，bzq2脚下的石板竟然回到了这一层。目前，一层四人，负一层两人，姑且这么算吧。看来第一块和最后一块石板是联动机关，一上一下。明白了这个，小武招呼大家来到了中间两块石板那里，说："虽然不清楚原理，但这两块石板应该也是相互联动的，一个往下，一个往上。一层咱们已经探索完了，没有出口，那么结论很明显，出口要么在上一层，也就是二层，要么在负一层，负一层有没有其他机关现在不知道，我现在想试一下这两块石板，谁来和我一起，至于谁上谁下，我也不知道，上去可能就出去了。"

此话一出，大家都明白了其中的道理，一半一半，是上天堂还是下地狱，全看运气。bzq2说："还是我来吧。""嗯。"大家也都知道这里面bzq2和小武关系最铁，小武踏上石板之前看向了铁锈，可是铁锈依旧什么都没说。一阵机关响动，小武来到了地面，或者说是二层，机关内部结构清楚地展现在小武眼前。

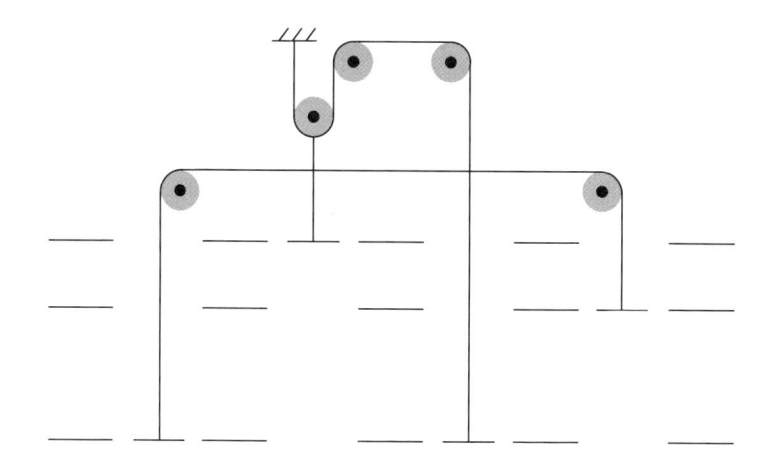

两套联动机构，第一和第四，一上一下，以绳索绕过滑轮连接，滑轮均固定在架子上，滑轮变滑动为滚动，极大地减小了摩擦力，再辅以润滑油，使机关灵活运转。中间联动装置用了三个滑轮，上面两个滑轮和一、四联动装置一样，滑轮的轴都被固定在架子上，但三号石板上的滑轮不同，是可以随着石板一起运动的，并未固定。固定与不固定有什么区别，又有什么用呢？

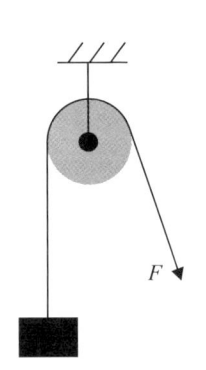

小武拿出一些简易仪器，探究起来。

1.探究定滑轮的特点及作用

（1）改变左侧钩码数量，分别测量右侧拉力大小。

（2）左侧钩码数量不变，改变右侧拉力方向，测量拉力大小。

数据分析结果：

（1）拉力F = 钩码重力G。

（2）改变方向，拉力大小不变。

所以，定滑轮不能改变力的大小，但能改变力的方向。

2.探究动滑轮的特点及作用

（1）改变下部钩码数量，分别测量右侧拉力大小。

（2）下部钩码数量不变，改变右侧拉力方

向,测量拉力大小。

数据分析结果:

(1)拉力F = 钩码重力G。

(2)改变方向,拉力变大。

所以,动滑轮不能改变力的方向,但能改变力的大小,力在原方向上减半。

原来如此,寿帅之所以踩着最后一块板没动,是因为他的重力比bzq2小,而第二块板一个下去,理论上能让两倍质量的人上来。现在的情况是,自己在第二层,bzq2、圆蝶、寿帅在负一层,铁锈和老鳄在一层,这里面老鳄的质量最大,重力也最大,铁锈和圆蝶的质量最小,如果要尽可能多地让人上来的话,小武说:"老鳄,你去第一块板做准备,圆蝶和寿帅不要动,先上第四块板。"

"明白。"随后老鳄踩下第一块板,把圆蝶和寿帅换到了第一层。

"bzq2,你离开第二块板。"bzq2离开后第二和第三块板又回到了原来的位置——第一层。

"铁锈和圆蝶上第三块板,寿帅上第二块板,注意要一起。"

铁锈和圆蝶上来了。现在,铁锈、圆蝶、小武都已经脱困,但老鳄、bzq2和寿帅都已经处在负一层了。状况大家都很清楚,bzq2他们早做好了牺牲的准备,说:"不要停留了,我们可以等后面的人来救,就算出不去也是正常的，以前来抗议的基本都没回去，这次能走这么远，你们能过关，已经很不容易了。"

小武没有理会bzq2的话，竟然开始往回走："你们三个现在往回走，没听错，就是往来时的反方向走，知道有个词叫'流连忘返'吗？这个词不是说不要'流连'，而是不要'忘返'，不要忘记返回去救队友，这种机关肯定是要有人留在这里的，但肯定也是有办法把大家都带出去的，相信我，咱们一个都不能少！"

小武的话让大家感动之余精神振奋，说真的，bzq2他们几个听到小武安排的时候心里还是有些抵触的，都在想：为什么上去的不是我，凭什么要我牺牲！但他们还是选择了服从，选择了相信小武，现在虽然还没有找到出路，但小武的话是如此坚定，给了他们希望。是的，他们相信无论如何小武都会带他们出去，即使出不去，他们也相信自己不会白白牺牲。

没走多远，小武他们就看到一口井，井台上写着：莫失莫忘，闭井观天，乌鸦反哺，患难与共。果然！bzq2他们也找到了一道门，听声音，bzq2他们应该就在井下，打开那道门，他们几个就可以攀着井台上打水的绳索爬上来。

"再努把力，打开门就可以出去了！"bzq2在旁边加油鼓劲。老鳄是他们三个里面力气最大的一个。"握住门边，垂直于门施力，这样再试试。"寿帅也在一旁出谋划策，可是巷道狭窄，不好发力，试了好几次，门纹丝不动。

明明出路就在眼前，就这么失败了？

"小武,要不你们还是先走吧,你们也尽力了。"bzq2无奈地说。

不对,肯定有办法!

"我们吃奶的劲都使出来了,再拼命这巷道就要塌了,可这门严丝合缝,一点破绽都没有。"老鳄吐槽道。

严丝合缝?哈哈哈,那就好,小武又看了看井的水位。"闭井观天",看来是口封闭的井。"乌鸦反哺"是吗?那咱们就反哺一个,他一边给bzq2几个说:"先停下,等命令",一边招呼圆蝶和铁锈搬石头往井里砸。圆蝶有点不解地说:"就算不救,咱也没必要落井下石吧。"铁锈还是一言不发,他是人类,尽管力气最小,还是不遗余力地搬着石头。

老鳄在底下听见对讲机里圆蝶的吐槽,也不禁产生了疑问。"你俩跟武哥时间还短,服从命令就对了,武哥就算牺牲自己,也不会出卖队友。"bzq2对小武已经彻底服了。圆蝶和老鳄看bzq2都这么说了,就不再说话。他们相识已久,bzq2以前可不是这么好说话的,说是刺头也不为过。

不多时,水井因为底部堆了很多石头,水位出现了明显上涨,说明这根本就不是普通的井,而是一个深水坑。往井里加石头的思路是对的,又加了一点,对讲机里传来了bzq2的声音:"小武,有一股水流进来了。"小武一听,说:"好,就是现在,开门!"老鳄就等这句话了,铆足劲一拉,门"轰"的一下就开了,出奇的轻松,老鳄被闪了一个跟头。他们几个都是水军,涌进来的水让他们

- 265 -

感觉回家了一般，三个机器人鱼贯而出，重获自由。

"太爽了，小武你是抬高水位利用水压开门的吧？"bzq2说。

"不得不说，跟着我，你们都越来越聪明了。"小武也很开心，可帅不过两秒，寿帅在沿着绳子攀爬的时候，绳子断了。

"这……"都出来了还是上不去，井壁光滑，摩擦力更是无法克服重力向上，太尴尬了。

小武想起了动滑轮可以省力，对铁锈说："借个元件不算犯规吧。""要什么，你说。"一句话问得铁锈都不敢看小武了。"拿个滑轮给我。"没有二话，一个滑轮立刻出现在小武手中，用辘轳上的绳子缠在动滑轮上，缓慢放下，寿帅抓在滑轮底部连着轴的钩子上，小武他们三个一点一点把他拉了上来。大家都万分小心，虽然力减小为原来的二分之一，但绳子像随时要断的样子，这个方法能把寿帅弄上来，但bzq2尤其是老鳄比他质量要大得多，若是挂上他们，就算力的大小减半，绳子也要断。

场面再次变得尴尬，老鳄开玩笑说，早知道应该像人类那样减肥的。本来想改善一下气氛，可看情况是于事无补，这个冷笑话让场面更冷了。

小武一时想不出解决办法，又看向了铁锈："你知道解法，对不对？"其他人一听，都惊讶地望着铁锈，这个人类小老头，一路上几乎没出什么力，可小武还是要带着他。本以为他是小武的至亲，没想到还是个深藏不露的实力派。圆蝶看不下去了，说："底下是我两个兄弟的性命，你不说解决办法我就杀了你。"

"这不是说不说的问题，这是原则问题，我不能说，你杀了我也没用。"铁锈的语气里透露出一丝无奈。

"那我们可以闲聊嘛，比如讲讲坐井观天的故事呀，乌鸦反哺或者乌鸦喝水的故事呀，是不是都挺有意思的？"小武看似漫不经心地说道。

铁锈说："还是你脑子好使，那你听好了，'一个篱笆三个桩，一个好汉三个帮'，我觉得用来形容咱们这一队人非常合适。"

"是是是。"小武赶忙说道。这明显是说要有帮手嘛，上次在e2运动会的时候好像也是，既然一辆车赢不了，那就两辆，既然一个滑轮做不到，那就两个！

"铁大爷，再给我拿个滑轮。"

"不借！"说着，还向小武挤了挤眼睛。

你自己说要多个，现在又不给，那就说明目前器材是够的，多给反而会扰乱思路，我手上还有滑轮没用，辘轳！那本身就是一个定滑轮。小武回忆着流连巷的机关：本就是多个滑轮，一个用了两个定滑轮改变了力的方向，另一个则是用一个动滑轮改变了力的大小，两个定滑轮改变力的方向。我现在手上是一定一动两个滑轮，如果按照机关的方法，力只能变为原来的二分之一，肯定不

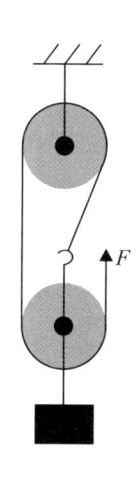

— 267 —

行,而且我不需要改变力的方向,那还能改变什么呢?绳子的绕线方法!

小武用自己的小滑轮做了测试,力确实减小到了总重力的大约三分之一。

说干就干,大家一起组装好仪器,这一次很顺利地把bzq2和老鳄拉了上来。

这时候铁锈又抛过来一张纸。

1.定滑轮与动滑轮的实质

分析定滑轮的五要素发现,定滑轮的支点就在轴的位置,动力臂和阻力臂都是滑轮的半径,所以定滑轮的本质是等臂杠杆,不能改变力的大小,但能改变力的方向。

分析动滑轮杠杆五要素发现,动滑轮的支点在滑轮的一侧,整个滑轮是绕着与绳子的接触点转动的,就好像推上楼梯的圆桶一样,所以动力臂是整个滑轮的直径,阻力臂为图中$l_{阻}$,是一个省力杠杆。

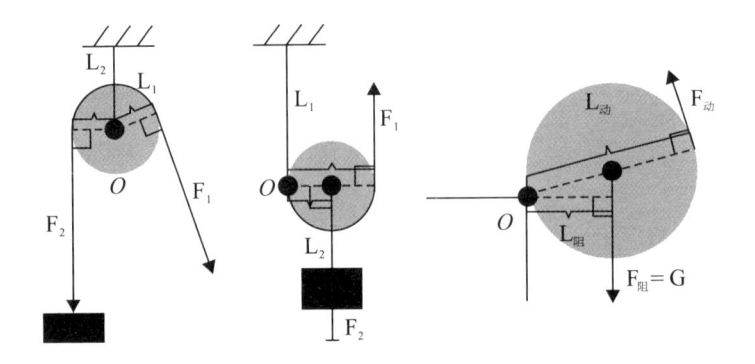

2.滑轮组

可以用多个定滑轮和动滑轮组合成滑轮组，其中绳子从定滑轮起始缠绕的最后能改变力的方向，但连接动滑轮的绳子段数少一段，从动滑轮起始缠绕的最后不能改变力的方向，但连接动滑轮的绳子段数多一段，更省力，如图所示，左图连接动滑轮段数为4，$F_1=\frac{1}{4}G$，右图连接动滑轮段数为5，$F_2=\frac{1}{5}G$，即"奇动偶定"。

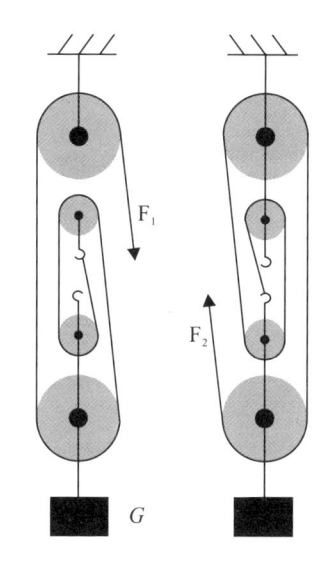

又来这一套，都过关了。不过小武还是觉得多学一些总没坏处，说不定以后能用得上呢。

知道方法后，大家都陆陆续续过了关，进入秩序之城。可映入眼帘的不是科技感十足的城镇，反而是一片未开发的自然景象，有沼泽、雪山、丛林、草地，似乎地球上的所有地形都收集到了这里。正在大家欢呼过关、欣赏美景之际，突然发现联盟的能源供给中断了，他们现在的能源仅剩手头的一点了。"终于来真格了么？"小武望着远处的雪山说道。

"得，还是看我的吧。"D1说。

"这次不算，有人提示了。"D2表示很不服气。

- 269

"输了就输了，找借口就没意思了，能源断了，他们走不了多远了，虽然结果很无聊，但事实如此。"

D2似是收到了什么报告，稍稍读取，说："我看未必。"

"未必就未必吧，在这种情况下，他要是还能到这儿来，那什么要求都满足他。"

"D1，你什么意思？"

"没什么意思，遵守规则罢了，抗议者只要能来到这观海楼，自然有资格提要求，对谁都是这样。"说着，D1走了出去，在走廊上望着外面的雪山，似是想看穿它一般。

"现在能源出了大问题，大家都很紧张。"bzq2说。

"我也正为这事发愁，也许能解决问题的只有一个人。"小武感慨道。

"铁锈吗？"

"不好意思，正是在下。"铁锈大言不惭地走了过来。

"你不遵守规则了？"小武问。

"只要不是破解机关，就没问题，我在此开坛布道三日，不说完全解决问题，开拓思路还是能够做到的。"

小武看铁锈满血复活了，召集大家来安心学习。

第一日。

"认识能量，我们经常说能量，除了大家手里电池的电能和各种燃料的化学能以外，其实我们每个人都有其他形式的能量。

"1. 动能。物体因为运动而具有的能量。静止的子弹不可怕，运动起来的子弹却能伤人性命。动能与物体运动的速度和物体的质量有关，同等速度的大卡车肯定比小汽车可怕多了，这就是动能。

"2. 势能。势能又分为重力势能和弹性势能。重力势能和高度、物体的质量有关。从一个台阶摔下来没啥事，从三层楼跌下来就很危险了。同理，楼上掉下的棋子也许你敢用手接，但楼上掉下的钢琴再用手接就有点傻了。弹性势能主要与弹性形变程度有关，比如拉开的弩，弹性形变程度越大，弩箭射得就越远。

"动能和势能合称为机械能，它们之间可以互相转化，比如蹦床运动员从高处跳下，重力势能先转化为动能，碰到蹦床后动能又转化为弹性势能，蹦床达到最大弹性形变程度后，弹性势能又转化为动能和重力势能，把运动员再向上推。若不计阻力损耗，机械能是守恒的。

"3. 内能。除了机械能，物体还具有内能。人体或机器人都是由大量分子构成的，这些分子在永不停息地做无规则运动，这种能量叫内能。同一物体具体表现为温度越高，内能越大，因为物体内部分子运动越剧烈。不同物体同等温度，肯定质量越大，内能越大，因为物体所包含的物质分子更多。"

小武和大家一起学习，边学边回忆一路上的经历，他意识到，质量很重要，无论是机械能还是内能，都是质量越大，能量越大。所以，流连巷里其实是一个高能量换低能量的过程，永远是大质量高重力势能的下去换小质量低

– 271 –

重力势能的上来，团队的总能量在不断衰减，通过这个过程消耗团队的总能量，直至最后毫无反抗之力。不过这些也反映出一个好消息，就是除了能源电池和燃料，其实整个团队还蕴含着巨大的能量，好好利用，能帮助他们多走一段路。

第二日。

"今天说的是能量的改变方法。

"接着讲内能，增大自身内能有两种方法，一是热传递，简单来说就是找一个温度高的物体相接触，热量就会从高温物体传递给低温物体，低温物体的温度就升高了，内能也就增加了，中间所传递的就叫热量。二是做功，比如摩擦生热，搓一搓，手就热了。

"要改变机械能的主要方法也是做功，我们来详细说说什么叫作功。

"公式 $W=Fs$，W 是功，F 是力，s 是在力方向上的距离。

"很简单，我推一个木箱，没推动，那这个木箱的机械能有没有改变呢？很明显没有，那我有没有对木箱做功呢？也没有。这是典型的有力无距离。再比如，一个木块在绝对光滑的平面做匀速直线运动，我给它喊加油，有没有做功呢？明显没有。木块的能量没有变化，这是典型的有距离无力。我背包里装一个木块，我带着它匀速向前走了10 m，有没有对木块做功呢？小武你说。"

小武说："没有，你给木块一个向上的支持力，但木块在竖直方向上没向上运动，有力无距离；你虽然向前走了10 m,但是做匀速直线运动,你并没有在水平方向上施加力,有距离无力,还是没有做功;最后,这个木块虽然移动了10 m,但无论是重力势能还是动能都没有发生变化,机械能压根儿没变,那你肯定没做功,否则,做功后给木块的能量哪里去了？"

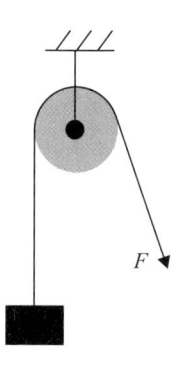

"很好。"铁锈很满意小武这个学生,今天还留了一道题目让他练习。

拉定滑轮右侧的绳子,沿绳方向用20 N的力拉着货物上升了5 m,对货物做了多少功？

$W=Fs=20\ N \times 5\ m=100\ J$。

"这100 J都变成货物的重力势能了吧。"小武自言自语道。

第三日。

"今天是最后一日,我们来探讨功率和机械效率。

"功率就是单位时间内做的功,即 $p=\dfrac{W}{t}$,用功除以时间即可。其实大家对功率这个概念应该都不陌生,很多机械上都会标明功率。由此也推出了第二种计算功的方法:$W=Pt$。此外,功率有一个有意思的推论:$p=\dfrac{W}{t}=\dfrac{F \cdot S}{t}=Fv$,也就是功率等于力$F$与力方向上运动速度$v$的乘积,注意:必须是力方向上的速度,这个慎用。

"最后就到机械效率了。其实现在能源紧张,到处都

– 273

讲效率，就是说的这个机械效率。比如，我昨天让大家算的那道题，答案就是100 J。J（焦耳）既是能量的单位，也是功的单位。大家有没有想过，这100 J的功变成什么能了？"

"重力势能！"大家齐声回答。

"是，但还有一部分克服摩擦变成内能了。"铁锈故作深沉地说。

"这……"底下人沉默无语。

"变成重力势能的是有用功，变成内能那部分没有用，就叫额外功，整个100 J就是总功。

"机械效率$\eta=\dfrac{W_{有用功}}{W_{总功}}\times 100\%$，没有机械效率达到100%的机械，机械省力不省功，机械越复杂，各种损耗就越多，机械效率就越低，所以这些年机械都越来越简单了。"

例题 如图所示，货物质量$m=1$ kg，在拉力$F=6$ N的作用下升高了2 m。求动滑轮的机械效率。（g取10 N/kg）

解析 由图得，绳子段数$n=2$。

绳子自由端移动距离$S=nh=2\times 2$ m$=4$ m

$W_{总}=FS=6$ N$\times 4$ m$=24$ J

$W_{有用}=Gh=mgh=1$ kg$\times 10$ N/kg$\times 2$ m$=20$ J

$\eta=\dfrac{W_{有用}}{W_{总}}\times 100\%=\dfrac{20\text{ J}}{24\text{ J}}\times 100\%\approx 83.3\%$

额外功主要是因为动滑轮升高增加了重力势能，还有绳子的自重和摩擦影响的。

能源部。

"现在还有多少燃料？"

"报告，目前还有干木柴10000 t，木炭8000 t，液体燃料还有酒精2000 t。"

冰伯有些纠结，最后还是说："把干木柴和木炭都投入锅炉烧了吧，酒精准备好，听我命令。"

"是，可如果这样，咱们后面的日子就难过了呀。"

"执行命令，出了事我扛着。"

"是。"

冰伯又问另一个手下："按这个方案，够了吗？"

"请容属下细细回禀。"

$Q_{放1}=m_1q_1=1\times10^4$ t $\times 1.2\times10^7$ J/kg$=1\times10^7$ kg$\times1.2\times10^7$ J/kg$=1.2\times10^{14}$ J

$Q_{放2}=m_2q_2=8\times10^3$ t $\times 3.4\times10^7$ J/kg$=8\times10^7$ t$\times3.4\times10^7$ J/kg$=2.82\times10^{14}$ J

$Q_{放总}=Q_{放1}+Q_{放2}=1.2\times10^{14}$ J$+2.82\times10^{14}$ J$=4.02\times10^{14}$ J

"这么看来，还是木炭耐烧啊，8000 t木炭放出的热量比10000 t干木柴放出的热量还要大。"冰伯看完报告感慨道。

"是的，因为木炭的热值高，单位质量放出的热量自然多一些。咱们的热机效率平均下来大约有50%。"

$Q_{吸}=\eta Q_{放总}=50\% \times 4.02 \times 10^{14}$ J$=2.01 \times 10^{14}$ J

"也就是只有一半热量最终用来加热水了?"

"是的,其余的热量或加热锅炉本身,或散失到空气中去了。"

"唉,你接着汇报。"

由 $Q_{吸} = cm\Delta_t$ 可得 $c = \dfrac{Q_{吸}}{m\Delta_t}$ 得

$m = \dfrac{Q_{吸}}{c\Delta t} = \dfrac{2.01 \times 10^{14} \text{J}}{4.2 \times 10^3 \text{J/(kg·℃)} \times (100℃-25℃)} = 5.36 \times 10^8$ kg $= 5.36 \times 10^5$ t

"大约能使50万吨的水温度从25℃提高到100℃。"

"咱们的锅炉有80 t的,也有100 t的,看起来是够了,但是达到沸点之后还要吸收一些能量吧。"

"是的,所以总体估算下来能源还是比较紧张的。"

"这水的比热容这么大啊。"

"水在各种物质中算比热容比较大的,每1 kg水升高1 ℃需要4200 J的热量,所以它储存的热量多,在同等环境温度变化时,它的温度变化相对较小。"

"先这样吧,那部分液态酒精作为机动能源。除了给咱们留下最基本的能源外,这次产生的其余能量都以各种形式输送到交通部吧。"

"是。"

交通部。

"羽师傅,你行不行啊!这都一下午了。"小白在旁边急得跳脚。

"就快好了,我是开车的,修车毕竟不是我的专业。"一个熟悉的声音从车下面传出。

"能源部已经把能源传输过来了,咱们准备好就出发,小武哥哥他们现在被困住了,正等咱们救援呢。"

"我知道我知道,这车是老古董,发动机还是以前的四冲程,靠化学燃料燃烧产生高温、高压燃气的内能转化为机械能。我刚检查完底盘,现在再看看发动机,没问题咱们就出发。"

"反正能源部输送过来的电能这车也用不上,你要是再拖后腿,我就自己率领交通部电车队先走了。"小白有些耐不住性子地说道。不过,其实这次闹这么大,她自己一个人带队前往,心里还是有点虚,如果有羽师傅跟着就踏实多了。

正想着,突然闯进来一帮人,定睛一看,竟然是黑发他们。

"你们要干什么?"小白有些惊恐,在这个节骨眼上再生事端,要是影响了去救援小武,那问题就大了。

"不干什么,帮你们一把,"黑发说着,一挥手,"兄弟们,上仪器,开始检测。"

"得嘞,我对这四冲程发动机比我亲娘还熟。"

瞬间,各种专业仪器连接上了汽油机。

"吸气冲程！"

"活塞下行，正常。进气门打开，排气门关闭，吸入燃料和空气混合气体，正常。"

"压缩冲程！"

"活塞上行，正常。进气门、排气门均关闭，燃料和空气混合气体压缩至高压，温度升高，机械能做功转化为内能，正常。"

"做功冲程！"

"刺激的来啦！活塞下行，正常。进气门、排气门均关闭，火花塞点火，燃料和空气混合气体猛烈燃烧，内能做功转化为机械能，正常。"

"排气冲程！"

"活塞上行，正常。进气门关闭，排气门打开，排出燃料和空气混合气体燃烧后的废气，正常。"

"齐活！你们可以上路了！"

黑发他们确实给予了很大帮助，但这话咋听着怪怪的呢。不过无论如何，能走就行，小白还是怯怯地说了句："谢谢。"

"不用谢，我们有我们的目的，山水有相逢，咱们秩序之城见。"说着黑发带人一阵风似的又走了。

"是呀，小武哥哥，咱们也秩序之城见。"

众人把能源集中到一起，留下一点备用能源以维持最低的运算活性，其他的都给了小武，好让他们几个能到观海楼。

"走吧。"铁锈还是一副玩世不恭的老样子。

小武手上拿着大家凑起来的能源,觉得沉甸甸的,一方面有些不舍,另一方面,看着这原始丛林般的环境,自己有些心虚。"你知道路?"小武问道。

"大概吧,来来回回也就那点东西。"铁锈答。

"现在你可以放开帮我了?"

"可以了,这是别人家的手段,我帮你们是缘分到了,族长不会怪我的。"

这次,只带上了bzq2、寿帅、小武,能源有限,人越少,成功的概率就越大。

事不宜迟,顺着铁锈带领的方向,一行四人再次踏上了征程。

"老铁,你带的路怎么一会儿上一会儿下,这能源消耗得好快啊。"bzq2说。

"是不是没好好听讲?上坡动能转化为重力势能,下坡重力势能又转化为动能,一点资源都没浪费好不好。"铁锈一边顺着藤蔓往上爬一边说,看得出来,这几个人里,其实他最吃力。

"行,你说什么都对,从藤蔓上下来的时候似乎力是小了些。"bzq2听铁锈说自己不好好听讲,知道铁锈有点生气,自己确实理解得不深,只好顺着铁锈。

铁锈爬了一半索性不爬了,停下来大口喘着气:"你是想把我气死!不管你沿藤蔓匀速向上爬,还是抓着藤蔓

279

静止不动像我现在这样，还是沿藤蔓匀速向下爬，所受的摩擦力和重力都相等，要不你咋能维持平衡状态，你真是气得我。"说着竟然开始咳嗽起来。

bzq2知道自己又说错话了，也停在那里，观察着铁锈的情况，看能否帮助他。

小武说："翻过这个坡，下降的时候你自己感受一下，力的大小确实没变，滑动摩擦力没变，你握住藤蔓的压力大小也不能变，要不就没办法维持匀速了。"

bzq2傻呵呵地连声说好，如蒙大赦般赶紧向前去自己感受了。

"铁锈，要不要我背着你，你不用硬撑，我们都是机器人，这没什么，让bzq2背你也行。"

"不用，想当年我一个人在外探险的时候，这些小坡算什么，我……"

行，看来这老铁头是真的铁，人老不服老啊。翻到坡顶，看到bzq2已经沿着藤蔓滑到了坡底，冲他们大喊："是的，我专门感受了，上下藤蔓用的力的大小是一样的。"

"铁锈，咱别下去了呗！"

"咦，你又有什么鬼点子？"铁锈一听就知道小武又想到了好方法。

"你看前面那个坡也不远，咱抓着藤蔓荡过去怎么样？"

"就数你小子机灵。"铁锈二话不说，抓着一根藤蔓就蹦了出去，小武和寿帅也紧随其后，找准路线，一根根荡了过去。

坡底的bzq2看他们如此"开挂"，顿时表示不服，开足马力向上爬，气氛又轻松愉快起来。不过铁锈终究还是年纪大了，在即将到达对面的时候，最后一个藤蔓差点没抓住，小武眼疾手快地帮了一把，要不他就摔到沟底去了。

"唉，老喽，不中用喽。"铁锈微笑着自嘲道。

小武也知道，这次是运气好，下一个沟铁锈可是说什么都荡不过去了，说："bzq2，找根长一点的藤蔓扯下来。"

bzq2虽然不明所以，但还是尽量找了一根长一点的藤蔓扯了下来。小武接过一头，说："带着另一头荡到对面去。"

"得令。"三两下，bzq2就荡到了沟的另一边。两人把藤蔓两头绑到树上，bzq2给小武比了个"OK"的手势。

小武说："请。"

铁锈笑道："你小子点子总是这么多，罢了，你上次不是问不规则不均匀分布的物体重心怎么找么，看好了。"

说着，铁锈踏上藤蔓："这个叫支撑法，我只要能保持平衡状态，重心就一定在这藤蔓竖直向上的位置，因为藤蔓给的支持力和重力只有在一条直线上，我才能保持平衡。"

铁锈三步并作两步快速通过后，又随便抓着一根藤蔓吊在空中，说："这个叫悬挂法，一样的道理，我的重心一定在藤蔓所在的这条线上，换个位置再吊一次，两线的交点就是重心。"

"好啦，又学到啦，你接下来节省点儿体力，咱们还有很长的路要走呢。"小武说。

再往前走，雪山脚下竟然出现了很多水潭，寿帅紧抓着藤蔓想爬高一点，铁锈却说涉水而过可以节省一些力气。

"是因为浮力吧？"小武说。

"是的，因为水对浸在里面的物体有浮力，你们抓藤蔓的拉力就可以小一点了，其实就是$F_{浮}+F_{拉}=G$，两个向上的力等于一个向下的力。浮力越大，你们的拉力就越小。"

"那这是不是可以推出另一种测浮力的方法，即$F_{浮}=G-F_{拉}$。"小武补充道。

"咦，你小子脑子确实可以。"

"铁大爷，我是机器人，我没脑子。"

"那设计你这套运算系统的人的脑子肯定可以。"

"好吧。"小武无语道，他也想知道是谁设计的自己。

走了一阵，前面的水潭越来越大、越来越多。"铁大爷，这样能源消耗还是太快了，还没翻雪山呢，还有没有什么办法？"小武问。

"磨刀不误砍柴工，小的们，做条船吧。"

寿帅环顾四周："砍树？"

"不错不错，你们都开窍了。"

寿帅被表扬，实在是意外之喜。然而铁锈不准备放过他，接着问："为什么一听到造船，你就想砍树？"

"因为……"好像有理由，又感觉理由不充分。

"哈哈哈，只知其一，不知其二，因为木头的密度小于水。物体上浮还是下沉看的是重力与浮力的大小关系。若物体浸没，就有$V_{排}=V_{物}$，那么$F_{浮}=\rho_{液}V_{排}g$，而$G_{物}=\rho_{物}V_{物}g$，后面的Vg大小相等，若$\rho_{物}<\rho_{液}$，则$G_{物}<F_{浮}$，上浮；若$\rho_{物}>\rho_{液}$，则$G_{物}>F_{浮}$，下沉。"

"所以，物体和液体的密度关系也能判断物体是上浮还是下沉。"小武说。

"自盘古开天以来，都是轻清者上浮，重浊者下沉，这里的'轻'和'重'说的就是密度。"提起这些上古神话，铁锈总是滔滔不绝，一股自豪感油然而生。

做好了一个简易的小木排，又切割出几个船桨，大家用力向后划着水，一会儿就穿过了水潭区域。翻雪山本来就是个费力的过程，而且小武他们商量后，决定带着木排一起翻，这就加大了难度。好在除了铁锈，其他都是机器人，只要能源足够，都不是问题。

"一个好消息，一个坏消息。好消息是翻过雪山应该就快到了，坏消息是我们的能源也见底了，现在已经准备使用备用能源了。"bzq2报告。

站在雪山顶上，已经能清楚地看见观海楼，一幢三十三层的建筑，底部第一层整体是一个乌龟的形状，一个大穹顶是龟壳，四根粗壮的大柱子是龟足，前面的龟首做成了主席台。乌龟身上背着三十二层楼，直插云霄，乌龟尾部伸出一条像蛇一样的结构，顺着建筑的一侧向上延伸，直至最高一层，蛇头停在楼顶的中部。第一次见观海楼，小武还是有点震撼。

"一只乌龟，一条蛇。"小武自语道。

"没什么，玄武而已，往下冲吧，成败在此一举。"铁锈在一旁说。

他们又给木排上绑了些绳子，固定好大小装备，bzq2往前一推，然后赶忙上了木排。

"走喽！"

从山上下来，异常顺利，铁锈找好了路线，小武指挥大家不断调整姿态，一路俯冲，山的这一面不是水潭，而是水潭结成的冰原，大家就在这冰原上滑行。

"报告，能源已经全部耗尽，木排目前的速度是15 m/s，速度还在不断减小中。"寿帅看着各项数据报告。

小武看了看铁锈，铁锈说："先看能走多远，穿过这冰原应该就是观海楼了，不行就扔行李。"

"扔行李？"大家都疑惑不解。

"力的作用是相互的，我们给行李向后的力，同时行李给我们向前的反作用力，能有点用。"铁锈解释道。

寿帅随手拿起一件装备向后扔去："速度真的增加了，但是很快又降下去了。"

bzq2看到有作用，抓起身边的东西是啥扔啥，速度维持了一段时间，又开始下降。

"现在彻底没动力了。"铁锈说。

观海楼越来越近,马上就要到了,可小武他们也马上就要停了。

小武在船头看着,开始机械地摩擦冰面。

"小武,你干什么?"铁锈说。

"谁说没动力就不能动,你教给我的,牛顿第一定律,只要阻力为零,就能一直匀速直线运动下去。"

"可那是理想状态,这个世界上没有阻力为零的情况。"铁锈觉得小武疯了。

"我就是理想状态,我的理想由我自己亲手来实现!"小武决不认输,那一瞬间他想到了冰伯,想到了阿水,想到了灵儿,心中只有一个信念:我不能困在这里,我还有很多事要做,我要去找灵儿,我要让她重生。

大家看着近乎癫狂的小武,清楚地感受到他体内强烈的意志,按理机器人不会如此不理智,他用摩擦冰面减小接触面粗糙程度来延长滑行距离的办法并不理智,而且效率很低,但这似乎是目前唯一的方法。不顾效率,不计成本,这也许就是小武和其他机器人真正不一样的地方。

"武哥,我们后会有期。"bzq2用尽最后的力气向后跳去。

接着是寿帅:"武哥,我相信你。"

两个机器人的反向跳跃,给了木排一个新的动力,蹭的一下向前蹿出了好远。铁锈在心中默算了一下,摇了摇头。"还是算得精啊,真就差我这一点,"小武来不及阻止,铁锈也向后跳了出去,"咱们后会有期,哈哈哈。"

到了。观海楼前，硕大的楼体和小武形成了鲜明的对比，此时的小武没有能源、没有装备、没有兄弟甚至没有了永不认输的意志，孤零零地站立着。为了来到这里，他回想着自己都干了什么？现在到了这里，自己又能干什么呢？

迎接他的是D2："你好，欢迎来到观海楼，有什么可以帮你的？"

是啊，我是来干吗的？小武大脑一片空白，他曾无数次在系统中模拟过这个情景，打了无数的腹稿，可现在竟然连来的目的都忘了。哦，对了，我是来抗议的，可又一想，我拿什么抗议，这一刻，小武觉得自己很失败，一股悔恨涌上心头，他真的想，还不如死了算了，一了百了，就在这时，一个声音从不远处传来。

"让我看看，是谁在欺负我兄弟！"

是冰伯的声音！

"冰伯！"小武一瞬间有种想哭的冲动。

"小武，大哥来了，我说过，能源部永远是你的家。"

"小武哥哥！"是小白，还有羽师傅，甚至连黑发都来了，站到了自己这边。交通部大小车辆缓缓驶来，一队队人从车上下来朝这边走来。

另一边，不远的冰面裂开了一个大洞。"二哥，别来无恙。"是阿水！他醒了之后就联系了冰伯，又联系了水军部剩余的同袍，搜刮了水军部的储存能源，一路上还接了不少兄弟，有了能源，大家走水路，总算赶上了。

大家都集中到了小武身边，小武先是安排人手去找铁锈他们，然后这一大队人类和机器人就站在了D2的面前，D2还算冷静，但任谁来看，这一回是D2势单力薄了。

D1看大家都到齐了，也不再端着，从观海楼的顶层中间蛇头处沿着蛇身坐电梯缓缓而下，整个过程尽显从容。

"我知道大家所面对的困难，能源部年久失修，疏于管理，长期以来无人问津；交通部能源紧张，调配困难，各种欺行霸市者不断，"D1说着瞄了黑发一眼，"水军部问题就更严重了，人员战损严重，无论是人类医院还是机器人维修部门数量都少得可怜，每隔几个月，人员就几乎换了一茬，幸存者也在生死线上挣扎。"

一席话说下来，大家哑口无言，上面对这些情况竟然都了解得一清二楚。

"那你也应该了解我们的诉求吧？"小武说。

"是，优胜劣汰是自然法则，要进步当然有牺牲，不过你们既然能到达这里，证明你们有资格生存下去。能源部，我会安排维修人员全面排查管路，同时安排B级以上管理人员常驻能源部，C级管理人员不时巡查，让你们能将问题及时反馈，有一定的话语权。冰伯是吧？现在我以联盟总裁的名义，任命你为B641，担任第一任B级能源部长，以后全权负责能源部与秩序之城的对接。"

冰伯一时语塞，没想到D1的诚意这么足，一个B级职位，就可以直接和C级人员反馈情况、调配资源了，以后能源部的事情再也不是没人管了，能从根本上解决目前的问题。

D1接着说:"交通部,羽师傅,现任命你为B642,担任交通部主管,负责各路交通任务布置及能源协调,希望你与B641精诚合作,解决交通部能源长期短缺的问题。小白任副主管,主要负责勘测地形和制定路线。"

又是一个重磅炸弹,小白似乎想说什么,D2给她使了个眼色,她咽了回去。

"接下来,水军部听令,任命阿水为A5001,负责重建水军后勤保障援救部门,此次参与抗议者均为第一批该部门成员,专司维修营救工作。"

说到这儿,D1顿了顿,环视了所有人,最后目光停在小武身上:"最后,我宣布,将建立生存能源保障体系,无论人类还是机器人,只要加入联盟,联盟将提供最低能源供给,终止雪藏系统,报废损毁程序原则上不再执行,只要个人攒够足够能源,将可以重生,联盟提供新的躯体,使人类的意识和机器人理论上实现永生。"

底下一片沸腾,这太炸裂了,这是以前连C级人员都不敢想的事情。

"我还没说完。"D1一个沉声,底下鸦雀无声。

"还有,联盟将公开所有已探索信息,实现公共信息完全共享,私人研发的信息在一段时间内收费共享,你们将进入知识爆炸的时代。"

太疯狂了,保底生存,只要努力做贡献,就能永生,还能免费学到绝大多数的基础理论,还有啥好抗议的,这完全超过了大家抗议的原有诉求,几乎所有人都欢呼起来。

说到这儿，其实很多人都没了再提要求的想法。

小武示意了一下，大家又安静了下来。他在想：还能提什么要求呢？

"我想离开联盟，可以吗？"

一石激起千层浪，他疯了吗？那么苦的日子都熬过来了，现在联盟明显改善了大家的生存待遇，他竟然选择在这个时候离开。

"可以，联盟一直信奉规则内的自由，法无禁止即可为，离开是你的权力。"说着D1一挥手，观海楼两侧两扇大门徐徐升起，"左边这一扇门，外面全是戈壁，是大战后的残垣断壁，右边这一扇门通向快速中转站，能让你们快速地回到各自的部门岗位上，积攒能源，至于选哪一扇门，那是你们的自由。"

大家一听，绝大多数人都选择了右边，早攒能源早永生，大家都不傻。然而，黑发他们纹丝未动，来的几乎都获得了大好处，而他全给别人做嫁衣了。"我要求升级为C级管理人员。"黑发说道。他手下的小弟也纷纷提出各自的要求，一些投机的人趁机也浑水摸鱼加入黑发的阵营，提出了各种各样奇怪的要求。

D2看他们难缠，就过来说："联盟的升级从来都是按功劳任命的，你们没有高功劳或创造性的认定。"

黑发他们根本不听，心想：那些垃圾机器人联盟都给能源了，信息也共享了，像我这样有能力的，我要什么你就要给什么，不给我就抗议，就闹事。

D2看他们不讲道理，任性胡闹，招了招手让黑发过来，黑发以为D2要单独给他什么好处，赶紧跑过来。D2凑到他耳边说："你可没少欺负小白，你看看她和D1的长相。"

黑发本没在意，瞅了一眼，这下慌了，像，太像了，虽然D1是仿生机器人，但那种神似，就像是一个人似的。

"没错，她就是D1的女儿。而你大概也知道，D1有个外号，叫'铁娘子'。在下联盟编号D2，姓名铁钢，D1是我老婆，小白也是我的女儿。"

"不可能，绝对不可能！"刚才还傲慢的黑发立刻瘫软了下去，抖如筛糠。

D2打了个响指，不知从哪儿冒出来两架飞行的无人机贴在了黑发的两个肩膀上，拉着黑发就朝观海楼后面飞去。

"我不知道啊！我不知道，我要是知道给我一百个胆子我也不敢的呀。我不知道！"黑发声嘶力竭地喊着，然而没有用，他就这么被无人机拖走了，等飞到大家的视野盲区，声音戛然而止。

他的那些小弟茫然地看着这一幕，不知道黑发听到了什么，但就这么几十秒，一个人就没了，没有拖泥带水。

"你们还有什么要求？"D2笑眯眯地问。

刚才喊声最大的几个狠狠地咽了一口口水，机器人则只能听见内部机械的运转声，不知谁说了句："没有。"

"滚！"D2吼道。

一群人连滚带爬地冲向右边那扇门。

观海楼前现在就剩下小武和他的几个兄弟。

"小武,虽然不确定你为什么要离开,但就是这个B级职位不要了,大哥也愿意支持你,跟你一起走。"冰伯说。

"小武哥哥。"小白也想说什么。

"好了,"小武挥了挥手,"D1这次可谓仁至义尽,联盟给了大家最好的生存发展条件,你们确实应该留在这里努力做贡献,会有好结果的。至于我,我有我的理由,以后有机会我还会回来看大家的。"

几个兄弟都知道小武不是在说煽情的话,冰伯也知道小武一直想去找灵儿,到了庄园,他们几个机器人只会拖小武的后腿,就招呼阿水和刚赶来的bzq2、寿帅他们几个一起走向了右边的门。

"小武,记住,能源部永远都是你的家。"

"交通部也是。"羽师傅说。

"水军部也是。"阿水说。

他们要是再这么说,小武真不想走了。

"你确定要走吗?如果你留下,根据算力,你是e级仿生机器人,这个联盟总裁可以让给你。"D1平静地说。

"谢谢,可我有我的理由。"

"你就打算这么走吗?"D1问。

"什么意思?"

"你一个机器人,到庄园那边会被拆卸分解的。"

是呀,还有很多困难,但能怎么办,都快一年了,他不能再等了，再多困难也要勇往直前。

小武停顿了一下，坚定地迈出了去往左侧大门的脚步。

"说你傻，你还真傻。"D1向D2示意。

D2无奈地朗声道："走之前，把账算清楚吧。"

没等小武想明白，D2接着说："小武，你自加入联盟以来，在能源部，创造性地应用连通器原理解决锅炉补水问题；在交通部，与恶势力抗衡，先后凭借个人超强算力、自然之力解决e2运动会问题，维护了联盟公平，保障了联盟公正；在水军部，任第五战斗小组组长期间，保护组内成员生命安全，成功在逆境中把损失降至最低，并援救组外水军部成员一名；智过平安桥，勇闯流连巷，极大地增强了联盟内部成员的相互信任程度，使联盟更具有凝聚力；组织外援，宣传科学，提升联盟成员的科学信息容量；观海楼抗议，极大地推动了联盟人性化改革，为联盟最终胜利做出了卓越的乃至决定性的贡献。"

D1接过话头："综上，你的功劳可以换一具仿生人的躯体，除非特殊手段，你和人类将别无二致。"

小武一开始不在意那些功绩，可一听能换一具仿生人的躯体，登时就忍不住了。情绪一到，他都想给D1和D2跪下了，可又觉得好像不对，就赶忙鞠躬致谢。

D2一看，在一旁都笑出了声，D1不屑地说："这么多年了，你还是那点儿出息。"

经过一系列再加工，小武坚硬的外壳被熔化后重新塑形，外面也加上了仿生蒙皮，还配上了微型核能源模块，可以维持供给二十年，也就是说，小武可以二十年不再操心能源问题。当然，为了更仿生，小武定时也会饥饿和口渴，虽然这真的是在浪费粮食了。

"刚才熔化的时候，我差点以为走的是报废程序，要被销毁了。"小武下来自嘲道。

"浴火方能重生，你以后就叫'武豪'吧，也像个人类的名字。"D1说道。

"谢谢，你想得真周到。"有那么一瞬间，小武在D1身上看到了灵儿的影子，但影子毕竟是影子，虚无缥缈，一闪而过。

"现在知识都放开了，我劝你在去庄园的路上学一点电学的知识。这秩序之城是我一手经营的，联盟里的电子方面主要也是靠我设计架构起来的，我送你三条电学的经验，你应该用得上。"说着递给小武一张纸条，上面写着：①必须要闭合通路，走通一个圈；②能量必须要被释放；③检测仪器存在等于不存在。

"谢谢D1总裁指点。"

"这里还有一个包裹，里面有必要的仪器。最后，送你一个指南针，希望你永远都能找到自己的方向。"

这个指南针都有点磨损了，一看就是个老物件，不过小武没有嫌弃，收下这些东西后就向左边那扇门走去。

"我……"小白想说"我也想去"。

"不允许。"D2凶道。

小白失望地看着D2，看没有商量的余地，又看向D1，D1

— 293

说:"还没到时候。"小白就不说话了,彻底安静了下来。

D2说:"你又想干什么?"

D1:"不干什么,按E计划走就是了,指南针都还了,你觉得我还有什么想法,让这一切结束吧,这一切也该结束了。"

第四章 归来

出了那扇门，武豪在戈壁滩上走了三天，不过有地图和指南针也不怕找不到方向，就是累点儿。无聊时，他就拿出灵儿送他的随身听，里面还存有一些歌曲。第四天的黎明时分，他看到了那个熟悉的大招牌：自由市场。

"终于回来了。"这里离庄园虽然还有一段距离，但有成熟的商路贯通，剩下的路应该不会这么辛苦了。可能是连续使用时间过长，随身听突然就坏了。刚好武豪这一段时间正在自学电的相关知识，就在市场里找了个角落把随身听拆开，准备尝试着自己修。他打开盖子，看到里面一大堆乱线，还有电路板，除了电源他能准确辨认外，其他那是乱得一塌糊涂。武豪的头一下就大了。根据系统推荐，这段时间他主要自学的是欧姆定律，公式是$I=\dfrac{U}{R}$，好像是关于电压、电流、电阻什么的，也是光认了个单位和字母：电压用U表示，单位是伏特，符号是V；电流用I表示，单位是安培，符号是A；电阻用R表示，单位是欧姆，符号是Ω，剩下的就弄不清楚了。真是书到用时方恨少，现在是真的想修个东西，结果自己还没学会。自由市场鱼龙混杂，武豪也不敢乱找人帮助，要是再碰上拜德满、黑发那类人，就他的社交经验，被人卖了估计还给人数钱呢。

想啥来啥。他下意识地朝拜德满的摊位看过去,发现他正给一个大胡子递清单,表情甚是谄媚,虽然他刻意控制,可还是能从谄媚的表情下看出来内心隐藏的沮丧。

"这是这周的收益,请您笑纳。"拜德满说。

"什么叫'我笑纳',这是给庄园自由市场分部的,说的好像我贪污似的。"法强石并未因他的谄媚而态度有丝毫改变。

"是是是。"拜德满赶快附和道。

"嗯,这周的交完,也差不多了,这一年,看你还算老实,这事情就过去了,希望你引以为戒,这都是你不诚信经营、乱打歪心思的报应。"说这句话的时候,法强石想起了大小姐,她如果还在的话,应该也会这么说吧。遥望庄园,他又吩咐旁边的手下点算清楚能源和物资,为大小姐的周年纪念典礼做好准备。

旁边的武豪引起了法强石的注意,有种莫名的熟悉感。

武豪也发现了法强石,赶忙躲到一边,找了个角落,装着鼓捣起了随身听。

"兄弟,懂电?"法强石看他在修随身听,凑过来问。

"略懂,略懂。"武豪不好意思地笑笑。

"懂就懂,这里是自由市场,又不是庄园,没必要遮遮掩掩的,我是庄园自由市场分部的部长法强石,我们那边的照明灯坏了,过来给修修,报酬好商量。"

"这……"武豪本想拒绝,可法强石接着说:"庄园大小姐的周年快到了,我们要赶着去参加纪念典礼,没有灯,晚上就行动不了,要是误了时间,那事情可就大了,碰巧我们的电工师傅又生了病,需要个懂电的伙计。"

"你们要去庄园?"

"是呀,这一路上的商队、做任务的小队、自由市场官方的车队都是去庄园参加大小姐周年纪念的,你不知道?"法强石有些惊讶,武豪连这都不知道,身上的疑点就更多了。还是说多了,心想着,不该这么轻易地把信息暴露出来。不过他不知道的是,如果他不说去庄园,可能武豪都不接这活了。

"报酬不要其他的,只要管饭,顺路把我带到庄园就行。"

"爽快,兄弟,请。"不图小利,必有大谋。法强石一听武豪要了个包身工的价,暗暗给旁边的手下大彪一个手势,让盯紧了,多加小心。大彪回了个眼色,热情地给武豪带路,心想:这小子,你算栽我手里了。

武豪检查了照明的整个电路,倒是比随身听简单多了,一个电源、一个电灯、一个开关、几段导线。但是问题出在哪里了呢?怎么才能让灯亮起来呢。查阅资料,对照着图表,尝试画了个电路图。

电池	开关	灯泡	电阻	滑动变阻器	电铃
−┤├+	—o⁄—	—⊗—	—▭—	—▭̸—	—⌒—

— 299

电流表	电压表	电动机	T形相连导线	交叉相连导线
—(A)—	—(V)—	—(M)—	┬	┼

"必须要闭合通路，走通一个圈。"D1的话提醒了武豪，他从电源正极出发，沿导线一点点向前找，确保每一处都是通的，接到开关。当然，检修的时候开关必须要断开，这点常识武豪还是懂得的虽然他不怕被电，但也不想让人怀疑。接着就是开关到电灯的连线，走到头，电灯接线柱的连接松了，武豪重新连接紧密，最后电灯到负极的连接也没问题，一圈走完，开关闭合，灯亮了。

"不错不错。"一开始看武豪不检查电路，在那里画符似的，大彪还以为他是个骗子，现在解决了问题，确认武豪确实有两把刷子。

经过一番检查和准备，自由市场分部的车队出发了，后面还有各商队等。

车很颠，颠得武豪想睡觉，他第一次如此真实地有了人类的感觉。系统提示，可以选择关闭困意模拟，武豪没有理会，就这样自然地睡了过去。这一切都被旁边似乎心不在焉的大彪看在了眼里。

梦里一个问题纠缠着他，为什么要走通一个圈，为什么？有一个小人在400 m的标准跑道上奔跑，一圈又一圈，突然跑道断了，被掰成了直道，小人依旧可以奔跑。"不对,这样不对,不是这样的。"一个声音在呼喊着,忽然跑道又变回了400 m的标准跑道,这次不是一个人在跑,而是一队人,他们排成一列纵队,一个挨着一个,整齐地跑着。突然,一个人摔了一跤,整队人都停了下来,跑动停止了,直到那个人又站了起来,跑步继续,周而复始。"对了,对了,哈哈哈,必须要一起跑,所以必须要一个圈,一人无路可走,大家谁也跑不动,这就是电流,对了,哈哈哈。"武豪笑出了声音。

"小兄弟,梦见啥好事了,笑成这样?"大彪的声音在耳边响起。

我做梦了?武豪诧异道,做人还真是奇妙,话说这仿生技术确实高超。"没……没啥。"武豪有点不好意思,自己怎么还说梦话呢,要好好研究一下这个系统了,万一自己仿生人的秘密说漏了,那麻烦可就大了。大彪看武豪的神情,没有再问。

"兄弟,昨天灯修得不错,但是前面的车说灯太亮了,照得他们看不见路,你看能不能再劳烦给调一下,不行就算了,我在前面开,让他们吃灰去。"过了一会儿,大彪问道。

这个灵儿以前教过他,应该是灯太亮造成前车司机的视线受到影响了,按理确实应该调一下,但关键是他不会呀!"这个嘛……"

大彪看武豪吞吞吐吐的,还以为是想要报酬:"报酬咱们可以再议。"大彪想着本来就没给啥像样的报酬,事还多，武豪端着也是人之常情。

"不是不是，这样，我先试试吧。"

"好嘞。"大彪停好车，做好维修准备，心中暗想，有本事就是好啊，走哪儿都是别人看他的脸色。

天知道武豪这半吊子是没那个金刚钻啊！武豪硬着头皮，又装模作样把电路检查了一遍，确实接通了，然后呢，我怎么知道如何控制亮度？武豪没办法，只好问大彪："你这里还有其他什么电子元件吗？"武豪想把改不了的原因归在元件不足上，大彪一脸懵，对于电他可是一窍不通："这里还有一卷导线，剩下的就是更换的灯泡了。"大彪答道。武豪心想，一个灯泡就够亮了，再装几个岂不是会亮瞎眼？他拿了一卷导线回来。死马当活马医吧。他心一横，就把这一卷导线都安进了电路。开关闭合的那一瞬间，武豪各种推脱的理由都想好了，没想到，灯变暗了，虽然变暗不多，但是真的变暗了。

效果看起来确实不明显，一分价一分货。就这点报酬，大彪能接受，武豪却不干了，他到底干了什么，他要弄明白，增长导线能改变什么？电压？那个好像是电源决定的吧，几伏特在电源上写得明明白白。电流？那是在跑道上一个挨一个跑的小人吧。电阻？有可能，查查资料，资料里说影响电阻大小的因素是长度、横截面积、材料。破案了！就是电阻。

所以，任何材料越长，电阻就越大，电阻越大，就越阻碍小人跑，阻碍电路工作，那灯自然就暗了嘛。这逻辑，没毛病。材料的种类影响电阻也很好理解，比如空气就是很好的绝缘体，所以导线如果断了，或者没接好没接通，空气那一段电阻就非常大，阻碍小人跑，整个电路都不通，肯定灯就不亮了嘛。而横截面积就是跑道的宽度，跑道越宽，跑起来就越通畅，电阻越小。全想通了，只要改变电路里电阻的大小，就能控制灯的亮暗！

前面电路图里好像有个滑动变阻器，他看图确认了一下，然后在自己的材料包里翻找了起来。大彪看他突然忙碌了起来，在一旁默默看着，觉得武豪是个有技术的好伙计，有没有其他企图另说。

滑动变阻器，找到这个元件，附带的说明资料也蹦了出来。

A、B、C、D为四个接线柱。

"嚯，光接线柱就四个，这仪器看起来很高大上啊。"

F为瓷瓶，是典型的绝缘体，G为缠绕的电阻丝，E是铁杆导体，P是可在E上左右滑动的滑片，H是支撑的底座。

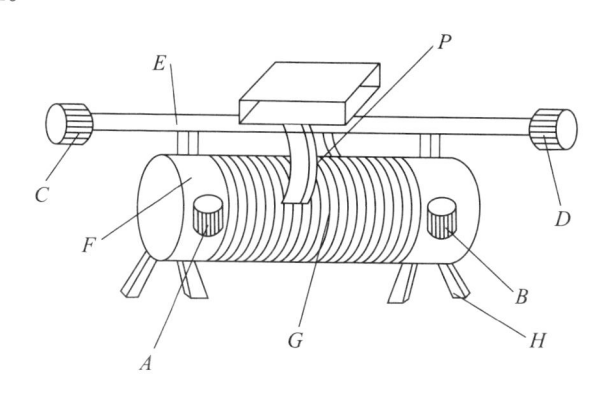

"核心看来是P部分的电阻丝啊。"武豪拿出实物对照着观察说，电阻丝表面包裹着一层漆，应该是起绝缘作用。武豪来回滑动滑片P，接触部分的漆被蹭掉了。

"请一上一下接入电路。"说明写得很清楚，为什么不能接两上或者两下呢？武豪看着实物，如果接两个上接线柱，接入的是一根铁杆，就是完全是导线嘛，如果接入两个下接线柱，则G部分的电阻丝将被全部接进去，那滑片P就没有作用了，所以只有一上一下才能通过滑片P改变接入电阻的大小，达到变阻的效果。其中，下接线柱更重要，因为若接的是左下接线柱，则接入的就是左半部分电阻，反之亦然。

武豪尝试把滑动变阻器接入电路。电路图如下所示：

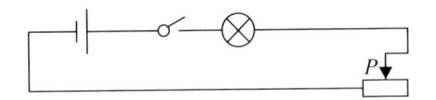

闭合开关前，他又读了一遍说明，发现最后有一个注意事项：接入时应使变阻器处于最大阻值。果然，还是有细节，武豪把滑片P拨至阻值最大处，因为下接线柱接的是左下，所以把P拨到最右边。激动人心的时刻到来了，闭合开关，灯暗了好多，甚至太暗了。

"那个，兄弟啊，"大彪试探着说，"咱这是不是有点太暗了？"他自己也觉得自己事情咋那么多，一会儿亮一会儿暗。

"现在呢？"武豪把滑片P向左拨了一些，果然，灯亮了好多。

还以为要重新调好久，没想到一下就变了，大彪惊讶不已。

"你自己来调吧，就是左右拨这个滑片P，调到合适的位置固定一下就行了。"武豪教会了大彪简单的操作。大彪却觉得武豪惊为天人，这还能这么调，看来武豪是有真本事的人啊，这么年轻，在电学知识上的造诣这么深。

武豪要知道大彪这么想，简直笑掉大牙。只是电阻大致懂了，电压还是几乎啥都不懂，电流也只懂一点。想到这里，他想起材料包里似乎还有电压表和电流表，拿出来玩一下，看看到底怎么用。

电流表粗看挺简单的，三个接线柱，有一个明显是"-"的，那自然接负极，剩下两个自然接正极了。"3"和"0.6"都表示接入的不同量程，接入不同的接线柱，读数时读不同的刻度，接"3"就读上面的刻度，分度值为0.1 A，接"0.6"就读下面的刻度，分度值为0.02 A。

电压表同理，三个接线柱，"-"的那个明显接入负极，大量程接入"15"，分度值为0.5 V，小量程接入"3"，分度值为0.1 V。

今天就先这样吧，最近学的知识需要消化消化，武豪自我安慰着。

"报告大小姐，在自由市场发现可疑目标。"
"哦？说说具体情况。"贝雪很感兴趣。

"目标加入了咱们自由市场分部的车队,在法强石手下做车队电路维护工作。"

"这么详细,看来你办事效率很高啊。"这么容易就找到了目标,贝雪都有些不敢相信自己的耳朵。

"有大小姐关键战略的指引并不困难,从联盟出来了不少人,但这个目标是第一个,而且他一直学习进步,这与机器人的稳定性截然不同,至于人类,这些年新生人类咱们都有记录,联盟那边多年新生人类都处于有限的少数,所以只要找对了从联盟出来的高等级算力机器人这个方向,具体操作并不难。"

"不错不错,也算你执行得坚决,大半年对联盟的监视啊,坚持不懈也是不易。"

"都是属下应该做的。"贝义毕恭毕敬。

"等目标回来后,揭穿帅家那些骗人的小把戏,我看帅风如何自处!"

连续行驶了几天,武豪抓住一个中间休整的机会,表示要对电路做一个例行检查,大彪觉得武豪做事认真负责,都弄得那么完美了,还要下来检查,越发敬重他。大彪还故意拖了一段时间,让武豪安心检查。

武豪先是把电流表接入电路。电路图如下:

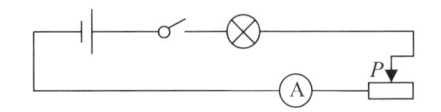

保险起见，武豪接入的是"3"接线柱大量程，记录了一下大彪调的滑动变阻器的滑片位置，然后将滑动变阻器调整阻值到最大处，闭合开关，电流表指针立即转动，最终停在了大约1.2 A的位置上。测出来了，武豪挺高兴的，拨了一下滑动变阻器的滑片，随着阻值减小，电流在不断增大，整个过程中电路运转正常。武豪又换了几个位置进行测量，发现在滑动变阻器阻值相同时，电流大小也相同。

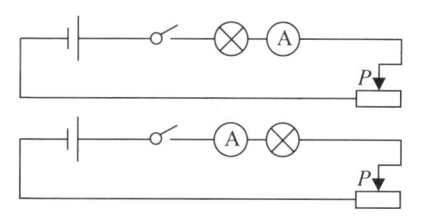

"原来电流大小不变啊。"研究完，武豪有点失望，早知道测一次就够了。然后，他把电压表接入了电路。电路图如下：

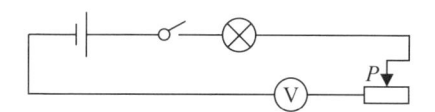

这下麻烦大了，闭合开关后，除了电压表显示"15 V"指针偏向最大量程外，其他所有的元件都不工作了，电灯也不亮了，怎么拨动滑动变阻器的滑片都毫无反应，整个电路似乎瘫痪了。

武豪吓得赶快断开了开关，忽然想起了D1给他说的话："检测仪器存在等于不存在。"现在明显是电压表的存在干扰了电路的正常运转，说明电压表接入方法错误，他接错了。那还能怎么接入呢？他翻看电压表的使用说明，其中有一句"请并联接入电压表"。什么叫并联？

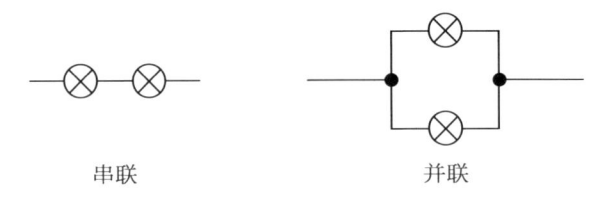

串联   并联

咦？还有这种接法？电路可以不止一条啊。他再次接入电压表，电路如下：

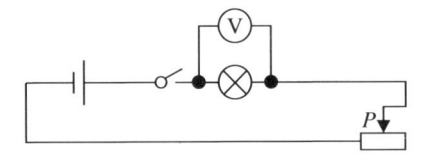

电路恢复了正常，电压表示数约为3 V，比3 V略小一点，武豪换了小量程接入3 V，结果是2.9 V。好奇怪的数字，换回大量程，拨动滑动变阻器的滑片，发现变阻器的阻值越小，电压表示数反而增大了，当滑动变阻器阻值为零时，示数刚好停在15 V。"刚刚好呀，差一点就超量程了。"再测测别的，武豪来了兴致，先测了电源电压，15 V，电源上也标注了15 V，然后测滑动变阻器的，电路图如下：

这回他却发现，滑动变阻器的阻值越大，电压表的示数越大，于是索性拿了两个电压表同时测量电灯和滑动变

阻器的电压，电路图如下所示：

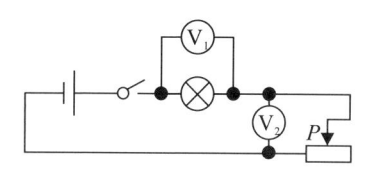

结果，不论滑动变阻器滑片如何拨动，V₁电压表和V₂电压表示数的和总是15 V，而滑动变阻器阻值越大，V₂电压表的示数就越大。

"所以串联电流处处相等，同时分压，分压原则是按电阻的大小比例来分？"

为了验证这个猜想，武豪最后接入了电流表。

结果发现，无论如何移动滑动变阻器滑片，电灯两端之间的电压U₁与滑动变阻器两端之间的电压U₂的和都是15 V即电源的总电压，所以串联用电器，真的是分压。

结论：在串联电路里，电压和电流有如下特点：

$U_总=U_1+U_2$

$I_总=I_1=I_2$

此时，他又想起了欧姆定律。他想实验一下，由于灯泡的电阻未知，就把灯泡换成了一个10 Ω的定值电阻，电路图如下所示：

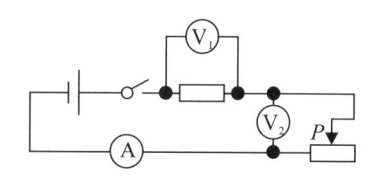

武豪通过滑动变阻器来改变电阻两端分压，记录电压表V_1与电流表A的示数，如下表所示：

实验序号	U/V	I/A
1	10	1
2	8	0.8
3	5	0.5
4	2	0.2

四组数据都遵循一定的规律，即电压与电流的数值成正比，多次实验证明了结论的普遍性。

结论：电阻不变时，电流与电压成正比。

武豪还想看看电阻对电流的阻碍作用是怎么样的，于是把10 Ω的定值电阻分别换成了5 Ω和15 Ω，电阻两端的电压通过调节滑动变阻器控制在5 V。记录电阻阻值和电流表A的示数，如下表所示：

实验序号	R/Ω	I/A
1	5	1
2	10	0.5
3	15	0.32

第三次测量时正极接入的是"0.6"接线柱，指针停留在0.32 A与0.34 A之间，由于分度值为0.02 A，故最终取0.32 A，估计真实值可以更靠近0.33 A。

结论：电压不变时，电流与电阻成反比。

由以上两条结论最终总结出 $I=\dfrac{U}{R}$。

原来是这么来的，那也可以推出变形式：$U=IR$，$R=\dfrac{U}{I}$。

在串联电路中，由于电流处处相等，所以电压与电阻成正比，分压是按电阻的比例来分。武豪这一刻恍然大悟。

短暂的休息结束了，他们要继续赶路，武豪重新接回电路，并把滑动变阻器调到原来的位置，大彪打开车灯表示："舒服。"武豪尴尬地笑笑，第一回做人，感觉这世界真的好奇妙，他懂的东西确实太少了。

坐在车上，武豪手痒，又鼓捣起随身听来，究竟哪里坏了呢？他忽然想到把电压表串联进电路的时候，显示的是电源电压，灯泡和滑动变阻器为什么不分压，串联电路的分压原则是按电阻的比例来分，如果其中一个电阻占了全部电压，也就意味着几乎占了全部电阻，换句话说，其他电阻和这个电阻比起来忽略不计，这个电阻可以认为几乎是无穷大。

想到这里，武豪似乎想通了什么问题，拿出电压表，给"15"和"-"各连上一根导线，同时闭合随身听的电源开关，然后用这两根导线的另一端在里面的各段导线两端来回试触，突然，电压表有了明显的反应，示数为6 V，与电源电压一致。哈哈哈，找到你了。他拿出一根导线并更换了，美妙的音乐又响了起来。武豪的推断没有错，如果出现断路，那么此处的电阻将趋近于无穷大，则根据串联电路分压原则，将把几乎所有的电压全分到这一段，由此可以推出，电压表其实可以被视为一个阻值无穷大的电阻，而电流表则可以被视作一个阻值可忽略不计的导线。

一切都想清楚了，随身听也修好了，武豪在车上听着歌沉沉地睡去。

在大彪的报告下，武豪"认真"又"负责"维护电路还不计报酬的形象在车队里建立了起来，大家都说狮头好眼光。这天，刚走出一段漆黑的隧道，旁边有辆车靠了过来，表示想请武豪修理一下车灯，大彪毫不犹豫地靠边，开始准备各种修理器具。武豪本来是不想多事的，在联盟那边的习惯就是"多一事不如少一事"，但这不是要装人类么，还要去庄园找灵儿，正所谓人在屋檐下，不得不低头。关键是大彪还在一旁看着呢，他必须维持好关系，有了自由市场分部这杆大旗，将来在庄园事就好办多了，这也是他这几天看小说学到的，看小说也能学到真东西。

武豪先常规检查了一遍电路，没问题。这下麻烦大了，要是修不好，露了馅儿，回去可不好交代。突然福至心灵，他说："稍等，我拿个仪器。"那边的大彪正和车主聊得热火朝天，不时朝这边看看，假装附和道："不急，不急。"边说着目光边随着武豪移动。武豪回大彪的车里拿出了电压表，接上导线，闭合开关，一段段试触，很快便发现电灯的电压是电源电压："灯坏了，得换个灯泡。"那边车主说："这下麻烦了，我的备用灯泡用完了。"大彪说："我这儿还有，给你一个。"说着翻出一个灯泡就要换，武豪制止道："断开开关再换啊。"大彪反应过来，把灯泡递给武豪："还是你专业，你来吧。"武豪换好灯泡，闭合开关，发光正常，问题解决了。

那边车主一看问题解决了，从车里拿出各种食品、用品来表示感谢，说："本来想着这问题需要一两天修理，没想到这么快就修好了，还用了你的零件，太不好意思了，前面还有隧道，要是没灯，我们指定是过不去了。"

"这算什么，武豪小兄弟给我装的那个才叫一绝，灯的亮度还能调节呢！"大彪故意大声夸奖武豪。

"真的？"

"这还有假的不成？"大彪说着打开车灯演示了起来，对面更是啧啧称奇，本来看武豪这么年轻，觉得也就是大彪在吹牛，没想到比他吹的还玄乎，而且对报酬不感兴趣，这年龄有本事还不贪财，不免让人肃然起敬。

武豪先回车上休息了，回来想想，觉得后怕，要是先修今天这一辆车的车灯，他肯定就露馅儿了，还好，现在他对电学知识的理解比以前透彻了，是要抓紧提升了，指不定到了庄园还会碰到什么问题，还要想办法找灵儿呢，最好能在车队中帮助别人，这样他的胜算才能大一点。

快到庄园了，他们换乘马车，庄园还是一如既往地排斥各种科技。他们就地宿营，休息一晚，明早继续出发。就在晚上，营地发生了火灾，大家都被惊醒了，自由市场分部很快就组织人手把火势控制住了。大彪去凑热闹瞅了一眼，招呼武豪去帮忙，武豪睡眼惺忪，远远地看着。等大彪回来，火已经灭了，询问起火的原因，大彪一脸不屑，说："就是一个小商队的电路烧着了，听说好像叫什么'短路'引起的，我也不太懂，咱们分部的官方电力维护人员说的。"

"官方电力维护人员？不是生病了么？"武豪问。

"昨天病刚好，这不就赶上了。"大彪说着耸了耸肩。

好险！短路？武豪以前看资料上介绍过，一个电源正负两极直接通过导线而不经过用电器相连的话，就是短路。他觉得都是用电的老人了，不至于犯这么低级的错误吧，就摆弄起元件自己试了试，电路图如下：

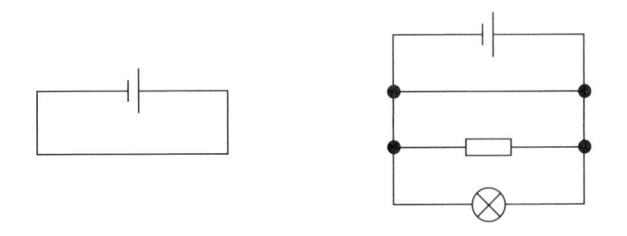

他先是只给电源连导线，导线很快开始发热，和资料里说的一样。然后他按电路图并联了电阻和电灯，发现完全没有效果，电灯不亮，导线继续发热。他赶快断开电路，要是再这么下去，估计这边也要引发火灾了。

现在出现了两个问题：①为什么电灯接入电路，但不工作？②为什么导线会发热，甚至造成火灾？武豪决定先研究第一个问题。这是一个典型的并联电路，武豪这次聪明了，直接用了三个电压表、三个电流表，分别测量各部分的电压和电流，接入R_1=5 Ω和R_2=10 Ω两个定值电阻，以最快的速度找出并联电路的电压电流规律，电路图如下：

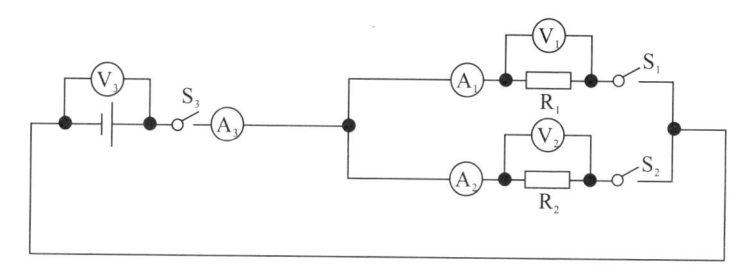

具体测量结果如下：

$U_总$/V	U_1/V	U_2/V	$I_干$/A	I_1/A	I_2/A
5	5	5	1.5	1	0.5

发现三个电压表数据相同，都是电源电压，而干路电流表A_3的示数等于两支路电流表A_1和A_2的总和，即$U_总=U_1=U_2$，$I_干=I_1+I_2$。

其中，$I_1=\dfrac{U_1}{R_1}=\dfrac{5\ \text{V}}{5\ \Omega}=1\text{A}$，$I_2=\dfrac{U_2}{R_2}=\dfrac{5\ \text{V}}{10\ \Omega}=0.5\ \text{A}$，所以，分流的原则是支路电流与电阻成反比。

而$I_干=I_1+I_2=1\ \text{A}+0.5\ \text{A}=1.5\ \text{A}$。带入欧姆定律，则$R_总=\dfrac{U_总}{I_干}=\dfrac{5\ \text{V}}{1.5\ \text{A}}\approx 3.33\ \Omega$。总电阻竟然变小了，比$R_1=5\ \Omega$和$R_2=10\ \Omega$的两个定值电阻的阻值都小，所以，电阻是越并越小。因为$I_干=I_1+I_2$，代入欧姆定律$I=\dfrac{U}{R}$，即$I=\dfrac{U_1}{R_1}+\dfrac{U_2}{R_2}$，即$\dfrac{U}{R}=\dfrac{U_1}{R_1}+\dfrac{U_2}{R_2}$，又因为$U_总=U_1=U_2$，所以有$\dfrac{1}{R}=\dfrac{1}{R_1}+\dfrac{1}{R_2}$。

武豪又更换了电源电压、各电阻阻值，多次实验，实验数据所反映的结论均与上面的相同。

所以，并联电路的电压、电流特点是电压各支路相同，干路电流是各支路电流之和，并联分流的分流原则是电流大小与支路电阻大小成反比。

这时，武豪又回到了起点，为什么给并联电路再并联一条导线，不仅各用电器无法工作，而且会造成危险呢？用电器无法工作，说明此支路上没有电流，而造成危险说明纯导线那条支路电流极大，并联电路各支路电流分配原则是与电阻成反比，导线的电阻极小，几乎可以忽略不计，所以，导线这条支路几乎分配了所有的电流。原来如此，这就是短路，在电路中出现了一条没有经过用电器、电阻极小的支路，使所有的电流都从此路过，造成其他支路无法正常工作，同时短路这条支路因为电流极大造成危险。

他想起了C11能源核心事件，第三次人机战争的转折点，当时，那个人类就是以自己的身体为导线，强行连接了能源核心，造成核心短路，从而温度急速升高，最后成功损毁了能源核心。他又想起了D1跟他说的"通路电的能量必须要被释放"，如果不释放给电灯转化为光能，不释放给电动机转化为动能，那就会转化为内能，烧坏电路。

能源核心事件和今天发生的火灾，以及武豪的实验都说明，电流通过导体时会产生热量。武豪查了一下，果然$Q=I^2Rt$，放出的热量除了和电流大小有关外，还与电阻、时间有关。是的，如果只是短时间短路，还不至于造成电路损坏，因为放出的热量不大，时间稍微长一点，电源就

- 316 -

因高温损毁了。

知道了这些，武豪又想起了那个用身体做导线的人类，可以想象，当时他承受了多大的痛苦。"这就是人类吗？"武豪自言自语道。越是研究和学习，武豪对人类的行为方式越是感到震撼，也越是感到困惑。人类中高尚的行为冲击着武豪的逻辑计算系统，而人类中卑劣的行为也不断挑战着武豪的自我防御系统，究竟哪个才是真正的人类，他自己本身也是仿生人，有一定的人类行为及思维模拟能力。他试图搞明白，可思绪像一团乱麻，找不出一点头绪。"还是研究这些科学的东西简单啊。"武豪感叹道。

他又断开闭合开关，发现闭合开关S_1、S_3，断开S_2，则电流表A_3和A_1示数正常，A_2示数为零；而若断开S_3，闭合S_1、S_2，则电流表A_1、A_2、A_3示数均为零。

以上均说明，并联电路各支路之间互不影响，但干路一旦出现断路，则所有支路均无法正常工作。

"武豪，想什么呢？别鼓捣你那些电学仪器了，来看节目。"法强石过来招呼武豪。

就是普通的歌伴舞，武豪看了一会儿，他与灵儿的一幕幕再次在脑海中闪现。这一切都被法强石看在眼里。通过这几天的观察，结合大彪的报告，他愈发觉得武豪不简单，甚至有种似曾相识的感觉，可又觉得有点陌生，就好像认识小时候的他一样。

"武豪兄弟，你觉得这个节目怎么样？"

武豪收回思绪，转身冲法强石礼貌地笑了一下，说：

"挺好的。"

看武豪说着客套话，法强石继续说道："你有没有想过出一个节目？"

"我？"武豪有些意外，从内心来讲，他很想为纪念灵儿做些什么，但他会什么呢？

似是看出了武豪心中所想，法强石补充道："你可以利用你在电路方面的造诣设计一个节目，绝对新颖。"

咦？武豪十分疑惑："庄园不是禁止科技么？"

法强石其实就是想试探他对科技的态度，来进一步判断他是不是联盟的探子，看他这个反应，放下心来，看来武豪只是不谙世事，就算在联盟待过，也对庄园没有恶意。

"这不是大小姐周年么，也许可以有例外，我也就是说说。另外，我们的老电工师傅法点清醒了，有兴趣你可以去和他聊聊。"说完，法强石就继续去监督表演了。

进入庄园前的这一晚，武豪关闭了睡眠需求的模拟，在车内思考了一晚上，整理了今天实验的一些结论，又想了很多事，明天就到庄园了，灵儿的周年纪念也快到了。听到法强石的建议，他自然也想纪念灵儿，而且如果赢得了大家的认可，就有更大的概率找到灵儿的存储核心，就能复活灵儿了。该准备个什么节目才能出彩呢？一定要去找那个老电工师傅聊聊，自己毕竟还是经验太少，说不定他能给点好的建议呢。

黎明时分,大彪起来整理行囊,把各种东西往马车上搬,看武豪一夜没睡,以为他有什么心事,就说:"昨晚的火灾是正常现象,这里时有发生,电路老化啦,懂这些技术的人也越来越少,我看你昨天都在鼓捣那些电学仪器,如果要补充电量,就去那边赶快补一些吧,过了这里再想找有电的地方可就难喽。"

其实武豪体内有核能源,是不缺能源的。可看大彪也是一片好心,刚好也去看看庄园这边的电是怎么接的,他学的电学知识越多,越觉得电很重要,多了解一种设计也是好的,就点点头朝那边走去。大彪递给他两块面包,说:"充电的能源我出,我请客。"

"那就谢谢了。"武豪拱手,他也学会了不少人类的礼仪。

到那儿一看,就是几个插座,大部分都是两相的插座,有五个三相的,还有一个坏了,内部线路都暴露在外面。武豪拿出一个充电器,把插头插向一个两相插座,这时,他的手被一个人给挡住了。

"看你是第一次充电吧?"

"是。"武豪有些不知所措。

"那我给你讲讲充电的规矩吧。我是法点,听说我病的时候是你负责维护车队的电路,谢谢了。"

只见一个人蓬头垢面,身穿庄园自由市场分部的队服,中等个子,脚上穿着胶鞋,看起来年龄已经挺大了,眉宇间透着疲惫,看来是昨晚没睡好。一只布满老茧的手挡在了武豪身前。

"好的，谢谢前辈。"

"这个是电能表，现在的示数是62868，没有其他人充电，待会儿你充完电之后，用那个数减去这个62868，就是你充的电量，按这个算能源，把那两个面包拿过来。"

武豪把面包递给了法点。

"能源等下一起付吧。还有，注意用电安全，看见过来的两根线了没有？"他说着指向了两根电线，"一根是火线，一根是零线，火线电压是220 V，不许碰，零线电压虽然是0 V，但是也不许碰。"还比画了一个禁止的手势。

武豪赶忙点了点头。虽然不太懂，但是220 V电压的威力他还是知道的，他可不想被电。

法点又掏出一根透明的螺丝刀，只见他用大拇指按在螺丝刀顶端，把螺丝刀插入插座的一个孔，透明螺丝刀中间竟然亮了，暖黄色，又换了另一个孔，没亮，说："行了，这个插座没问题，你充吧，充完了过来叫我，我给你计算充电量。"

武豪还是老思路，先走一遍电路。他发现电进来第一个元件就是电能表，上面除了主表盘外，还标了"220 V""2.5（10）A""1920 r/（kW·h）""50 Hz"等数据。武豪挨个查资料，其实也很简单，第一个就是额定电压，额定就是正常工作时的意思。2.5 A是基本电流，电能表的特性就是在这个电流下测定的；10 A表示最大电流，在这个电流以下能准确测量并长期正常运行。第三个数据让武豪迷茫了很久，"1920 r/（kW·h）"中的"r"是"转"的意思，也就是转一圈，那"kW·h"怎么理解？"kW"是功率的单位，再乘以"h"小时，$W=Pt=$ $1\text{kW}\times 1\text{h}=1\times 10^3\text{ W}\times 3600\text{ s}=3.6\times 10^6\text{ J}$。原来如此，这个确实是能量单位，但武豪在联盟那边没见过，相较于焦耳，千瓦·时这个单位大了好多。所以"1920 r/（kW·h）"的意思就是每消耗1kW·h的电能，这个电能表的转盘就转1920圈。最后的"50 Hz"是频率，意味着1秒振动50次，不过这是电能表，是什么1秒振动50次，暂时不知道其深意。

顺着电线再往后，便是总开关，然后连接的就是各个插座了。武豪看刚才法点拿出的透明螺丝刀好像有些来头，就在资料库里搜了好久，原来那个叫测电笔，仪器包里也有。他拿出一个观察了一下，和普通螺丝刀的区别就是握柄部分是透明的，里面是一个透明的管，叫氖管，通电时会亮。另外一个元件是高电阻，用来控制通电时的电流，也可以说是用来分担大部分电压的。测电笔笔尾是金属电极，一个金属螺钉，笔尖也是金属电极，和其他螺丝刀相比，笔尖以外伸出的金属部分都被绝缘外壳包裹着。

武豪也学着法点的模样，把测电笔伸进一个两相插座的左孔，氖管不发光，又伸进右孔，氖管还是不发光。不对呀，难道这个测电笔坏了？武豪试了其他插座，也都不发光。这就奇怪了，管理员测就发光，我测就不发光，测电笔会认人？他回忆着法点的操作过程，把大拇指放到笔尾处，这时氖管亮了，一种神奇的感觉出现在武豪的身体里，武豪很清楚，他被电了，虽然电流很小，但作为仿生人，他对电流或能量的流动比人类敏感得多。他又换回左孔，这种感觉消失了，氖管也不亮了。

毫无疑问，"左零右火"，火线用L表示，零线用N表示。他又试了几个插座，都是这样。三相插座上面那个线是什么线呢，武豪用测电笔试了一下，没有亮，说明也是0 V的电压，资料上说叫地线，用E表示。地线主要是大功率用电器连接外壳的，防止漏电。

可这测电笔为何会让电流穿过人体呢？人类都不要命了吗？武豪想了想，火线220 V，大地电压可以视作0 V，所以两者之间有电压，通过人体连接后，自然就有了电流，只不过测电笔里有高电阻，限制了电流大小，或者可以说高电阻分担了绝大部分电压，所以虽然有电流通过人体，但是电流很小，分担到人体的也是安全电压。

武豪又想起法点的叮嘱，不要碰火线，如果人直接接触火线，和用测电笔的区别就是没有高电阻的保护，那肯定会造成危险。但如果碰了火线却不接触大地呢？形成不了一个圈，也是可以的呀。武豪看到资料中有带电作业，就是这个道理。那为什么零线也不让碰，尤其是一种情况下绝对不能碰，那就是如果一只手已经接触了火线，这时候零线就相当于大地，如果同时接触火线和零线，必定造成危险。

法点安装好自己的设备回来了,问道:"你充好了没有?"

"还要一会儿,我想问一下如果多个人使用,怎么算耗能呢?"

法点一听这,来劲了,又把武豪从头到脚打量了一番,说:"你应该有一定基础,$W=UIt$知道吗?"

武豪赶快在数据库里搜索$W=UIt$,这是电功的公式,表示电流做的功与用电器两端电压、通过的电流、通电时间有关。"知道,知道。"武豪赶忙应声道。

"那你知道功率的计算公式$P=\dfrac{U^2}{R}$吗?"

"知道。"这个武豪是真的知道。

"那你自己推呗,还需要问我?"法点佯装不悦。

"哦。"武豪自己推算起来。$P=\dfrac{U^2}{R}=U\cdot\dfrac{U}{R}=UI$,原来这就是电功率的公式啊,可以通过用电器标注的额定功率乘以时间来计算,也可以通过额定电压和额定电流来算电功率,然后再算耗能,确实是个办法。

武豪想起电热公式$Q=I^2Rt$,他当时还有点纳闷,因为虽然短路时电流很大,但电阻毕竟很小啊,怎么解释放热那么快,现在看到$P=UI$就全理解了。在$Q=I^2Rt$中,代入$U=IR$,可不就是$Q=UIt$,再除以时间就是放热快慢的热功率,即$P=UI$。在电源电压不变的前提下,电流越大放热越快,所以当一段导线发热时,因为电阻极小,电流极大,而一般电源电压是一定的,所以放热极快,很容易引发火灾。

─ 323

又过了几分钟，电充好了，因为用的是联盟的技术，充电很快，示数由原来的62868变成了62869，两个数字相减，就得出共输出了1 kW·h的电能。法点惊叹于这个充电速度，但也没多说什么，从自由市场回来的多少都接触了一些科技，有些本事是正常的。

马车带着他们正式进入了庄园的范围，一路上人们看起来精气神很足，却难掩身体的疲惫。因为大部分科技都被禁用了，几乎所有的劳动都要靠人力，最多是畜力完成，武豪有些惊叹这里科技的落后。他明明见过润墨台和麒麟门的人的武器装备和军事科技并不比联盟差，可这庄园内部就好似原始社会一般。他打听到周年献礼大家准备的礼物，小一点的就是食品、瓜果、鲜花之类，贵重一点的就是奇石、珍珠这些稀罕物。还有准备节目的，武豪也想准备一个节目，把灵儿的善良、聪慧和美丽都展示出来。

武豪带着灵儿的随身听，一首歌曲缓缓放出："唯一纯白的茉莉花，盛开在琥珀色月牙……"这首歌和灵儿真配，他想制作一朵纯白的茉莉花，可又觉得这样太俗了，和别人没有区别，要是这花能转起来就好了。他略略思考，电动机不就可以么，可这里是庄园，哪里来的电动机？没有，那就做一个电动机，想到灵儿，武豪觉得没有什么困难是不可以被克服的。

电动机的原理是通电导体在磁场中受到力的作用而运

动。首先，什么是磁场？武豪开始一点点地查资料。磁体的周围就有磁场。那什么是磁体呢？一般能吸引铁、钴、镍这几类金属的、具有磁性的物体就是磁体。磁体拥有两个磁极，一个南极（S），一个北极（N），在磁铁外部，磁感线从N极出发指向S极。

磁感线是一种物理模型，用来描述磁场的方向和强弱，磁感线越密集，磁场越强；磁感线越稀疏，磁场越弱。把小磁针放入磁场，小磁针静止时N极所指的方向就是磁场方向。

某些原来没有磁性的物体放入磁场后带了磁性，这叫磁化。指南针就是通过和地球的磁场相互感应，从而指向固定的方向。

看着倒是不难。武豪拿出两块磁铁，这下磁场问题就解决了，虽然细节还要调试。然后，他了解电流，电流为啥会在磁场中受力呢？1820年，丹麦科学家奥斯特首先发现了一根导线旁边的磁针方向发生了偏转，然后发现了电流能够产生磁场。人们就把这一现象称为奥斯特现象。原来电流会产生磁场啊！武豪惊叹于大自然的奇妙。那磁场中电流受力就不足为奇了，因为同名磁极相互排斥，异名磁极相互吸引，电流产生的磁场和磁铁本身的磁场之间产生力的作用太正常了。

武豪在这个基础上研究了电动机的工作原理图，两个磁铁形成了一个基础的磁场，然后里面放了一个线圈。果然，与电相关的东西都要形成一个圈才行。

仔细分析，因为线圈里一半电流是流入，一半是流出，电流方向不同，所受的磁场力竟然也不同。武豪查阅资料，知道这个受力方向除了与电流方向有关外，还和磁场方向有关。

但是如果只是这样的话，线圈最终将停在平衡位置。因此，在线圈与电路连接的地方有一个装置叫换向器，依靠惯性转过换向器后，电流方向就改变了。那受力方向也改变了，从而继续转动。

组装电动机是正事。为了让驱动力更大，转动效果更好，武豪将线圈缠了好多匝。他选取了一个蹄形磁铁作为磁场，按照要求一步步组装。他还给电动机加了个外壳，在庄园使用科技，要是被认出来，麻烦可不小。最后，武豪把制作好的大茉莉花瓣贴在伸出来的转轴上，连接电路，开机调试，尽量降低噪音。

然而，只有一朵花实在是太单调了。因此，武豪特制了一个屏幕，准备在上面播放一些灵儿的录影，到最后还有特别的高潮。一切调试妥当，马车已经到了目的地。

广场很大，中央矗立着灵儿巨大的雕像。雕像雕得很传神，一袭长裙的灵儿，一手抱着乐谱，一手拈着一朵鲜花，脸上的表情可以看出很高兴，双目弯弯似新月。武豪看着雕像竟有些失神。这种雕刻技艺是联盟没有的高科技。过了好一阵，他才缓过神来。

"纪念典礼马上就开始了，你准备好了吗？"大彪知道武豪也要上台展示，关心道。

"我再检查一下。"关于灵儿的事,武豪无法容忍有任何失误。

前面展示的都是传统歌舞,大家也算借助典礼了解了一些文化传统,但惊艳的节目倒确实是没有。

"下一个节目《热爱》,表演者武豪。"

大彪帮着武豪把各种器材搬上舞台,心里还暗自吐槽,这都什么东西,一个个那么重。

"唯一纯白的茉莉花……"歌声响起,硕大的白茉莉花开始缓缓转动。台下庄园的人哪见过这些,一个个都伸长了脖子。在花朵后面,雕像之下,屏幕上播放着灵儿教武豪发声、教武豪应用光学仪器的点点滴滴,灵儿那阳光般的笑容让人感动,她不畏艰险的勇敢、循循善诱的耐心、悉心照顾的善良让人难忘。屏幕上的灵儿,每一帧都是绝美的画面。正当大家和武豪一起沉浸在美好的回忆中时,屏幕中的灵儿中弹倒下,台下一阵惊呼。就在这时,武豪在台下疯狂踩着自行车踏板,这是他自己制作的简易发电机。随着踏板飞快转动,一股股强大的电流输入屏幕后面的导线,导线发热,表层的屏幕竟燃烧起来。台下很多观众都站了起来,本来看到灵儿牺牲就已经坐不住了,现在屏幕竟然烧了起来。没几秒钟,表层的屏幕就被烧得一干二净,露出了底层的石板,上面刻着灵儿刚挖出武豪时的情景。到这里,歌曲也刚好播放结束,一切都定格在那一幕。是呀,武豪停止了踩踏板,思绪又回到了第一次见面。哦,不是,是第一次感受到灵儿的那一刻,一切若只如初见，他多么希望能再给他一次机会，他一定保护好灵儿，永远守护在她身边。

台下出奇的安静，不知道是惊叹于各种高新技术，还是受到故事的感染。突然，一声掌声响起，接着第二声、第三声……雷鸣般的掌声响彻广场，问题也随之而来。

一队人从人群后方列队而来，队长对武豪说："我们怀疑你未经批准私自使用科技，现在请你跟我们走一趟，去接受调查。"

"我是为纪念活动准备的，不能通融一下吗？"武豪想争取一下。

"不行，在庄园使用科技必须要严格审批，我们会给你一个公道的。"

"为什么不能使用科技，科技能传播文化，能促进生产，能造福人类，你们有什么资格剥夺大家学习、使用科技的权利！"一个不和谐的声音在人群中响起。

听到这话，台下的众人纷纷附和。其实这一代人没有经历过人机战争，不使用科技并不是反对科技，而是没有受过科学教育，平常生活中也没有这些高科技用品。平常听说科技能带来很多好处，这次亲眼见过之后，再也按捺不住对高科技生活的向往。

队长说："大家不要忘了，我们的敌人是对面的联盟，我们使用的科技产品，最后都会帮他们反过来伤害我们。庄园保护了大家，只有去除高科技，我们庄园才能稳定,才能长存。"

这一席话说完,台下安静了不少。确实,虽然已经对峙了几十年,未发生大的战争,但危险仍然存在,在生存面前,其他都是次要的。

"能长存多久?联盟现在开放了永生技术,只要有足够的能源,就能永生,这才是真正的长存!"

武豪听着声音抬头一看:"小白!"

"小武哥哥!"

她怎么来了?她到这庄园深处不危险吗?武豪心里打鼓。

"一派胡言,你是谁,怎么这么面生,一看就是奸细!给我抓起来!"队长说。

"我是联盟总裁的女儿。"小白说。

这回轮到队长安静了,他没想到小白来头这么大。

趁着这安静的间隙,小白接着说:"这次跟我一起来的还有很多人类,他们都是从联盟过来的,大家可以问问他们现在联盟的政策,那里不仅有基于高科技的高质量生活,还有开放的知识供大家学习提高,最后,可以通过自己的努力换取永生。"

台下炸锅了。这条件太诱惑了,很多人询问自己认识的从联盟回来的人类,得到的答复都是肯定的,大家不免动心,可就这么向联盟投降,显然不可能。

小白不紧不慢地指挥手下竖起一块屏幕,上面播放的是帅正源的日常生活,目之所及都是高科技。台下开始躁动。屏幕上又放出了帅正源和联盟签署的很多协议,包括让一部分士兵去送死的信息及证据,这下广场上的人再也忍不了了:"杀人犯!让骗子杀人犯付出代价!"这里离帅正源的寓所不远,人们喊着口号朝那边走去。

寓所的卫队试图拦住众人,大家就在外面高声呼喊,因为证据毕竟是联盟给的,他们可以不信,但帅正源应该出来给个说法。

半小时过去了,人越聚越多,正当大家准备强行冲进寓所的时候,一个卫士出来说,老师希望武豪进去。

小白本不想让他去,但武豪觉得自己身上的秘密似乎就要被揭开了。他冲小白挥了挥手,说:"如果我一个小时不出来,你再冲进去也不迟,我是机器人,没那么容易死。"小白点了点头。

走过一个小院,再穿过前厅,在卫士的带领下,武豪来到了帅正源的房门前,敲门。

"进来。"

武豪走了进去。房间里的家具很简单,一个长的办公桌,帅正源正坐在后面的椅子上。除此之外,别无其他。

"你好……"武豪刚想问为什么叫他来,就被帅正源打断了。帅正源按下一个按钮,他身后一个暗门打开了,他指了指,说:"进去吧。"武豪还想问些什么,帅正源只说:"进去你就什么都明白了。另外,你从后门出去后找一个叫法岐的人,把这个带给他。"说完就不再理他了。

武豪走进那道门，门就关上了，他面前是一个操作台，上面摆着一封信和两个存储模块，武豪打开信封，里面装着一封信和一个纸条。武豪先看了信。

亲爱的"我"：

当你看到这封信的时候，说明我成功了，你也成功了。

我穷极一生学习，了解数学、物理、化学，极尽自然之理，也阅读了很多人文瑰宝，涉及哲学、宗教、文学，我尽最大的可能提升自己。但不可否认的是，我犯了很多不可饶恕的错误，我也没能抓住我想要终生守护的爱人，于是便有了你，这个"我"。

我通过上传自己的信息，记录下了自己的逻辑判断规律，然后输入仿生机器人，一个新的"我"就诞生了。你比我更长寿，比我更有力，并且你带着我的意志。我希望这个"我"能弥补我的过失，为人类和机器共同找出通往未来的道路。

然而，机器人最大的问题是没有欲望，我可以让他做出同我一样的选择，却没有办法让他有去做选择的动力，因为机器人本质上什么都不需要。于是，我修改了计划，我也做了我的挚爱的仿生机器人，她天生和我不一样，正如她一直给我灵感，指引着我一样，我相信那个"她"也一定能一样指引着"我"。

信封里的小纸条是打开你逻辑运算核心的方法，操作台上的两个存储模块是灵儿的两套重生程序：一套是信息完全不变，与原来相似度99.9%，灵儿还会保留之前的记忆，什么都和以前一样，但因为你比她多活了一年，你们之间会出现记忆断层，她是仿生人这个事实将会暴露，她有可能无法接受这个现实；另一套程序是只保留她的逻辑运算规律，但记忆是新的，她会有完整的成长记忆，不会知道自己是仿生人，但她可能会不喜欢你，可能会远离你，开启新的生活。

亲爱的"我"，我相信你的选择，正如我当年相信自己，相信自己设计的"E计划"一样，"我"一定能做出正确的选择。

最后，祝你未来生活愉快。

此致

革命敬礼！

希望不灭，人性永存。

高 之
2600年6月24日

武豪双手拿起了两个模块又放了下去，打开纸条，一分钟后，武豪开启了重生程序。

寓所外的小白一直没等到武豪出来，就有点急了，人们的耐心也都耗尽了。

"平常在人前当威风凛凛的老帅,现在变成缩头乌龟了,大家一起冲,把他的'龟壳'给他砸烂。"

大家一窝蜂地朝里面冲,卫士根本阻拦不住,而且似乎是被下了命令,不能开枪。

帅正源听见外面敲门声越来越大越来越急,却不紧不慢地打开办公桌右手第一个抽屉,拿出一张照片。那是他刚打赢胜仗,被大家称为少帅接受表彰的时候。他摇了摇头,又拿出一张合影,听着外面的敲门声,默默地说:"2号、5号,我不欠你们的了。"正说着,人们就冲了进来。"希望不灭,人性永存。"帅正源闭上了双眼。

"墨帅,我们什么都不做,就这样看着吗?"

"执行老帅的命令。"帅墨平静地说。

在帅正源寓所正对的一座山上,润墨台核心成员齐聚一堂,他们看着老师被气愤的民众打死,然后迎接小白代表的联盟势力入驻,高科技的禁令也不复存在。

"唉,要变天了吗?"不知是谁小声说。

帅墨凌厉地瞪了一眼,从身上拿出一支金毛笔高举于众人前,说:"从今天起,我就是润墨台新任执笔人!"

众人纷纷下跪,口中喊道:"我等愿化身为墨,身处黑暗,随大帅金笔,书写千秋历史!"

"什么都没有变,这片天地,依旧由我们来守护!"

在短暂的权力真空后,人们很快选出了新的领导人,帅武信已经带领少数人逃出了庄园,帅家其他人都因不被民众信任而落选。大多数管理人员又不服气其他家族的人,最后共推改换门庭的贝风担任新任庄园大帅,与小白代表的联盟对接,谈判高科技的使用等相关问题。贝风自然是得到了贝家和帅家两家的全力支持。贝雪终于明白自己被骗了,但木已成舟,也只能先咽下这口气。现在还差法家,法家最老字辈的法岐现在还在精神病院。因为上次从自由市场回来,法岐到处说贝家大小姐是机器人,就被大家当成疯子关进了精神病院。然而现在出了大事,法岐还是法家的话事人。

就在一行人来找法岐的时候,武豪刚刚离开这里。贝风他们邀请法岐出任大法院的院长,法岐没有拒绝,但表示只在这里办公。众人拗不过他,再说只是更改办公地点,不是啥大事。直到十年后,法岐搬出来,一名护士在收拾房间时发现了一则判决书。

判决书

鉴于当事人调查事实不清,对事态判断不准,老革荒悖,以势压人,倒行逆施,以致庄园与联盟合作推迟数年,生灵涂炭,兹判决当事人有期徒刑十年,立即执行。

审判人:法岐

执行人:法岐

被执行人:法岐

武豪把东西给了法岐，又踏上了旅途，不过这次他心情轻松不少。

"武豪大哥，你刚说那个现象是因为什么来着？"

"心兔，谁让你刚不好好听，光贪玩来着，自己想去吧。"说着，武豪故意加快了步伐。

后面一个小女生蹦蹦跳跳地追着他。